비평과 삶의 감각

비평과 삶의 감각

박종석

도서출판 역락

머리말

  문학이 담고 있는 가치가 무엇인가를 고민하면서 문학 연구와 비평적 글쓰기를 감행했었다. 지금껏. 그러나 필자가 쓴 한 편의 글도 문학의 정체성을 밝히는 글쓰기를 못했을 뿐더러 변변한 비평문 하나 없는 것 같아 스스로 부끄러움만 안고 있다. 물론 문학에 관한 연구의 안목이나 비평에 관한 통찰력의 부족함을 어찌 다 말할 수 있겠는가. 그러나 문학에 관한 한 무지의 소치일망정 나름대로 몇 자를 적어 온 터이다.

  그 동안 소위 중앙 문단, 아니 문인들의 세계라는 테두리에 들어가서 중앙에서 출판되는 지면을 확보하겠다는 의욕도 가지고 있었지만 중앙 문단과 중앙지의 변두리 지면조차 얻지 못했다. 그것은 이런 저런 이유도 있었지만, 필자의 부족이 더 큰 이유라는 생각이 들었다. 어떤 이유든간에 이제는 이런 노력 따위는 굳이 하지 않을 생각이다. 굳이 하지 않는다는 의미는 중앙 문단을 부정하는 것이 아니라 때가 되면 자연스럽게 지면이 확보되리라는 나름의 자신감도 생겼기 때문이다. 비평이란 문학에 대한 열정과 작품의 통찰력을 바탕으로 한 글쓰기 행위이다. 이런 열정과 통찰력이 필자에게 부족한 것이 사실이고 보면, 이런 글들을 특정 지면에 발표하기 위해 노력하느니보다 아예 내 나름의 글쓰기를 행하는 것이 속 편할 것 같다.

  이 책에서 행한 비평적 글쓰기는 평소 문학에 관해 가진 필자의 생각의 조각들이다. 필자는 아직도 문학 비평의 정의를 정확하게 규정하지 못하고 있다. 그래서 아직도 문학 이론서나 좋은 작품들이 꽂힌 서가의 주변을 맴돌고 있다. 이런 맴돎의 행위가 문학을 제대로 이해하기 위한 한 도정이었다. 그렇지만 이제 서가에서 조금 벗어나 자유롭게 비평적 글쓰기를 하고자 한다. 문학 연구에 필요한 이론 탐구의 부족을 어떻게 경계를 그을 수 있겠는가마는 단지 필자는 자신만의 판단과 비평 행위로 책을 저술했다. 물론 비평 행위가 객관성과 엄밀성을 확보하지 않는다면 올바른 비평이라기보다는 감상적 평가에 지나지 않는다는 비난을 받을 수 있을 것이다. 그러나 필자는 비평의 객관성의 확보보다는 뚜렷한 비평의 주관성을 내세우고 싶다. 이것이 오히려 비평의 개성이며, 비평 철학을 조금이라도 확보할 수 있는 길이라는 생각을 절실하게 깨달았기 때문이다. 필자는 당당히 나름의 통찰력과 문학의 열정을 표현하기로 하였다. 통찰력과 열정의 바탕이 이 책의 곳곳에 숨어 있을 것이다. 문학 속에 삶이 살아있다는 고유 명제에서 비평에도 삶이 존재한다는 사실을 깨달았다. 비평은 곧 비평가의 삶이다. 비평가의 삶은 곧 문학 속의 삶과 비평 행위 속의 삶을 함축하고 있다. 문학 속의 삶을 열정적으로 통찰할 때, 문학을 바라보는 독특한 감각이 존재한다. 그래서 〈비평과 삶의 감각〉은 비평가의 살아있는 감각을 전제로 한다. 이런 전제에서 이 책의 제목을 붙였다.

이 책의 제1부는 시의 분석적 읽기와 감상적 읽기를 병행해서 쓴 비평문이다. 특히 정지용의 시 해석 문제는 기존 비평에 대한 반성을 모색한 글이다. 또 「용사와 패러디」는 과거 필자가 논의했던 글을 수정, 보완해서 실은 글이다. 그리고 울산에 있으면서 지역 작가들이 가지고 있는 문학적 향기를 들여다 볼 기회를 가지고자 하였다. 자칫하면 이들에 대한 필자의 평가가 관심있는 독자들의 극찬과 악평을 동시에 받을 수 있는 소지가 있는 것도 사실이다. 하지만 애정있게 쓴 글이기에 큰 비난은 없을 것이라 생각한다.

제2부는 필자가 가려 뽑은 몇 권의 소설을 통시적으로 문학적 특징을 살펴보았다. 제4의 물결 시대인 20세기 말, 성 담론을 중심으로 한 김형경의

작품을, 1990년대는 무선호출기라는 의사소통의 매개체와 인터넷을 소설의 중요 배경으로 한 송경아의 작품, 1980년대의 관점에서 1960~1980년대의 사회 문제를 다룬 김원일의 작품을 검토하였다. 그리고 1960년대 사회와 윤리 의식을 다룬 이호철, 전쟁 상황 속에 던져진 가족간의 갈등을 다룬 윤흥길의 작품 등도 다루었다.

제3부는 거창한 문학적 담론보다는 밑줄 긋기의 문학 이론이 필요할 것 같아 시론, 소설론에 관한 몇 가지 논의를 검토하였다. 또 20세기에 발달한 뉴 미디어 시대와 문학의 관계, 영상 매체와 문학의 관계, 기타 학문과의 관계에 대한 비평적 글쓰기의 모음이다. 뿐만 아니라 문학 이해를 위한 각종 참고 문헌을 소개했다. 그리고 문학과 관련한 이해의 잣대를 필자의 독서 경험과 열정을 바탕 삼아 글쓰기를 했다.

지금도 고뇌한다. 쓰고 있다. 그래서 비평 행위를 하고 있다. 그러나 필자의 비평적 글쓰기가 한국비평문학사에 기여할 수 있는 한 줄이기를 바라면서.

2004년, 이른 봄 울산 〈無鄕山房〉에서.

목 차

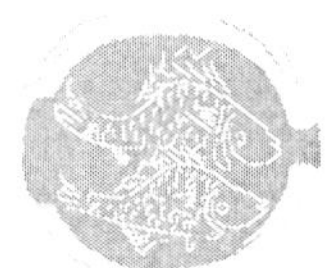

제1부 시와 실천

제2부 소설과 굴절 시대의 삶

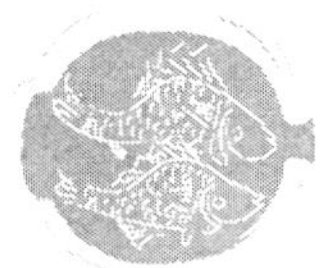

제3부 문학론과 비평의 채색

제1부

시와 실천

1 정지용의 「琉璃窓-Ⅰ」 해석 문제

琉璃에 차고 슬픈것이 어른거린다. / 열없이 붙어서서 입김을 흐리우니
길들은양 언날개를 파다거린다. / 지우고 보고 지우고 보아도
새까만 밤이 밀려나가고 밀려와 부딪치고, / 물먹은 별이, 반짝, 寶石처럼 박힌다.
밤에 홀로 琉璃를 닦는것은 / 외로운 황홀한 심사이어니,
고운 肺血管이 찢어진 채로 / 아아, 뉘는 山ㅅ새처럼 날러갔구나!

-「琉璃窓・Ⅰ」(≪조선지광≫89호, 1930.1)

■ 정지용의 「琉璃窓-Ⅰ」 해석 문제

1. 문제 제기

한국 현대시 연구의 문제점 가운데 하나는 특정 작품에 대해 당대 비평의 권위자의 평가를 후대 연구자들이 실증적인 연구 없이 무비판적으로 수용하고 있다는 점이다. 오세영은 현대시 연구의 문제점을 다음과 같이 지적하고 있다.1)

기존 평가에 대한 맹목적인 추수를 들 수 있다. 우리 학계는 그 무슨 이유이던 간에 일단 한 작품에 대한 평가가 권위를 갖게 되면 일방적으로 그 견해를 답습하는 연구가 열을 선다. 그와 다른 독창적인 생각, 비판적인 입장은 매도당하기 십상이고 그야말로 뒷북치기 경쟁에 너도나도 앞장을 서는 것이다. 그러니 그 후속 비평이나 논문이라는 것 역시 재탕 삼탕의

---

1) 오세영은 현대시 연구의 문제점 가운데 <작품 연구>의 문제점들을 다음과 같이 짚고 있다. ① 너무 이념 중심으로 작품에 접근한다는 점이다. ② 지나치게 시류를 편승한다는 점이다. ③ 기존 평가에 대한 맹목적인 추수를 들 수 있다. ④ 시인 자신의 전기적 사실과 작품의 상상 세계를 혼동하는 우를 범하고 있다는 사실이다.(「현대시 연구에 대한 성찰」, ≪시와 시학≫, 2002, 가을호, 187~203쪽).

의미로서 끝날 뿐 창의적인 업적이 되기가 어렵다.
　　　-(「현대시 연구에 대한 성찰」, ≪시와 시학≫, 2002, 가을호, 196쪽)

　　오세영의 위와 같은 지적은 오늘날 평단의 풍속도와 문학 연구자들에게 일침을 가한 것이라 생각된다. 그래서 비평가나 문학 연구자들이 한 번쯤 깊이 반성해야 할 것이다. 한국시문학사의 첫 단추는 좋은 작품에 대한 평가부터 시작된다. 좋은 작품일수록 철저히 검증하고 평가하여 작품 가치의 제자리 찾기를 해야 할 것이다. 그러나 오세영의 지적처럼 오늘날 연구자들은 작품에 대한 자신의 검증과 통찰력 있는 평가 태도를 견지하기보다는 권위자의 비평 태도에 긍정적 가치만 덧칠하는 것을 종종 목격하게 된다. 그러나 최근 몇몇 연구자나 비평가의 자세가 진지해지기 시작한 것은 다행한 일이다.2)

　　본고는 특정 작품에 대해 앞선 연구자들의 평가를 무비판적으로 수용하는 태도의 문제점을 검토하여 좋은 작품에 대한 올바른 평가 태도와 실증적인 연구 자세를 견지해야 한다는 전제에서 시작한다. 더불어 현대시 연구의 한 문제점인 작품론에 치중하여 작가와 관련한 전기적 비평을 소홀히 하여 작품의 주제를 파악하지 못하는 경우도 짚고자 한다. 따라서 본고는 이런 문제점을 보여 주는 정지용의 「琉璃窓·Ⅰ」을 대상으로 한국 현대시 연구의 문제점을 짚고자 한다. 이는 한국 현대시 연구의 문제점을 극복하는 방안과도 무관한 것이 아니다.

---

2) 김종윤은 "한국현대시문학사의 중심축을 형성하는 시인으로 인정하기에는 은근히 불만스러운 점이 한 두 가지가 아니었다. 이러한 불만은 자연스럽게 지용의 문학에 대해 몇 가지 의문을 떠오르게 했다."고 하면서 "지용 문학에 대해 갖게 되는 의문점들을 문학사적 정리, 역사의식과 현실인식, 언어의식, 시적 기교, 동양적 시정신 등 5가지 범주로 나누어 논의하였다."(「芝溶 문학에 대한 몇 가지 의문」, ≪한국시학연구≫(7호), 2002, 83~108쪽). 김종윤의 논의 외에도 이숭원의 「김소월 연구의 문제점」, 김주현의 「이상 문학 연구의 문제점」, 김유중의 「김기림 문학 연구의 문제점」(≪문학사상≫, 1996년 11월호) 등은 기존 평가에 대해 새로운 각도에서 논의할 필요성을 제기하고 있다.

2. 비평의 권위

1930년대 한국 모더니즘 시의 대표 주자이며, 「鄕愁」의 시인으로 유명한 정지용(1902-1950)[3]의 시 가운데 「琉璃窓·Ⅰ」은 자주 인용되는 그의 대표작 가운데 하나이다. 이 시를 인용하는 이유는 앞에서 언급한 것처럼 특정 작품에 대한 비평의 권위와 그에 따른 연구자들의 무비판적인 답습을 검토하면서 실증적 연구의 필요성을 설명하는데 의미있다고 판단했기 때문이다. 그 전문을 인용하면 다음과 같다.

琉璃에 차고 슬픈것이 어른거린다.
열없이 붙어서서 입김을 흐리우니
길들은양 언날개를 파다거린다.
지우고 보고 지우고 보아도
새까만 밤이 밀려나가고 밀려와 부딪치고,
물먹은 별이, 반짝, 寶石처럼 박힌다.
밤에 홀로 琉璃를 닥는것은
외로운 황홀한 심사이어니,
고운 肺血管이 찢어진 채로
아아, 늬는 山ㅅ새처럼 날러갔구나!

-「琉璃窓·Ⅰ」(≪조선지광≫ 89호, 1930. 1)

위의 시에 대한 창작 배경과 주제에 대한 논란이 비평가들 사이에 분분하다. 특히 창작 배경에 대한 실증적 연구(작가 연구)의 부족으로 주제에 대한 혼란상을 야기하고 있기 때문에 이를 검토할 필요성이 있다. 편

---

3) 남한에서는 정지용이 1950년 평양 교화소(교도소)에 수감 중 폭격으로 사망한 것으로만 알려져 있다. 북한의 경우 2001년 완간된 ≪조선대백과사전≫(전 30권)의 제17권에서 정지용의 사망 원인이나 장소를 밝히지 않은 채 9월 25일 사망했다고 기술하고 있다. 한국 방송대 박태상 교수는 1950년 9월 21일 동두천 소요산에서 미군 비행기의 기총소사로 숨졌다고 밝혔다.(≪동아일보≫, 2003년 4월 3일).

의상 연대별로 기호를 붙여 정리한다.

가) 김흥규는 "시인이 29세 되던 1930년에 쓴 것으로, 자식을 잃은 젊은 아버지의 비통한 심경을 주제"(「유리창·Ⅰ」, 『한국현대시를 찾아서』, 한샘, 1982/ 개정증보판 1992, 321쪽)로 형상화했다고 한다.

나) 정지용 연구에 심혈을 기울였던 김학동은 "그 자신 어린 아이를 잃고 썼다는 「유리창·Ⅰ」"(「신성성과 〈서늘오옴〉의 시관」, 『정지용연구』, 민음사, 1987/ 1997 개정판, 115쪽)이라고 하여 학계에서는 대체로 받아들이고 있는 실정이다.

다) 오세영은 "이 시에서 '산새처럼 날아간 너'(죽은 사람)는 물론 화자가 사랑하는 사람이다. 시인(정지용)의 전기적인 사실에 비추어 볼 때 그는 아마도 유년의 나이에 폐렴으로 죽은 그의 첫 아이였을지도 모른다. 그러나 이런 전기적 사실이 이 시를 작위적 해석으로 몰고 가는 것은 바람직하지 않다"(「정지용」, 『한국현대시 분석적 읽기』, 고려대학교출판부, 1988, 121쪽)라고 하여 작품의 내적 진실을 통해 시의 주제를 밝히고자 한 입장이다. 그래서 전기적 해석을 제외한 시 분석의 태도를 보여 준다. 그러나 그의 전기적 사실을 언급했기 때문에 이를 주목한다.

라) 오탁번도 정지용이 어린 자식을 잃고 썼다는 친애(親愛)의 감정을 유리창을 통해 표현했다(오탁번, 「유리창, 황홀한 대위적 이미지」, 『한국대표시평설』, 문학세계사, 1993, 682쪽)고 한다.

마) 한계전은 "전기적인 고찰에 의하면 이 시는 자신의 어린 딸을 잃고 지은 것이라고 한다. 이 시에서는 그러한 슬픔을 마구 토해내거나 배설하는 것이 아니라, 조용히 차갑게 응결시킨다. 자신의 슬픔을 객관적인 이미지로 응결시키는 것이 이 시의 중요한 작업이었던 것처럼 여겨진다"(『한국 현대시 해설』, 관동출판사, 1994, 538 쪽)

고 평했다.

> 바) 이가림은 〈"안으로 열하고 겉으로 서늘옵기"를 주장하면서 '시의 위의'를 고고히 지키고자 했던 정지용 시학의 실천적 본보기로서 높이 평가할 만하다〉고 하면서 "어린 딸을 잃은 슬픔을 애상적 어조로 토로하는 낭만주의적 엘레지에서 벗어나 철저히 계산되고 통제된 구체적 시어의 사용 '유리', '언날개', '물 먹은 별', '보석', '폐혈관', '산새' 등 감각적 즉물적 이미지의 결합에 의해 빈틈 없는 짜임새의 견고한 시적 건축물을 이루고 있는 점에서, 이미지즘을 표방하는 당시의 시편들 중 단연 돋보이는 광채를 발한다"(「정지용의 '유리창·Ⅰ'」, 《시와 시학》, 2002, 여름호, 180~181쪽」)고 평가했다.

기성 세대들의 위와 같은 혼란스러운 평가를 답습한 고등학교 참고 도서에도 문제점이 없는 것은 아니다. "7종의 고등학교 문학 교과서에 수록되어 있으며, 정지용의 작품 가운데서도 언어 감각과 세련된 기법으로 씌어진 수작"[4]으로 소개된 시를 교육 현장마다 다르게 가르치고 있는 실정이다. 이남호는 "정지용이 그의 나이 29세 때 어린 자식을 병으로 잃고 그 슬픔을 노래한 것이다. 거의 모든 교과서나 참고서는 이러한 전기적 사실을 이 작품의 전이해로 제시해 주고 있다"고 했다. 실제로 "〈서울대 국어 교육 연구소〉에서 편찬한 고1 국어 상권 243쪽에 수록된 정지용 시인의 「琉璃窓·Ⅰ」의 창작 배경 설명 중 '이 시는 시인이 아들을 잃고 쓴 시'라고 돼 있다."[5] 이처럼 이 시의 창작 배경이 논자마다 다르다.

논자들의 창작 배경에 대한 설명을 정리하면 다음과 같다.

---

4) 이남호, 『교과서에 실린 문학 작품을 어떻게 가르칠 것인가』, 현대문학, 2001. 92쪽.
5) 〈서울대 국어 교육 연구소〉에서 편찬한 고1 국어 상권 243쪽에 수록된 정지용 시인의 「유리창·Ⅰ」의 창작 배경 설명 중 '이 시는 시인이 아들을 잃고 쓴 시'라고 한다'고 돼 있는 부분이 잘못됐다고 주장했다.(「고 1 국어 교과서 내용 오류」, 《경상일보》, 2003년 6월 4일).

논자(출판사)	출판연도	창작배경
박용철 (「乙亥詩壇總評」,《동아일보》)	1935. 12	어린 아들
김흥규	1982/1992	자식
김학동	1987/1997	어린 아이
오세영	1988	첫 아이(?)
오탁번	1993	어린 자식
한계전	1994	어린 딸
양왕용 (「정지용의 '유리창'」, 『시와시학』)	1994(봄호)	딸
이숭원 (『정지용 시의 심층적 탐구』)	1999	어린 아들
남기혁 (「정지용의 '유리창 I'」, 『한국 현대시와 침묵의 언어』/ 2001년《심상》발표)	2001. 1/ 2003	자녀
이가림	2002	어린 딸
국어(상권, 서울대국어교육연구소)	2002	아들

　　위의 표에서 보듯이 김흥규는 자식 잃은 비통한 아버지의 심경을 보여 준다고 했지만 이에 대한 전기적 사실을 검증하지 않았다. 이후 실증주의적 연구 관점을 지속적으로 고수한 김학동도 그의 가계도에서 이 시의 창작 배경이 되는 아이의 죽음에 대해 명확하게 밝히지 못했다.6) 이후에 한계전도 마찬가지로 죽은 자식의 슬픔을 전제로 작품을 해석하고 있다. 다만 오세영은 전기적 사실에 대해 문제점을 제기했다. 그래서 "유년의 나이에 폐렴에 죽은 그의 첫 아이"이었을지도 모른다는 다소 유보적인 입장을 보였다. 뿐만 아니라 "유리창 역시 개인적 사랑의 상실을 노래

---

6) 필자는 송욱의 연보를 작성하면서 <호적등본>에 나타나지 않았던 송욱 형제를 찾았다. 물론 유족의 인터뷰를 통해서 가능했다.(졸저, 「출생과 작고」, 『송욱평전』, 좋은날, 2000, 200쪽).

하고 있지만 그 기저에는 식민지 상황이라는 저 암울한 비극적 슬픔과 허무 의식에 한의 형태로 내면화되어 있었던 것이다."7)라고 평했다. 한국 현대시에 대한 간략한 해설을 정리한 최동호는 「琉璃窓·Ⅰ」을 "정지용이 어린 자식을 잃고 비애의 절정에서 썼다."고 정리했다.8) 이처럼 비평가들이나 연구자들의 태도가 실증적인 태도를 보여 주지 못하고 무조건적 수용 위에서 시를 작위적으로 해석하고 있다는 것을 알 수 있다.

최근에 출판된 『다시 읽는 정지용 시』에서도 선행 연구자들의 연구 결과를 무비판적으로 수용하고 있는 예를 볼 수 있다.

> 널리 알려진 대로 이 시는 어린 아들을 잃은 아픔을 표출한 작품이다. 이런 사연은 박용철이 "그가 이 시(詩)를 쓴 것은 그가 비애(悲哀)의 절창에 서서 그의 심정(心情)이 민광(悶狂)하려든 때"이니 "그는 그의 사랑하는 어린 아들을 잃은 것이다"(『박용철전집 2권』, 동광당서점, 1940, 90면)라고 지적한 이래 시작의 동기이자 해석의 단서로 그대로 승인되어 왔다. 근래에 이숭원은 정지용이 1927년과 1929년, 그리고 1937년에 각각 딸 하나와 아들 둘을 잃었음을 밝혔다.(이숭원, 『정지용 시의 심층적 탐구』, 태학사, 1999, 34~36면). 이 시의 배경이 되는 사건은 1929년에 있는 이남의 죽음이다. 이 같은 사정을 고려할 때 시의 화자는 시인과 일치한다고 봐도 무방할 것이다. -(이창민, 「감상의 제어와 표현의 기구」, 『다시 읽는 정지용 시』, 월인, 2003, 103~104쪽)

인용에서 보듯이 이창민은 "널리 알려진 대로"라는 수식어를 작품의 창작 배경으로 인용하면서 "어린 아들을 잃은 아픔"으로 설명하고 있다. 그 근거로 박용철의 평에 두고 있으며, 또한 이숭원의 논의에 따라 둘째 아들의 죽음이라고 단정하고 있다. 연구자인 이창민은 실증적인 연구 태도를 견지하지 못했으며, 무비판적인 태도를 보여 주고 있다. 뿐만 아니

---

7) 오세영, 「정지용」, 앞의 책, 122쪽.
8) 최동호 편저, 『한국 명시』(상), 한길사, 1996, 332쪽.

라 젊은 비평가의 경우에도 "시인의 전기적 사실을 고려한다면 이 비유는 어린 나이에 죽은 시인의 자녀를 가르킨다."9)고 하여 창작 배경에 대한 실증적 연구의 중요성을 간과한 것 같다. 더구나 정지용 탄생 100주년이 되는 지금까지 그의 작품에 대한 올바른 평가나 연구가 혼란 속에서 진행되고 있다. 그래서 필자는 이 문제를 해결하는 방안으로 실증적 연구의 필요성을 제시하고자 한다.

3. 실증적 연구의 필요성

「琉璃窓·Ⅰ」은 유리창을 매개체로 하여 '고운 肺血管'이 찢어진 채로 '산ㅅ새처럼' 날아 가버린 사람에 대한 안타까움과 그리움을 표현한 작품이다. 이처럼 이 작품에 대한 내재적 접근만으로 작품의 주제를 파악할 수도 있다. 그러나 이 작품의 배경에는 사랑하는 사람을 잃은 슬픔과 그리움이라는 정지용 생애의 한 징후가 배경으로 자리한다는 점에서 전기적 사실이 뒷받침되어야만 이해의 폭을 가질 수 있는 것이다. 이처럼 작품 이해를 전제할 때는 작가의 전기적 사실을 반드시 검토해야 한다. 따라서 「琉璃窓·Ⅰ」의 창작 배경을 구체적으로 접근하기 위해 정지용의 전기적 사실을 주목해야 한다.

정지용의 가계도에 조사된 자녀 출생연월일을 참고해 보면, 우선 이 시의 배경이 되는 자식의 죽음에 대한 근거를 찾을 수 있다. 정지용은 처 송재숙(宋在淑) 사이에 구관(求慣, 장남, 1928년 생), 구익(求翼, 차남, 1931년 생), 구인(求寅, 삼남, 1933년 생)과 구원(求園, 장녀, 1934년생)을 두었다.10) 정지용이 이 시를 창작한 시기(1929년 12월)나 발표한 시기(1930년 1월

---

9) 남기혁, 「정지용의 '유리창Ⅰ'」, 『한국 현대시와 침묵의 언어』, 월인, 2003.(≪심상≫, 2001, 1).
10) 김학동, 「정지용의 가계보」, 『정지용연구』, 민음사, 1987/ 1997(개정판), 352쪽.

《朝鮮之光》)를 보면, 이 시의 배경이 되는 죽은 자식은 장남일 가능성이 제일 높다. 장남의 죽음이 사실이라면 이 시의 주제가 죽은 아들에 대한 슬픔과 그리움이 될 수 있지만, 장남이 생존해 있다면 장남일 가능성은 없다. 장남은 현재까지도 생존해 있다.11) 따라서 이 시의 전기적 사실은 새로운 검토의 대상이 될 수밖에 없다. 여기서 필자는 작가 연구에서 작가 생애 연보의 정리와 검토의 필요성을 강조하는 것이다.12)

이 시의 주제와 전기적 사실이 관련성을 가지려면, 몇 가지 가능성을 제고해 볼 필요가 있다. 첫째 본처에서 난 자식이 태어나자마자(적어도 1929년 12월 이전) 죽었을 경우, 호적에 올라 있지 않았을 수도 있다. 둘째는 만약의 경우 또 다른 여인이 있었다는 가정 하에서 태어난 자식을 상상해 볼 수 있다. 물론 호적상 등재되지 않았음을 전제로 할 때 가능한 이야기다. 이를 위해서는 우선 작가 연구 대상자인 유족의 인터뷰와 〈호적 등본〉의 확인이 필요하다. 〈호적등본〉에 등재되지 않는 유족의 경우에는 생존해 있는 유족의 인터뷰를 통해 가족의 생사 여부를 파악할 수 있다. 필자는 정지용의 전기적 연구에 깊은 관심을 보여 준 김학동과 이 시의 창작 배경의 관건이 되는 장남에 대한 인터뷰를 시도했다. 정지용의 장남 정구관의 인터뷰를 정리하여 소개하면 다음과 같다.

제 위로 4살 위인 누이가 있었다. 당시 부모님이 옥천에 사실 때였다. 이 때 누이는 홍역(?) 같은 병에 걸려 죽었을 것이다. 아마도 아버지가 누이를 생각해서 지었다고 볼 수 있다. 당시에는 질병으로 죽는 아이들이 다반사였기 때문에 죽은 내 누이도 그것에서 벗어나지 않았다고 볼 수 있다.

11) 필자는 졸저를 교정하는 동안 정구관이 사망했다는 기사를 접했다. "시인 정지용 (1902~ ?)의 맏아들인 정구관 지용기념사업회 이사장이 24일 경기 의정부시 의정부 성모 병원에서 숙환으로 별세했다. 향년 76세. 유족으로는 부인 송연희 씨(68)와 아들 운영 씨(45·CJ 원료영업팀 부장) 등 2남 2녀가 있다."(《동아일보》, 2004. 4. 26).
12) 졸저, 『작가 연구 방법론』, 역락, 2002, 참고.

저는 죽은 누이를 위해서 지었다는 말을 듣지도 못했고, 어떤 출처에서 나
왔는지도 모른다. 아마 후배들에게 이야기했을 것이다. 이 작품이 1929
년도에 썼으니까. 죽은 누이가 아닐 수 없다. 그래도 아들이든 딸이든 죽
은 자식에 대한 심정을 읊은 것은 사실일 것이다.(의정부시 녹양동 거주,
2002년 12월 16일 인터뷰).

장남 정구관의 인터뷰에서 보듯이 〈죽은 딸〉이 이 시의 창작 배경임
을 알 수 있다. 따라서 더 이상 해석의 오류가 진행되어서는 안 될 것이
다. 그럼에도 불구하고 필자가 조사한 바에 따르면 아직도 이에 대한 논
란이 계속되고 있다.

『정지용연구』의 저자 김학동은 당시 정구관을 만난지도 10년이 지났
다면서 당시에는 이 문제에 대해 묻지도 않았다고 한다. 다만 〈호적등본〉
대로만 정리했다고 한다.(서울시 은평구 녹번동 거주, 2002년 12월 16일 인터
뷰). 결국 이 시의 주제를 정리하면 〈딸을 잃은 슬픔〉의 감정을 노래한
것이라고 정리하는 것이 타당할 것이다. 이는 작가 연구를 통한 작품 분
석이라는 큰 범주에서 선행 연구에 대한 연구자들의 추수주의에 대한 반
성과 함께 실증주의적 관점이 중요하다는 것을 새삼 알 수 있다.

김수영은 시의 권위가 있어야 비평의 권위가 선다고 했다. 정지용의
시의 권위를 제대로 찾으려고 한다면 비평의 권위가 서는 후학들의 노력
을 보여 주어야 한다. 여기서 필자는 비평의 권위와 동시에 한국시를 제
대로 읽고 있는가라는 시 해석의 근본적인 문제를 제기하는 것이다. 따
라서 현대시 분석에 있어 비평의 권위를 제대로 세워야 한다는 점을 상
기할 필요가 있다.

참고 문헌

김학동, 「신성성과 〈서늘오옴〉의 시관」, 『정지용연구』, 민음사, 1987(1997 개정
　　　판).

김흥규, 『한국현대시를 찾아서』, 한샘, 1982/ 개정증보판 1992.

남기혁, 「정지용의 '유리창 I'」, 『한국 현대시와 침묵의 언어』, 월인, 2000/ ≪심
　　　상≫, 2001. 1.

박종석, 『작가연구방법론』, 역락, 2002.

송성헌, 『작품 중심 문학 연구』, 한국문화사, 2002.

신동욱, 『문예비평론』, 고려원, 1984.

양왕용, 「정지용의 '유리창'」, ≪시와 시학≫, 1999.

오세영, 「정지용」, 『한국현대시 분석적 읽기』, 고려대학교출판부, 1988,

　　　, 「현대시 연구에 대한 성찰」, ≪시와 시학≫, 2002, 가을호.

이가림, 「정지용의 유리창 · I」, ≪시와 시학≫, 2002 여름호.

이남호, 『교과서에 실린 문학 작품을 어떻게 가르칠 것인가』, 현대문학, 2001.

이숭원, 『정지용 시의 심층적 탐구』, 태학사, 1999.

이창민, 「감상의 제어와 표현의 기구」『다시 읽는 정지용 시』, 월인, 2003.

최동호 · 맹문재 외, 『다시 읽는 정지용 시』, 월인, 2003.

최동호 편저, 『한국명시』(상), 한길사, 1996.

한계전, 『한국 현대시 해설』, 관동출판사, 1994.

2 시행(詩行)과 연(聯)의 의미

시인의 시행 구성은 시적 의도와 부합해서 한다는 것을 알 수 있다. 또 연의 구성은 표면적으로는 이질적인 의미를 담고 있지만 이면적으로는 상호 연관성이 있는 이미지를 구심점으로 하여 주제를 구체적으로 부각시킨다는 것을 알 수 있다.

■ 시행(詩行)과 연(聯)의 의미

필자는 시를 연구하면서 시인들이 어느 때 시행을 바꾸는지에 대해 생각을 했었다. 시인들은 시행을 어느 때 바꾸는 것이 좋은지 혹은 시행을 바꿀 때 일정한 근거나 기준이 있는지 고민했었다. 창작 당시의 시인의 편력에 의존해서 행을 바꾸는 것이 아닌가하는 생각이 들기도 했다. 물론 시인의 창작 의도가 깔려 있다고 볼 수 있다. 그럼에도 불구하고 이에 대한 어떤 이론적 근거나 규칙들이 정립된 것이 있는지를 생각하지 않을 수 없다.[1] 왜냐하면 시행은 시의 구성과 관련이 있기 때문이다. 물론 정형시일 경우가 아니면 일정한 운(韻)을 맞추려는 의도가 있다는 것은 이미 알려진 사실이다. 가령 김소월의 「진달래꽃」은 운율과 한시 구성법인 기승전결의 구조 때문에 행과 연의 구별이 이루어졌음은 두루 아는 바이다. 전문을 인용하여 살펴보면 다음과 같다.

---

1) 김춘수는 행과 연이 이루어지는 이유를 ① 리듬의 단락, ② 의미의 단락, ③ 이미지의 단락이라고 했다.(『김춘수전집-②』, 문장사, 1982, 403쪽 참고).

나 보기가 역겨워
가실 때에는
말없이 고이 보내 드리오리다.

영변(寧邊)에 약산(藥山)
진달래꽃
아름 따다 가실 길에 뿌리오리다.

가시는 걸음 걸음
놓인 그 꽃을
사뿐히 즈려 밟고 가시옵소서.

나 보기가 역겨워
가실 때에는
죽어도 아니 눈물 흘리오리다.
                    -(『개벽』 25호, 1922.7)

　　주지하다시피 이 시는 한과 애수의 한국 고유 정서(「공무도하가(公無渡河歌)」, 「가시리」, 「서경별곡(西京別曲)」)와 7·5조의 대중적 리듬과 이별과 그리움, 체념의 미학을 극대화한 시인으로 평가받는 김소월의 대표작 중의 한 편이다.2) 이 시의 행과 연의 구조를 살펴보면 그 시행 구성의 원리를 파악할 수 있는 단서를 발견하게 된다. 1연의 경우는 7·5조 리듬, 즉 "나 보기가 역겨워(7) / 가실 때에는(5) / 말없이 고이 보내(7) ∨ 드리오리다.(5)"의 형태를 띠고 있다. 이 리듬은 음수율에 따르고 있어 음수율이 행과 연을 구별하는 잣대가 된다는 것을 알 수 있다. 이런 리듬을 반복적으로 제시하면서 연의 형태를 만들고 있고, 각 연의 구성이 기승전결의 구조를 갖추고 있기 때문에 행과 연의 형태를 뚜렷이 파악할 수 있다. 결국 행의 구성은 운율에 따랐다고 볼 수 있다. 그러나 운율에 의

---

2) 졸저, 「시의 난해성과 비유법」, 『한국 현대시의 탐색』, 역락, 2001, 324~325쪽 참고.

지하지 않을 경우는 어떻게 행이 구성되는지 알 필요가 있다.

필자가 고민하는 것은 일정한 운의 법칙에 근거한 것이 아닐 경우이다. 그럴 경우 어떻게 시행을 바꾸는지, 연을 구성하는지 꼼꼼히 생각해 보았다. 우선 한 편의 시를 인용하여 이를 살펴보자.

> 자전거 유모차 리어카의 바퀴
> 마차의 바퀴
> 굴러가는 바퀴도 굴리고 싶어진다.
> 가쁜 언덕길을 오를 때
> 자동차 바퀴도 굴리고 싶어진다.
>
> 길 속에 모든 것이 안 보이고
> 보인다, 망가뜨리 싶은 어린 날도 안 보이고
> 보이고, 서로 다른 새 떼 지저귀던 앞뒷숲이
> 보이고 안 보인다. 숨찬 공화국이 안 보이고
> 보인다. 굴리고 싶어진다. 노점에 쌓여 있는 귤.
> 옹기점에 엎어져 있는 항아리, 둥그렇게 누워 있는 사람들.
> 모든 것 떨어지기 전에 한 번 날으는 길 위로.
>
> —황동규, 「나는 바퀴를 보면 굴리고 싶어진다」(1978)

위의 인용시의 1연 1행은 근대 과학의 부산물(자전거/유모차/리어카)로 파악할 수 있기 때문에 한 행으로 볼 수 있다. 그리고 2행은 고대의 부산물(마차)로 볼 수 있기 때문에 한 행으로 독립된 것이다. 고대로부터 근대까지 부산물을 통해 시대의 흐름을 상징하고, 시대의 흐름을 바퀴로 표현한 것이다. 굴러가는 역사의 수레바퀴를 구체적으로 표현하려는 의도를 3행으로 볼 수 있다. 이는 시인이 굴러가는 역사의 수레바퀴를 생각하고 있는 것이다. 평탄 길의 역사가 아니라 시대의 아픔과 질곡(桎梏)의 역사를 표현하려는 의도를 시인은 4행으로 잡은 것이다. 이러한 시대의 아픔이 현대의 부산물인 자동차 시대에도 굴리고 싶어진다고 표현함으로써 시대의 아픔이 순환되고 있음을 암시하는 것이다. 그래서 시인은 "굴러가는 바퀴도 굴리고 싶어진다."고 하는 것이다.

1연의 1행과 2행, 3행은 한 목소리를 담은 행을 세 등분함으로써 시행을 구성한 것이다. "가쁜 언덕길을 오를 때"의 숨찬 모습은 시대의 고통을 연상시키는 한 시행의 단위이다. 여기서 시인이 고대나 근대보다는 시인이 살고 있는 현실에 더욱 밀착되어 있다고 볼 수 있다. 왜냐하면 자동차는 현대의 상징물로 이해할 경우, 이를 굴리고 싶어진다는 것은 현실의 아픔을 표현하려는 욕망을 의미하기 때문이다. 대체로 1연은 바퀴의 의미를 통해서 역사의 수레바퀴, 현실의 수레바퀴를 상징하는 것이다. 결국 1연의 행 구성은 시대의 아픔을 고대, 근대라는 시대를 상징하는 의미와 함께 시대의 흐름을 상징하는 바퀴의 연합체계로서 각각 한 행씩 구성했음을 알 수 있다. 여기서 1연은 종결하게 되고, 자연스럽게 2연은 새로운 시 의미를 담은 시행으로 시작된다.

2연은 "길 속에 모든 것이 안 보이고"라는 시행의 첫 구절로 시작된다. 길이란 중의적 의미로 삶의 길을 의미하기도 한다. 삶이란 현실을 의미하는 것이고 현실의 삶이 보이지 않는다는 것은 현실의 절망을 내포하는 것이다. 망가뜨리고 싶은 어린 날의 과거와 현실은 배치되고 자유를 갈망하는 새떼들의 세계가 보이지 않는 현실의 〈숨찬 공화국〉을 시인은 목도(目睹)하고 있는 것이다. 서민들의 삶의 모습인 노점에 쌓여 있는 둥근 〈귤〉 모양과 둥근 〈항아리〉, 둥그렇게 누어 있는 〈사람들〉은 한결 같이 바퀴처럼 둥글다. 이는 1연과 2연의 연관성을 유지하려는 시인의 의도라고 볼 수 있다. 여기서 연의 구별이 내용상 서로 이질적인 부분이지만 〈둥글다〉는 이미지가 갖는 의미를 공통 속성으로 시작(詩作)했음을 알 수 있다.

둥글다는 것은 쉽게 굴러간다는 의미인데 현실은 순탄하게 굴러지지 않기 때문에 "한 번 날으는 길 위로" 가고 싶은 시인의 욕망의 표현이다.

지상에서 떠나 나는 길 위로 가고자 하는 열망은 시인이 현실에 대한 부정적 인식이 강하다는 것이다. 굴러가는 상황이 한계에 왔기 때문에 시인은 이제 〈날으는 길〉을 꿈꾸는 것이다. 이는 부정적 현실과 불안한 사회에 대한 강한 불만이며, 현실의 대안을 꿈꾼 것이라 할 수 있다.

1연과 달리 2연은 의미 단위로 행을 구성한 것이 아니라는 점을 주목해야 한다. 행의 구성은 시의 의미 전달 단위로 볼 수 있다. 왜냐하면 행은 시인이 표현하고자 한 최소의 의미 전달 단위이기 때문이다. 그런데 2연은 시인이 의도적으로 의미 전달 단위의 시행을 파괴한 것이다. 2연과 같이 의미 전달의 혼란 내지는 파괴를 통해 시행을 구성했기 때문에 굳이 1연과 같이 시행을 구성할 필요가 없었을 것이다. 이럴 경우 행간걸침(enjambemant)[3]을 생각해야 한다. 행간걸침은 시인이 의미 전달을 증폭시키기 위해 행을 구별한 것이라 볼 수 있다. 그렇다면 시인의 의도에 따라 2연은 행간걸침을 통해 시행을 구성한 것이다. 2연의 1행은 '길 속에 모든 것이 안보이고'라고 하면 시대 상황과 어두운 사회 상황의 상징적 표현으로 끝맺을 수 있다. 그러나 시적 긴장과 애매성을 특징으로 하기 때문에 2행의 첫 세 음절은 '보인다'고 하면서 행간걸침을 했다고 볼 수 있다. 즉 1행에서 5행까지 시행을 재구성하면 다음과 같다.

> 길 속에 모든 것이 안 보이고 / 보인다,
> 망가뜨리 싶은 어린 날도 안 보이고 / 보이고,
> 서로 다른 새 떼 지저귀던 앞뒷숲이 / 보이고 안 보인다.
> 숨 찬 공화국이 안 보이고 / 보인다.

위와 같이 의미 전달의 단위를 무시한 시인의 의도를 시대 상황과 결

---

3) 황진이 시조의 가운데 행간걸침을 볼 수 있다. 가)는 원시조이고, 나)는 행간걸침의 경우를 보여준다. 가) 어져 내 일이야 그릴 줄(그렇게 될 줄/ 그리워할 줄)을 모르다나 / 이시라 하더면 가랴마는 **제 구타야 / 보내고 그리는 정을 나도 몰라 하노라.**-> 나) 제 구타야 보내고 그리는 정을 나도 몰라 하노라.

부해 보면, 시인이 혼재된 시대 상황을 염두에 둔 것이라는 사실을 알 수 있다. 역사를 보는 시인의 시각이 앞이 보였다가 보이지 않았다가 하는 혼재된 상황으로 파악했기 때문에 역사의 수레바퀴를 일정한 방향성이 있는 곳으로 〈굴리고 싶어진다〉는 시인의 욕망이 표현된 것이다. 혼재된 시대 상황에서 슬픔을 안고 있는 하층민(노점, 옹기점)을 시인은 응시함으로써 추상적 이상보다는 현실적 고통을 풀어내려고 했다. 하층민의 삶의 혼란스러움을 2연의 1행에서 6행까지의 행 구성의 혼란스러움을 시적 장치로 구성한 것이다. 그러나 마지막 7행은 전체 행의 집약적 표현, 즉 시인의 의도가 깔린 것으로 볼 수 있다. 왜냐하면 시인은 "모든 것이 떨어지기 전에 한 번 나는 길 위로 / 굴리고 싶어진다"는 시인의 욕망을 압축해서 보여 주었기 때문에 한 행으로 구성했다. 이런 점에서 볼 때, 시인의 시행 구성은 시적 의도와 부합해서 한다는 것을 알 수 있다. 이는 연의 구성은 표면적으로는 이질적인 의미를 담고 있지만 이면적으로는 상호 연관성이 있는 이미지를 구심점으로 하여 주제를 구체적으로 부각시킨다는 것을 알 수 있다. 그렇지 않으면 연구성의 원리가 모호할 수 있다.

결론적으로 시행은 의미 전달의 최소 단위로 구성하는 것이고, 시행의 파괴도 표면적으로 파괴일 뿐, 의도적으로는 작가의 의도가 깔린 창작의 형태로 시행을 구성한다는 것을 알 수 있다. 또한 연의 구성은 최소의 의미 전달의 집합체로 볼 수 있는데, 단연(單聯)이 아닌 경우에도 연과 연 사이에 어떤 구심적인 주제를 향해 상호연관되어 구성된다는 것을 알 수 있다. 따라서 시행과 연의 구성을 통해서 시인의 창작 의도를 파악할 수 있고, 작품의 수준을 판단할 수 있는 기준이 되는 것이다.

3 | 시의 맛

시 읽기가 모든 틀로만 이해될 수 없었음을 누구나 아는 법이다. 그러나 이제 이러한 틀을 조금 벗어나 자유롭게 시를 감상하고 이해하고 싶다는 생각이 들었다.

……

그래서 몇 편 시를 자유롭게 감상하였다.

■ 시의 맛

여태껏 시 읽기는 엄정한 이론적 틀 위에서 행했다. 특정한 이론을 바탕으로 제시하면서, 그 틀 위에서 시 분석을 했던 것이다. 설령 뚜렷한 이론을 제시하지 않았다고 하더라도 항상 일정한 틀을 유지하려고 했다. 그래서 지극히 객관성을 확보할 수 있다는 점에서 긍정적이지만 시 읽기가 모든 틀로만 이해될 수 없었음을 누구나 아는 법이다. 그래서 이제 이러한 틀을 조금 벗어나 자유롭게 시를 감상하고 이해하고 싶다는 생각이 들었다. 그래서 몇 편 시를 자유롭게 선택해서 감상하였다.

1) 꽃의 힘

꽃피울 줄 모르는 듯
봄이나 겨울이나 그 모습 그대로
죽은 듯이 네 해를
살아있던 호접란
그대 깊이 병들어

남은 날을 헤아리게 된 오늘에사
화花, 알,
짝으로 피어
눈부시네

나 몰래 숨어 있던
난초의 힘이 얼마나 강력했으면
정성이 얼마나 간절했으면
저렇게 꽃, 피우고 있을까
기다리고 기다려
빛 왈칵 쏟아놓고 있으니
병 깊은 그대
몇 날만 더 살아주어야겠네.
— 이승하(『뼈아픈 별을 찾아서』, 시와 시학사, 2001)

감 상　　하루가 힘들지 않는 이가 있으랴! 한 해가 힘들지 않는 이 몇이랴! 삶을 치열하게 살다보면 더욱 고달픈 것을, 더욱 좌절하게 되는 것을. 그러나 내일은 〈화알짝〉 꽃 필 것을 기대하기 때문에 오늘을 살아가는 것이 아닐까? 계절이 여러 번 변하더라도 〈그 모습 그대로〉 지내는 것이 얼마나 힘드는 것인지. 그러나 변하지 않고 〈그 모습 그대로〉 있는 것이 마치 〈깊이 병들어〉 있는 것처럼 보일 것이다. 그래서 〈남은 날을 헤아리게 된 오늘〉, 그 절망처럼 보이는 순간, 〈화, 알, 짝〉 짝으로 피어 눈부시는 호접란, 〈그 모습 그대로〉 살아간다면 그 호접란처럼 우리 인생이 빛나지 않을까? 우리는 〈기다리고 기다려〉야 〈빛 왈칵 쏟아〉 놓을 수 있으니, 힘든 하루, 힘든 삶의 시간 위에 〈몇 날만 더 살아〉야 할 것이 아닌가? 그래서 우리의 삶이 〈화花, 알, 짝〉, 나비 모양의 꽃처럼 화알짝, 영롱한 알처럼, 짝으로 피는 호접란처럼 빛날 것이다.

2) 「운문사(雲門寺)에서」

늦가을이 다 저물 무렵
상채기 투성인 몸을 데불고 허위허위 구름재 넘어
산문山門을 두드리는 이, 누군가.
짙어 지는 어둠 속 마지막 남은 한 방울
눈물마저 태워
끝내 뒤돌아 가는 이는 누군가.
찬 하늘가 한 점 조각달 걸려
찌르르 육신에 전율이 인다.
욕계육천欲界六天 떠돌다
한 뼘 남은 가을볕에
잡것 머얼리
알몸을 내 맡긴 이, 누군가.
눈으로 말하고, 마음으로 전하며
한 십 년 소금으로 닦여
선문禪門에 들어선 이, 누군가.
우리는
―하마 색色에 동動할 리 없겠지.
그렇지 아마.

―(김종경 ,『동백섬은 사람을 그리워하지 않는다』, 좋은날, 1999)

감 상　　시인은 삶의 고통에서 벗어나 구름재를 넘어 운문사에 드는 중생을 향해 "산문(山門)을 두드리는 이, 누군가"라고 되묻고 있다. 물론 이 되물음은 시인 자신에 대한 반사경의 물음이기도 하다. 속세의 미련 혹은 삶의 후회를 뜻하는 눈물을 시인은 "마지막 남은 한 방울 / 눈물"로 표현하고 있다. 그리고 부유(浮游)하는 생의 모습을 "찬 하늘가 한 점 조각달"로 비유한다. 또 시인은 〈한 뼘〉 남은 가을볕에 만족함을 노래하고 있다. 여기서 시인이 지향하는 무소유를 볼 수

있다. 왜냐하면 〈한 뼘〉의 가을볕에 "잡것(을) 머얼리" 던져 버리고, "알
몸을 내 맡긴 이"를 시인이 갈망하고 있기 때문이다. 이리하여 그의 시
에서 삶의 무소유를 읽을 수 있는 것이다. 속세에 지친 이들이 운문사
를 가는 이유는 삶의 무소유를 얻기 위해서가 아닌가.

이 시의 한 줄 긋고 두 행으로 이어진 마지막 "-하마 색色에 동動할 리
없겠지. / 그렇지 아마."는 언뜻 보기에 사족(蛇足)처럼 느껴지지만, 어쩌
면 불가의 깨달음이 스스로에 있다고 할 때, 마지막 두 행은 시의 불교적
색채를 한껏 뿜어내는 일상적 공안(公案)인 것이다.

3) 「청도, 방음리에서 듣다」

아침이면 동촌 할머니 콩밭 푸른 콩잎들 깨끗한 햇살 한줌
놓치지 않으려고 쑥쑥 손바닥 펼치는 소리 들었습니다.

한낮 마당 가득 옥양목玉洋木 흰 빨래 속 맑은 물기가 뽀도
록 뽀도록 마르는 소리 들었습니다.

저물 무렵 그대와의 저녁밥상을 위해 맑은 샘물을 길어 담
근 쌀들이 편안하게 불어나는 소리 들었습니다.
　　　　-(정일근, 『누구도 마침표를 찍지 못한다』, 시와 시학사, 2001)

감 상 정일근 시인의 여섯 번째 시집 『누구도 마침표를
찍지 못한다』는 그가 죽음의 문턱에서 돌아와 쏟아 부은 시이기 때문
에 그 어느 시보다도 생(生)의 감각이 살아있는 시집이라 볼 수 있다.
그는 죽음 뒤의 세상이 궁금한 것보다 이승의 삶에 더 질긴 궁금증을
가지고 있다. 그래서 시인은 이승에서 더 들으려고 하고, 더 알려고 하
고, 더 깨달으려고 안간힘을 쓰는 것이다. 시인은 시각적인 보는 행위

보다 이제 숙성된 자세로 삶의 느낌들을 강하게 듣고자 한다. 이러한 들음의 세계를 보여 주는 한 작품으로 「청도, 방음리에서 듣다」를 꼽을 수 있다. 우선 1연에서 보이는 '햇살'은 생명의 소리이며 성장의 소리이다. 1연에서의 〈아침〉이 2연에선 〈한낮(점심)〉으로, 3연에서는 〈저녁(저물 무렵)〉으로 시간적 변화를 보여 주고 있다. 이런 시간적 변화를 시인은 〈들었습니다〉라고 표현하고 있다. 이는 분명 눈으로 아침·한낮·저녁의 변화를 쉽게 볼 수 있는 것을 시인은 이를 들었다고 말한다. 시상 전개로 보아 아침-〉 점심-〉 저녁으로 온 종일의 시각적 변화를 시인은 듣는 것으로 생의 감각을 움직이고 있다. 이는 삶의 교감을 〈들었습니다〉라고 표현한 것에서 극명하게 알 수 있다. 그의 듣는 행위는 가족주의에서만 머문 것이 아니라, 자연의 변화를 보여 주는 물소리에서도 시인은 듣고 있다. 그 자연의 변화를 통해 표현된 들음의 세계는 그의 시집에 숨겨져 있다.

4) 「바다·1」

바다는
무슨 슬픔의 덩어리냐
빈 가슴팍에
푸른 수인의 번호를 달고
오늘도 고통의 비늘을 번쩍이며
몸부림치며
어디론가
급히 가는.

-(김성춘, 『그대 집은 늘 푸른 바다로 넉넉하다』, 빛남, 1991)

감 상 ||| 바다는 김성춘 시의 뿌리이다. 그에게 바다는 삶

이고 음악이고, 좋은 그림이다. 그래서 그의 시는 고운 선율이 되고 아름다운 풍경으로 피어나는 것이다. 그러나 때로는 삶의 고통이기도 삶의 희열, 종교적 열반(涅槃)이기도 하다. 그는 줄곧 바다를 떠나지 않는다. 그의 시의 깊이를 바다에서 퍼 올릴 수 있는 이유이기도 하다. 그의 시에 나타난 바다는 형형색색의 빛깔을 담고 있다. 이 시는 삶의 격정을 바다를 통해 표현하고 있다. 그 격정이란 "슬픔의 덩어리"로, "고통의 비늘"로 번뜩이며, 몸부림 치는 바다. 그 바다에 시인은 생(生)의 끝 자락을 붙잡고 있다. 그 생의 끝자락은 "몸부림치며 / 어디론가 / 급히 가는" 바다와 같은 지도 모른다. 시인은 바다의 풍경을 통해 "빈 가슴팍에 / 푸른 수인의 번호를 달고 / 오늘도 고통의 비늘을 번쩍"이는 바다 앞에 서 있다. 아마도 삶이란 "몸부림치며 / 어디론가 / 급히 가는" 바다와 같이 끝자락이 보이지 않는 것이 아닌가.

오늘 바다에 가 보라. 그 바다 끝자락에서 시인은 녹차(綠茶)를 바다와 함께 끓여 놓고 기다리고 있을 것이다.

5) 「신 헌화가」

천 길 낭떠러지 위에 늘어지도록 핀 꽃이고 싶어요.
그 꽃잎 우에 말갛게 고인 이슬
아침마다 한 사발씩 받아 드리고 싶어요.
이슬에 씻기는 바람에 씻기는
한아름 꽃잎 따다 화전을 부쳐 드리고 싶어요.
베갯머리에 잠자리에 깔아 드리고 싶어요.
한 해도 삼백예순닷새 날 천 길 낭떠러지
가지 휘도록 꽃 꺾어다 바치고 싶어요.
그 꽃보다 진한 마음 술로 가득 빚어 올리고 싶어요.
　　　　　　　　　　　－(김석규, 『태평가』, 빛남, 2001)

감 상 ||| 봄에 핀 꽃을 장엄한 의식의 멋있는 축포 소리로 묘사한 한 노시인은, 봄 꽃이 탕! 탕! 핀다고. 속세에서 눈을 돌려 3월의 천지를 보라. 개나리, 진달래, 온갖 꽃에서 흐드러지도록 봄이 와 있음을 보게 된다. '천 길 낭떠러지 위에 늘어지도록 핀 꽃'을 보라. 그러면 그 꽃잎에 맺힌 이슬을 받고, 또 화전을 부치고, 그대의 베갯머리에, 잠자리에 깔아 드리고 싶은 생각을 가지게 될 것이다.

장엄한 의식이 시작된 3월의 꽃 구경을 나서자.

6) 「파도 191」

방파제 이쪽이나 저 너머나 다 한통속이거늘
나는 평생을 기웃거렸네
-(권주열, 『바다를 팝니다』, 솟대, 2003)

감 상 ||| 생노병사에서 생은 가장 긴 과정이기에 고(苦)가 있고, 희(喜)가 있는 것이다. 그러나 삶을 뒤돌아보면 〈별것〉도 아닌 것이 된다. 고요 속에서 시작된 삶의 격정은 흔히 파도에 비유된다. 격정의 파도를 막는 것이 방파제인데, 그 방파제는 결국 이쪽이나 저쪽이나 다 〈한통속〉이라고 시인은 평생을 기웃거리며 깨달은 것이다. 속세의 이편과 저편, 이승과 저승, 고통과 열락(悅樂)의 중간쯤인 방파제를 보고서 시인은 결국 〈한통속〉이라는 저속한 생의 끝자락을 발견한 것이다. 그래서 시인은 인생의 감탄사나 수식어를 버리고 생의 한 모퉁이를 단칼에 〈한통속〉이라고 표현한다.

7) 시인이 보낸 『녹색엽서』의 잠언(箴言)

감 상　　　　신진 시인이 보낸 『녹색엽서』를 펼쳐 보았다. 순간, 시인의 시집 『녹색엽서』는 앞서 세상의 독자들에게 보여 준 시집 『멀리뛰기』의 연장선에 있다는 것을 직감하게 되었다. 『멀리뛰기』에서 시인이 펼쳐 보여 준 세상의 풍경을 보았다. 그 풍경이란 삶의 근원적 불안을 모색한 언어들이었다. 하여 시인은 「종달새는 왜 솟는가」에서 "솟기만 하는 작은 종달새의 본능인 부딪히며 부숴지는 불안과 공포의 상황을 시인은 응시"하였고, 이 응시는 곧 시인이 "왜소하며 고독한 존재"임을 깨달은 것이다.

그 삶의 근원적 불안과 고독한 존재를 오랫동안 모색한 결과, 시인이 얻은 또 하나의 결실은 삶의 가벼움을 지향한다는 점이다. 가령 "욕망의 원망의 남은 찌꺼기 / 마저 떨지 못하고"(「찌꺼기」) 있는 삶의 무게를 느끼고, 시인은 찌꺼기를 모두 "다 털어"내어야 한다는 것을 깨달은 것이다. 시인은 삶의 부피와 질량도 가벼워짐을 느낀 것이다. 가벼워짐의 표현을 시인은 "죽어서도 나는 / 작은 것 되리 / 세월 지나 누군가 나를 그린다 해도 / 이름도 얼굴도 남지 않으리 / 눈 뜨지 않고 말하지 않고 / 있는 듯 / 없는 듯 작은 것 되리."(「작은 것 되리」)라고 엽서를 쓰고 있다. 이 엽서를 쓴 배경은 "살면서 얻는 영예나 영화란/ 잠시의 틈새에 쌓은 모래성 같지 않는가? / 손바닥으로 바다 막는 일이 아닌가. / 바다에 던지는 모래뭉치 같지 않은가"라는 생활에서 얻은 것이다. 그리하여 "흔적 없이 떠나는 파도를 보면 / 아아, 나도 미련 없이 떠나고 싶다."는 생의 무(無)를 읊조리고 있다. 이는 종교의 언덕에 있는 이치(理致)가 아닌가. 허무의 극치를 본 다음에 느끼는 작은 것의 소중함, 그것은 무(無)와 같은 것, 그것은 필시 시인이 독자에게 보내는 녹색 엽서의 잠언(箴言)이리라.

시인은 녹색이라는 자연의 색깔을 엽서라는 짤막한 시어로 옮겨 놓았다. 독자들이 『녹색엽서』를 읽는 이유는 자연을 안내하는 여행 안내서가 아니라 자연에서 깨달은 삶의 이치(理致)를 들여다 볼 수 있기 때문이다.

한 구절을 인용해 볼 수 있으리라. "그믐밤 산에서 길을 잃고 / 나그네 되니 / 내딛는 걸음마다/ 길이로구나. / 딱딱새 나무 쪼는 소리에 악의가 없고 / 밤부엉이 우는 소리 시비(是非) 들 틈이 없네."(「그믐밤 길을 잃고」).

자연을 통해 생성한 삶의 질량을 시인은 녹색 엽서에 담은 것이다. 그래서 자연의 깨달음을 담은 『녹색엽서』는 우리들이 앉는 책상 한 가운데 펼쳐 놓아야 할 인생 시집인 것이다.

8) 생의 관조- 『훈평에게』

수많은 시인 가운데 시인의 시를 독자들이 기억하는 것은 쉬운 일이 아니다. 또 한국시사의 근간이 되는 지역 문단사에서 기억해 둘만 한 시인이 많지 않다고 볼 때, 김석규 시인은 앞의 두 가지 점을 만족시킬 만한 시인이다.

울산의 원로 시인인 김석규 시인은 교육계를 퇴임하면서 또 한 권의 시집을 상자했다. 오랫동안 시작(詩作)을 했지만 이번에 상자한 『훈풍에게』(빛남, 2003)는 지역 시단의 활로를 모색하는 계기일 뿐 아니라, 시인에게는 인생의 한 겹을 쌓은 시집일 것이다.

바쁘게만 돌아가는 세상, 세상의 톱니바퀴 숫자만 헤아리면서 지내는 세월 동안 시인은 팔공산, 성산포, 주전 바닷가 등을 두루 둘러 시심을 길렀을 것이다. 그래서 "이순 지나도록 어느 따뜻한 겨울을 오래도록 바다를 응시하던 눈빛"(「채워지지 않는 빈자리」 중에서)을 지닌 노 시인의 노작에서 생사의 추를 발견할 수 있을 것이다.

"성냥을 그어대면 초록불꽃이 튀겠다"(「봄날 점경」 중에서)고 봄날의 정경을 묘사했던 시인이 이제는 "다 마셔버린 술잔에 번지는 저녁노을 더욱 쓸쓸해지는 세상의 / 꽃잎은 바람에 날리고 채워지지 않는 빈자리는 허공에 걸린다"(「채워지지 않는 빈자리」 중에서)고 읊조린 시인의 모습을 생각해 보면, 노 시인에게서 품어내는 생의 의미를 관조할 수 있으리라.

울산을 둘러가는 시인, 작가들이여, 김석규 시인이 『훈풍에게』라는 시집 한 권을 책상 앞에 놓고 기다릴 터이니, 차 한잔 마시고 가시라.

9) 이상(異常)한 마을의 술래잡이
—윤향미 시집 『눈 먼 사랑의 이름』

(1) 이상한 마을에서 떠나

윤향미는 술래잡이다. 정확하게 말하면, 유년 시절의 놀이 문화를 이야기하는 것이 아니라 삶의 진정한 의미를 찾는 술래잡이다. 황폐화되어 가는 우리 주변에서 삶의 의미를 찾아 나선 윤향미 시인을 따라 간다면, 그 곳에는 은은한 오동나무의 거문고 현(絃)의 소리와 함께 비틀림이 없는 오동(梧桐)나무처럼 일상 생활의 비틀림을 바로 잡을 수 있지 않을까.

시인은 삶을 치열하게 살아가는 술래잡이다. 삶의 어귀에서 진정한 삶이 무엇인가라는 화두를 언어로 밝히는 술래잡이이다. 그래서 술래잡이가 된 시인들은 그 대상을 찾는데, 윤향미는 그 대상을 자신의 삶 주변에서 정했다. 가족, 동네, 그가 살고 있는 바다, 그리고 지리적으로 가까운 근교로 정했다. 총 65편의 시가 실린 이 처녀 시집은 시인으로서 처음 술래가 되어 술래잡기에 나서서 찾은 삶의 징후(徵候)들이다.

시인 주변에서 삶의 이야기를 대상으로 정했다는 것은 부정적으로 보자면, 삶을 거대하게 투시하는 안목을 가지지 못했다는 의미를 지닐 수 있지만, 삶을 현미경처럼 미세하게, 밀도 있게 들여다 볼 수 있다는 장점도 있는 것이다. 가령 「메주 생각」·「녹색에 대한 명상」 등에서 이러한 장점들을 극명하게 들여다 볼 수 있다. 「메주 생각」에서 메주의 숙성과정을 묘사하면서 삶의 의미를, 「녹색에 대한 명상」은 작설차를 통해서 생의 의미를 정확하게 파악하여 보여 준다. 1994년 ≪문화일보≫의 〈하계문예〉 당선작인 「녹색에 대한 명상」은 "작설차의 생김생김인 「혀」를 이만큼 풍성하고도 절도있게 추구한 정신은 쉽게 찾을 수 없을 것"이라는 평가를 받았다(황동규, 감태준). 그래서 윤향미의 시는 미세하게, 밀도 있게 삶의 질서를 예리하게 포착했다는 장점이 있다.

또한 윤향미는 생활 가까운 곳에서 정갈한 시를 쓴다. 그렇기 때문에 독자들은 윤향미 시를 가까이 하게 될 것이다. 왜냐하면 난해성, 신비성보다는 삶의 느낌들을 생활 가까운 곳에서 찾아 정갈하게 시를 썼기 때문에 독자와 가까워질 수 있는 것이다.

우선 술래잡이가 된 시인을 따라가 보자.

> 참 이상하기도 하지
> 집도 담도 없는 마을에서 사람냄새가 났어
> 드문드문 오동나무가 자라고 있었는데
> 나 그곳에 서 있었지만 누구도
> 말 걸지 않았어
> 오동나무 잎사귀 거들떠보지도 않았어
> 시간이 지날수록 오동나무에선
> 밀림의 풀냄새가 기어나오는 것이야
> 여긴 사람이 머무는 곳이 아니야
>
> ((중 략))
>
> 몰랐던 어제처럼 그냥 지나치기만 할 것
> 내일 그대가 다녀갈 것 같은 예감
> 오동나무 익은 바람 속에 섞어 놓고
> 뒤돌아보지도 않을 것
>
> 오가는 사람뿐인 여기 이상한 마을
> — 「이상한 마을」에서

윤향미는 삶의 냄새가 풍기지 않는 이상한 마을에 도착했다. 그래서 삶의 냄새를 풍기는 사람과 마을을 찾는 술래잡기를 시작했다. 술래잡이는 같이 있던 모든 사람들이 사라지면서 혼자로부터 시작된다. 그래서 주변의 풍경과 사람들이 모두 사라진다. 이제부터 풍경들을 하나씩 인식하면서 대상을 찾아 나서야 한다. "여긴 사람이 머무는 곳이 아니야" 다만 "오가는 사람뿐인 여기 이상한 마을", 이 이상한 마을에 서 있지만 누구도 말을 걸지 않는다. 그래서 "참 이상하기도 하지"라고 느낀 순간, 시인은 이상한 마을을 떠나기로 결심한다. 사람 냄새가 나는 곳으로 술래잡기를 시작한 것이다.

(2) 사람 냄새가 났어

「이상한 마을」에서 "집도 담도 없는 마을에서 사람냄새가 났어"와 "여긴 사람이 머무는 곳이 아니야"라는 곳을 주목해 보면, 시인은 사람을 찾고 있다. 그리고 사람들이 머물 수 있는 공간을 찾고 있다. 사람을 찾는다는 것은 앞에서도 말한 바와 같이, 시인 자신의 삶 주변인 가족, 동네에서 찾는다는 의미다. 가령 「감자꽃이 있는 풍경1-할머니의 장독」·「유산」의 할머니, 「굴비 네 마리」·「나무신, 그 오동의 노래」·「날개를 달고 하늘을 쳐다보기」의 아버지, 「자장가」의 어머니, 「길은 나이보다 곡선이다」·「반성문」의 자녀 등에서도 이를 알 수 있다.

그런데 이들은 한결 같이 가족의 테두리를 넘지 않는다. 그래서 윤향미는 이상한 마을에 혼자 서 있는 술래잡이기 때문에 그 대상을 우선 가족에서 찾았다. 가족이란 공동체이면서 개인에게는 가장 사람 냄새가 나는 것이다. 여기서 삶의 의미를 하나씩 터득해 간 것이다. 윤향미는 "북에 두고 온 장독 하나를 입버릇처럼 말씀"하시는 할머니를 통해 삶의 의미(「감자꽃이 있는 풍경1-할머니의 장독」)를 붙잡았다. 할머니의 말 속에는 시간적으로 찌든 때('전쟁이 나던 그 해 유월')가 묻어 있고, 세상에 대한 원망

('피난길 위의 보룻고개')도 묻어 있는 것이다. 그리고 「유산」에서는 할머니가 남긴 삶과 죽음의 의미를, 따뜻한 정(情)의 풍경도 찾았다. 물론 아버지에 대해서도 윤향미는 할머니에게서 느낀 일관된 감정을 표출하고 있다.

>미리 아셨을까, 지난해 늦은 가을
>할머니는 오래 구덩이를 파셨다
>신경통으로 아픈 뼈들을 세워
>남은 세월 두고 갈 것을 이미 아신 듯
>화단에 뿌리를 둔 더덕 향내를 비켜
>눈에 넣어도 아프지 않은 이름들을 부르며
>김치항아리를 묻고 계셨다
>
>　　　　　　　　　　　　-「遺産유산」에서

>남겨진 세월만큼 희미한 눈과 귀로
>아버지 홀로 걸어가신다
>
>　　　　　　　　　-「나무신, 그 오동의 노래」에서

　가족을 통해서 술래잡이 윤향미가 붙잡은 것은 이들에게서 삶의 의미를 얼마만큼 규정하게 되었다는 것이다. 할머니, 아버지, 자녀들까지 모두 모인 내 집에서 사람 냄새를 맡았고, 그것은 삶의 찌든 때 혹은 삶의 아픔이라 할지라도 술래잡기에서 붙잡고자했던 대상들이다. 그러나 시인은 술래잡이가 되어서 사라진 풍경- 머물고 싶은 곳-을 찾지 못했다. 그래서 시인이 사는 집에서 집 밖을 응시(凝視)하게 된다. 이 응시는 단순히 순간의 시선 집중이 아니라 자신이 머물 수 있는 풍경이다.

>내 집에서 보이는 바다
>숨어 버린 모든 것들이 물 위에 떠오르고 있다

((중 략))

> 솟구치는 도시를 안고 있는 바다
> 집 앞에서 잦은 기침 소리를 낸다
> ―「내 집에서 보이는 저녁바다」에서

내 집안에서 밖이 궁금하다. 그래서 "집 앞에서 잦은 기침 소리를 내는" 바다를 보고 싶은 것이다. "고운 꿈이 있다"는 바다를 응시하게 되는 것이다. 그 바다는 집에서 가장 가까운 방어진만 살짝 엿보다가 이제는 조금씩 동해안으로, 남해안으로 발길과 시선을 옮겨가고 있다.

(3) 사람이 머물 곳을 찾았어

이제 술래잡이 윤향미가 찾아가는 주변 풍경을 따라 가 보자. 그래서 그가 살고 있는 바다, 그리고 즐겨 찾은 곳으로 떠나보자. 「그 남자」의 주전, 우가포, 「정동진의 사람들」의 정동진, 「진해」의 진해, 「여수, 동백은 푸르다」의 여수, 「봄, 강릉역」의 강릉 등이 시인이 찾고자 한 풍경들이다.

> 사람들은 정동진에 해돋이를 보러 오지만
> 정동진 사람들은
> 해돋이를 보러 바다에 나가지 않는다
> ―「정동진 사람들」에서

정동진 사람들이 멀리 가지 않고도 삶을 영위하면서 해돋이를 볼 수 있는 것처럼, "신경통 앓는 뼈들 앞세우고 / 이 아침"(「진해」에서) 어머니가 진해를 가셨듯이, 윤향미는 자신이 삶을 영위할 수 있는 풍경으로 방어진을 찾았다. 그래서 윤향미는 정동진이나 진해처럼 너무나 멀리, 큰 곳보다는 자신이 살고 있는 가까운 곳, 작은 곳 방어진에서 자신의 삶의 풍경을 엿보고 있는 것이다. 어쩌면 인생의 의미가 멀리 있다기보다는 가까운 곳에 있다는 것을 깨달았는지도 모른다.

> 익명의 너와 내가 모여
> 바다로 뿌리내린 집을 짓고
> 바다를 닮은 아이를 낳고
> 어깨맞대고 함께 소금길 걸으며
> 바다처럼 늙을 수 있는 뿌듯한 우리가 되었다
> 종점이어서 아무도 길을 잃지 않는 방어진에서
> —「방어진 조금만 엿보기」에서

"아무도 길을 잃지 않는 방어진에서" 윤향미는 생의 방향을 정한 것이다. 윤향미는 이상한 마을에서 떠나 방어진에서 머물 곳을 찾았다. 그리고 사람 냄새를 맡았던 것이다. 그래서 "바다로 뿌리내린 집을 짓고 / 바다를 닮은 아이를 낳고 /……../ 바다처럼 늙을 수 있는" 방어진을 찾았다. 그리고 "익명의 너와 내가 모여 /……../ 어깨맞대고 함께 소금길"을 함께 걸을 수 있는 사람 냄새를 맡았던 것이다.

(4) 자신을 찾는 술래잡이가 되어

윤향미는 이제 방어진 종점에서 다시 출발해야 한다. 왜냐하면 윤향미는 더 많은 사람들을 만날 수 있고, 더 새로운 풍경을 찾을 수 있기 때문이다. 어쩌면 방어진은 "지쳐 웅크린 뼈마디들(이) 쉽게 풀어지지 않는"(「도시의 구들장」에서) 곳일 수 있기 때문이다. 그래서 윤향미는 가까운 곳에서 좀 더 먼 곳을 찾아서 떠나야 할 것이다. 삶의 가까운 곳, 정밀한 곳, 세밀한 곳에서 떠나 복잡 다양한 곳에서 삶의 술래잡이가 되어야 할 것이다. 이는 윤향미 시인이 창작에서 폭과 깊이를 가져야 한다는 의미이기도 하다. 왜냐하면 그는 진정한 자아 찾기에 한계를 노출했기 때문이다. 사실 술래잡이는 대상과 풍경을 찾는 동시에 자기 자신의 삶을 찾는 놀이다. 사람 냄새와 풍경에 대한 인식은 웬 만큼 찾았지만 결국 자신을 찾는 술래잡기에서는 고유한 여성성의 확인에만 머물고 말았기 때문이다. 이는 「후련한 날」에서 극명하게 보여 준다.

> 앉아서 오줌을 누는 것 외에
> 여자임을 일깨워 주는 날
> 미리 꾼 태몽은 늘
> 잡다가 놓친 물고기
> 따다 만 홍시
> 달아나다 지쳐 돌아가는 실뱀
> 배꼽 이하 많은 것 생략하고
> 한 달에 한 번 나는 불임을 확인한다
> 후련하게 뻐기기도 하는 날이다
> —「후련한 날」 전문

　　윤향미가 발견해야 하는 것은 "한 달에 한 번 불임을 확인(하여) / 후련하게 뻐기기도 하는 날"이 아니라, "배꼽 이하 많은 것 생략"하는 것이 아니라 배꼽 이상 혹은 이하의 그 무엇을 찾아야만 하는 것이다. 그래야만 다른 술래잡이와 다른 진정한 자아를 찾는 술래잡이가 될 수 있기 때문이다.

　　1980년대의 정치적 담론이 문학의 흐름에서 사라진 이후, 1990년대부터는 내면 성찰의 문학세계가 뚜렷하게 대두되었다. 이는 사회의 구조와 문학의 구조와의 괴리를 이야기하는 것은 아니다. 다만 사회 속의 중핵인 인간과 문학의 구조로 전이되었다는 뜻이다. 그래서 1990년대부터 시인들은 사회 구조보다는 인간의 구조, 즉 삶의 양태에 깊은 관심을 가지기 시작했다. 이런 삶의 양태는 주관적일 수밖에 없다. 그래서 시인들은 자신의 삶에 대한 성찰로 들어선 것이다. 주변으로부터 점점 오버-랩(Over-lap)되어 자신에게 포커스(Focus)가 맞추어 지는 것이다.

콜린 윌슨(Colin Wilson, 영국, 비평가)은 세계적인 작가들- 사르트르, T. S. 엘리어트, 카프카 등은 한결같이 삶의 일탈을 통해 진정한 자아를 찾는 순례자들이었다고 한다. 그래서 진정한 삶을 찾아 나선 순례자를 아웃-사이더(out-sider)라고 명명했다. 그렇다면 술래잡이가 자아를 찾아 나선다면, 술래잡이 시인을 아웃-사이더 시인이라 명명할 수 있지 않을까? 윤향미는 삶의 술래잡이가 되기로 작정했다면, 일상적인 삶에서 일종의 정신적 일탈(逸脫)을 해야 한다. 이 일탈은 곧 자신의 삶에 대한 향기를 찾는 행위이기 때문에 시인은 떠나야 하는 것이다. 시인 자신이 자신의 모습을 찾고자하는 아웃-사이더가 되어야 하는 것이다. 그래서 '방어진'을 떠나 자신을 찾고자 멀리 떠나는 윤향미 시인의 모습을 기대해 본다.

4 | 용사(用事)와 패러디(parody)

용사는 경서나 사서 또는 제가(諸家)의 시문이 가지는 특징적인 관념이나 사적(事跡)을 둘셋의 어휘에 집약시켜 원관념을 보조하는 관념의 소생이나 관념 배화(觀念倍化)에 원용하는 수사법이다.

한 시대에 주목된 작품을 대상으로 새롭게 모방하여 창조적 모방이라는 창작 방법을 동원하고 있다. 그래서 이를 두고 창작 정신의 고갈이니, 새로운 창작이니 하는 식으로 논쟁이 벌어졌다. 이와 같은 창작의 방법에 대한 모색과 이해가 필요하다. 그 모색과 이해의 열쇠가 바로 **패러디(parody)**이다.

■ 용사(用事)와 패러디(parody)

1. 창작이냐 모방이냐

현대시가 길을 잃고 있는 느낌은 지울 수 없다. 더구나 현대사회가 산업화되면서 점차 정보화, 디지털화되면서 이런 현상은 더욱 짙어진다.[1] 이런 틈바구니에서 진정한 창작은 점차 소멸되고 있다. 그리고 작가의 진정한 창작 정신이 소멸된지도 오래된 이야기다. 최근 일련의 작품을 보면 한 시대에 주목받은 작품을 새롭게 모방하여 창조적 모방이라는 창작 방법을 동원하고 있다. 그래서 이를 두고 창작 정신의 고갈이니, 새로운 창작이니 하는 식으로 논쟁이 벌어졌다.[2] 오늘날 이와 같은 창작 방법에 대한 모색과 이해가 필요하다. 그 모색과 이해의 열쇠가 바로 패러디(parody)이다. 이는 주목된 작품을 대상으로 새롭게 모방하여 창조적 모방이라는 창작 방법을 말한다. 그래서 패러디는 현대시를 점검하는 중

---

1) 빌렘 플루서(윤종석 옮김), 『디지털 시대의 글쓰기- 글쓰기의 미래는 있는가』, 문예출판사, 1998 참고.
2) 이는 표절 시비까지 야기한다. 그래서 '문인들 사이의 껄끄러운 화제인 〈剽竊〉을 작가 실명까지 대며 거론'하는 지경에 이르렀다(≪동아일보≫, 1997. 5. 29).

요한 비평 용어이다. 이런 패러디가 과연 창작 기법이라는 측면에서 의미가 있는가?

일찍이 이인로는 『破閑集』에서 좋은 시문을 지나치게 인용하는 행위를 부착지흔(斧鑿之痕: 도끼나 글로 다듬은 흔적. 전의되어 시문이나 서화를 만드는데 자연스럽지 않고 添削의 흔적이 있음을 말함)이라 하여 점귀부(點鬼簿: 죽은 사람의 이름을 적은 책. 전의되어 시문 속에 고인의 이름을 넣는 병폐를 말함)로 비판하였다.3) 이규보도 『東國李相國集』에서 재귀영거체(載鬼盈車體: 한 편의 시 속에 옛 사람의 이름을 많이 사용하는 것), 졸도역금체(拙盜易擒體: 옛 사람의 뜻을 몰래 가져다 쓰는 것은, 도둑질을 잘 한다고 해도 오히려 도둑질하는 것이 옳지 않는데, 여기다 또 잘못을 저질렀음)4)라 하여 부정적인 견해를 드러내고 있다.5) 이처럼 모방에 대한 논란은 오늘날의 문제만이 아니었음을 알 수 있다. 이런 문제에 대한 논의는 오늘날 포스트모더니즘(post-modernism)이라 하여 논란거리가 되었다. 그래서 포스트모더니즘의 한 징후인 패러디를 연구하여 그 가치에 대한 논의가 상당히 진척되었다. 가령 김준오 편의 『한국현대시와 패러디』(현대미학사, 1996), 송경빈의 『한국현대소설의 패러디 연구』(충남대학교대학원 박사학위, 1996), 권택영의 「패러디, 패스티쉬, 그리고 독창성」(『다문화 시대의 글쓰기』, 1997), 정끝별의 『패러디 시학』(문

---

3) 이인로(柳在泳 역), 『破閑集』, 일지사, 1994 .
　　·斧鑿之痕(『破閑集』 卷中(五), 103쪽), ·點鬼簿(『破閑集』 卷下(四), 174쪽).
4) 이규보는 『白雲小說』(東國李相國集附)에서 시에 마땅하지 못한 시체를 9 가지로 나누었다.
　　詩有九不宜體: 載鬼盈車體, 拙盜易擒體, 挽弩不勝體(强韻으로 押韻을 하되 근거가 없음), 飮酒過量體(재주는 헤아리지 않고 지나치게 압운함), 設坑導盲體(險僻한 글자를 쓰기를 좋아하여 사람으로 하여금 迷惑되기 쉬운 것), 强人從己體(말이 순하지 않으면서도 다른 사람에게 이걸 쓰도록 강요하는 것), 村夫會談體(일상용어를 많이 쓰는 것), 凌犯尊貴體(공자와 맹자와 같은 성인의 이름을 범하기를 좋아하는 것), 稂莠滿田體(글이 거칠고 다듬어지지 않은 것) 등으로 나누었다. 비록 이규보가 개인적으로 생각해서 체득했다(是余之所深思而自得之者也)고는 하지만 깊이 관심을 기울일 만하다.(홍만종, 허권수. 윤호진 역주, 「백운소설」, 『시화총림』, 까치, 1993, 53쪽 참조).
5) 변종현, 『고려조한시연구』, 태학사, 1994, 293쪽.

학세계사, 1997), 장경렬의 「작가의 죽음과 독자의 탄생- 모방, 글쓰기, 글읽기, 그리고 보르헤스」(『문학의 새로운 이해』, 문학과 지성사, 1998) 등을 참조할 수 있고, 외국이론서의 경우는 린다 허천(김상구. 윤여복 옮김)의 『패러디 이론』(문예출판사, 1993), 퍼트리샤 워(김상구 역)의 『메타픽션』(열음사, 1989) 등을 들 수 있다. 그리고 정효일의 『한시문학비평론』(집문당, 1994)은 한시론에 대한 좋은 참고가 된다. 물론 이에 대한 작품들도 많이 쏟아져 나왔다.6) 작품들을 일별해 보면 다음과 같다.

우선 소설 작품에서 찾아보면 다음과 같다. 김만중의 『구운몽』과 최인훈의 『구운몽』, 박태원의 『소설가 구보씨의 일일』과 최인훈의 『소설가 구보씨의 일일』, 최인석의 『소설가 구보씨의 하루』, 박지원의 『허생전』과 이광수의 『허생전』, 채만식의 『허생전』, 이남희의 『허생의 처』, 최시한의 『허생전 배우는 시간』, 이상의 『날개』와 신이현의 『숨어 있기 좋은 방』, 이해조의 『자유종』과 김수경의 『즈유종』 등이 있고, 또 이청준의 『놀부는 선생이 많다』, 윤영수의 『자린고비의 죽음을 애도함』 등이 있다.

시 작품에서 찾아보면 다음과 같다. 삼국유사의 「처용랑 망해사조」와 김춘수의 「잠자는 처용」, 「처용」, 「처용삼장」, 박재삼의 「처용단장」 등과 황동규의 「견딜 수 없이 가벼운 존재들」과 밀란 쿤데라의 「참을 수 없는 존재의 가벼움」도 있다. 그리고 원효 설화와 관련한 작품들도 찾을 수 있고, 현대시에도 이를 찾고자 한다면 많은 양의 작품을 찾을 수 있다.

이러한 작품들 가운데 눈에 띄는 것은 제목부터 내용의 유사성을 볼

---

6) 소설에 대한 패러디의 의미를 린다 허천(김상구. 윤여복, 『패러디 이론』, 문예출판사, 1993, 202쪽)의 논의를 참고하면 다음과 같다.

"작가 자신의 담론에 의해 만들어진 작품 속의 하나의 기교로서의 낯설게 하기는 소설의 흐름에서 볼 때 전통 소설 속에서의 기법과는 달리 고정된 소설의 틀을 해체한다든지, 어떤 한 기법에 대해 그것과는 상반되는 기법을 병치한다든지, 또는 소설을 환상적으로 구성했다가 다시 파괴하여 작가가 의도하는 작품 속의 긴장 또는 상충의 효과를 동시에 최대한 증폭시키는 메타소설류에서 흔히 발견되고 있다."

수 있다. 이런 점 때문에 독자들은 작가들이 잠꼬대나 한다는 비아냥거림을 받을 수 있다. 그러나 작가들은 창작 고갈이라는 비난에도 불구하고 작가의 새로운 창작 정신이라는 관점을 취하기도 한다. 작가들의 창조 정신이 때로는 독자들에게는 잠꼬대라는 소리로 들리기도 한다. 또한 작가 정신이 고갈된 상태가 오히려 독자들에게 작가 자신들의 작품을 이해하기 바라는 권력남용까지 하는 것이 아닌가라는 의구심마저 든다. 그리하여 독자들은 점점 시를 외면하게 되고, 이러한 외면에 대하여 시인들은 〈독자놈들 길들이기〉를 강요한다. "내 詩에 대하여 의아해 하는 구시대의 독자 놈들에게 -〉 차렷, 열중쉬엇, 차렷."7)이라 하여 독자들에게 저자의 보복적인 태도까지 보이고 있다.

이와 같은 논의는 작가의 창조적 정신이냐 고갈된 정신세계의 극단인 모방이냐라는 문제를 야기한다. 이 문제는 고래로부터 현재에 이르기까지 끊임없이 제기된 문제인 만큼 고려해 볼 만하다고 판단된다. 따라서 고래로부터 현재까지 이 문제와 관련된 고전시론의 한 방법인 용사(用事)8)와 현대시 이해의 핵이라 할 수 있는 패러디에 대한 검토 작업을 해볼 필요성이 있는 것이다. 문학 작품의 새 기법은 작가 정신 혹은 작품의 주제를 찾는 중요한 도구인 만큼 이 도구에 대한 검토 작업과 동시에 실천 비평을 통한 방법론은 계속적으로 검토되어야 한다. 이는 고전시학의 용사를 검토하여 현대시학의 접점으로써 패러디와 어떤 관련이 있는지를 검토함과 동시에, 용사와 패러디를 기능적으로 분류하여 작성한 다음, 그러한 뒷받침이 되는 현대시를 대상으로 검토하고자 한다. 이런 연구는

---

7) 내 詩에 대하여 의아해 하는 구시대의 독자 놈들에게 -〉 차렷, 열중쉬엇, 차렷, // 이 좆만한 놈들이…… / 차렷, 열중쉬엇, 차렷, 열중쉬엇, 정신차렷, 차렷, 00, 차렷, 헤쳐모엿! // 이 좆만한 놈들이…… / 헤쳐모엿, // (야 이 좆만한 놈들아, 느네들 정말 그 따위들로밖에 정신 못 차리겠어, 엉 ?) // 차렷, 열중쉬엇, 차렷, 열중쉬엇, 차렷……(박남철, 「독자놈들 길들이기」, 『지상의 인간』, 문학과 지성사, 1994).

8) 용사에 관련된 문헌의 기록을 편집한 책은 이종은·정민의 공편, 『한국역대시화류편』, 아세아문화사, 1988, 397~399쪽.

현대시를 이해하는 한 방법인 패러디 기법과 고전시론인 용사를 통하여 어떤 접점이 형성되며, 그 시론에 대한 가능성의 검토이다.

본고의 연구 대상은 김춘수와 송욱, 그리고 현대시인의 작품을 pre-text로, 변용된 작품을 target- text의 작품으로 한다. 연구 과정에서 김춘수와 현대시인의 작품, 송욱의 시집『詩神의 住所』를 대상으로 삼은 연유도 아울러 밝혀질 것이다. 문예비평의 기법이 궁극에는 시정신의 규명에 있다면, 시 기법 찾기의 중요성은 부언할 필요성이 없을 것이다.

2. 용사(用事)와 패러디(parody)의 이론적 접근

용사에 대한 어의를 살펴보면, 용사는 경서나 사서 또는 제가(諸家)의 시문이 가지는 특징적인 관념이나 사적(事迹)을 둘셋의 어휘에 집약시켜 원관념을 보조하는 관념의 소생이나 관념 배화(觀念倍化)에 원용하는 수사법이다.9) 즉 5, 7자의 짧은 싯구 속에서 서사성이라든가 또는 미묘한 감정을 표하기 위한 수사법의 하나이다. 이는 보편적인 용사의 개념이라 할 수 있으나 학자마다 다소 차이가 있다.『破閑集』,『補閑集』,『白雲小

---

9) 최신호,「초기 詩話에 나탄난 用事理論의 양상」, 고전문학연구(제1집), 1971, 117쪽.
 · 用事의 대상: 文 - 六經, 三史 詩 - 文選, 李白集, 杜甫集, 韓愈集, 柳宗元集
 · 用事의 내용: 古人名, 官名, 古人語, 古人事, 姓名
  예) 茶山 시에서「龍山吏」,「波池吏」,「海南吏」의 삼부작<-두보의「新安吏」,「潼關吏」,「石豪吏」의 삼부작 (특정한 작품에서 운, 어조, 가치관, 표현까지도 빌림, <詩學講義序>)
 이병한 편저,『중국고전시학의 이해』, 문학과 지성사, 1993, 178쪽.
 "用事란 시문 창작에 있어서 典故나 사실을 인용하고 활용하는 것을 말한다. 시문 창작에서 신화, 전설, 역사 속의 이야기 및 經書, 子書, 민요, 속언 중의 어구를 활용하여 내용을 효과적으로 전달 하고, 이미지를 선명하게 하는 방식을 말한다........ 적절하고 합당한 用事를 하면 '적은 문자로 많은 뜻을 포괄하게 되는(以少總多)' 효과를 내게 된다. 또한 독자들도 인용된 사실과 전고를 통하여 풍부한 상상 작용을 전개할 수 있다."

說』,『東人詩話』등에서 용사의 문제를 매우 중요하게 다루고 있다. 그러나 이들 책에 사용된 용사라는 용어가 명확히 정의된 개념으로 쓰여진 것 같지는 않다.10) 그럼에도 불구하고 용사는 한시에 있어 매우 중요한 개념으로 자리 잡았다.

한시의 경우, 패러디 양상은 특정 시대의 시풍을 모범 삼아 특정 작가의 작품을 용사하는 것이다.11) 이는 무조건적인 모방의 문제가 될 수도 있고, 창조적인 모방이 될 수 있다. 이에 대한 문제는 일찍이 『破閑集』과 『櫟翁稗說』에서 언급하고 있다. 이제현(1287~1367)의 『櫟翁稗說』에서 점화(點化)라는 것은 "남의 시문을 글자나 글귀를 군데군데 고쳐서 아름답게 꾸미어 제것으로 만들어"12) 사용하여 성공적일 때 쓰이는 기법이다. 그런데 기준이 무엇이냐라는 문제점은 안고 있다. 이와는 달리 용사를 잘못하게 되면 점귀부(點鬼簿)라 하였다. 이 점귀부는 "작품이 용사에 지나치게 경도되어 작품 이해를 위해 원작자를 찾아야 되니 이는 이미 죽었기 때문에 귀신을 불러내야 한다는 의미"(즉 귀신을 點考하는 帳簿란 의미)로 비판을 받는다. 이 점귀부는 이인로(1152~1220)가 『破閑集』에서 용사에 대한 한 병폐를 지적한 것이다. "본격적인 비평은 고려 후기에 이르러 비로소 나타났으며, 이인로의 『破閑集』을 그 첫 예로 들 수 있다"13)는 점에서 『破閑集』을 눈여겨볼 만하다. 여기에서 이인로는 임춘

---

10) 송재소, 「한시용사의 비유적 기능」, 한국한문학연구(제8집), 1985, 292쪽.
11) 강명관(「고전시학과 패러디- 한시. 한시비평을 중심으로」,『한국현대시와 패러디』, 현대미학사, 1996, 293~294쪽)은 고전문학에 나타난 패러디의 현상 가운데 .... 패러디보다는 한시문학에 있어서 패러디적 양상을 다루었다. 이는 고전시학과 현대시학의 접맥을 한시를 중심으로 논의한 점에서 주목된다. 한시에 있어서 패러디는 다양한 차원에서 일어난다. 그 이유는, 첫째는 특정한 시대의 시풍을 패러디하는 경우가 있다. 둘째는 약간의 범위를 좁혀 특정한 작가의 작품을 모범으로 삼고 패러디함으로써 자신의 예술적 성취를 보장받으려는 경향도 있다. 셋째, 구체적인 특정 텍스트를 패러디하는 경우이다.
12) ≪한국한자어사전≫, 동국대학교 동양학연구소, 1996, 1028쪽.
13) 조동일, 「6. 2 비평 의식의 성장」,『한국문학통사』(2), 지식산업사, 1992, 37쪽.

(耆之)이 참으로 용사를 잘하였다는 소개를 하고 있다.14)

일찍이 고려시대에 당송의 시문(특히, 동파의 시)을 지나치게 모방하려다 표절까지 시비가 되어 신의(新意)의 문제까지 대두되었다. 우리나라 비평사에서 신의를 처음으로 언급한 사람은 이인로이며 신의를 즐겨 쓴 사람은 최자다.15) 최자(1188~1260)는 『補閑集』에서 이인로는 『破閑集』에서 신의를 주장하였다. 최자의 『補閑集』에서, 이규보, 이인로, 임춘의 작품을 표절 중심으로 분석하여 표절하지 않는 이규보의 작품이 동파 수준의 문학이라고 평가한 데서 신의가 생겼다. 그렇다면 왜 최자는 이들을 높은 평가가 했는가? 당시 무신정권의 시대적인 분위기가 많은 작용을 했다는 것이다. 최자 자신이 이규보의 은고(恩顧) 때문에 이와 같이 평가했다는 것이다.16) 이규보도 이인로 못지 않게 용사를 많이 씀으로써 자기 모순에 빠졌다.17) 특히 용사에 대한 문제는 조선시대 서거정(1420~1488)의 『東人詩話』의 태반이 용사에 할애하고 있다. 그리고 다산은 용사를 주장하여 두보시가 전고(典故)를 쓰되 흔적을 남기지 않아서, 자작인 듯 하지만 자세히 보면 모두 출처가 있는데, 이것이 그로 하여금 시성(詩聖)이라는 칭호를 얻게 한 까닭이라고 하였다. 또한 시를 쓰면서 전혀 용사를 하지 않고, 음풍농월(吟風弄月)이나 하고 바둑이나 술을 노래하면서 겨우 운자(韻字)나 다는 것은 시골의 고루한 훈장들이나 하는 것이다. 그래서 용사를 하더라도 대상은 마땅히 『三國史記』, 『高麗史』, 『國朝寶

---

14) 詩家作詩多使事 謂之**點鬼薄** 李商隱用事險僻 號西崑體 此皆文章一病 近者蘇黃崛起 雖追尚 其法 而造語益工 了無斧鑿之痕 可謂靑於藍矣 如東坡見設驥鯨遊汗漫 憶曾捫虱話悲辛 永夜 思家在何處 殘年知爾爾來情 句法如造化生成 讀之者莫知用何事 山谷云 語言少味無阿堵 氷雪相看只此君 眼看人情如格五 心知世事等朝三 類多如此 吾友耆之 亦得其妙 如 歲月屢驚羊胛熟 風騷重會鶴天寒 腹中早識精神滿 胸次都無鄙吝生 皆播在人口 眞不愧於古人(이인로, 柳在泳 역, 『破閑集』 卷下(四), 일지사, 1994, 174쪽).
15) 민병수, 「이규보의 신의에 대하여」, 『이규보 연구』, 새문사, 1986, 82쪽.
16) 신용호, 『이규보의 의식세계와 문학론 연구』, 국학자료원, 1990, 200쪽.
17) 신용호, 앞의 책 참조.

鑑』, 『新增東國與地勝覽』, 『懲毖錄』, 『燃藜室記述』 등 우리 나라 문헌들에 그 사실을 취하여야 한다고 「寄淵兒」에서 주장하였다.18) 용사는 부분적인 인용이나 전고(典故)의 인용을 가장 쉽게 접근하는 수사 방법이다. 그래서 자연스러운 전고의 인용으로 오히려 시의 의취(意趣)를 풍부하게 한다는 긍정적인 측면도 있다. 이는 새로운 쟝르의 변화를 가져 올 수도 있다는 점에서 긍정적인 측면이 있다.19) 그러나 신의의 정신이 개성적인 표현임을 강조하는 현대문학에서도 그 중요성이 부각된다고 판단된다. 그렇기 때문에 본고도 한시와 현대시의 한 방법론적인 양상을 이루는 것이다. 여기서 현대시에 나타난 패러디를 통해서 용사의 두 갈래인 환골법과 탈태법의 접점을 살펴보자.20)

패러디의 연원적 특징은 대부분의 문학이론가들은 패러디를 희랍어의 〈parodia=countersong〉라는 명사에서 그 어원을 찾는다. 패러디의 문맥상 본질은 노래를 의미하는 낱말인 〈odos〉에서 연유하고, 〈para〉는 텍스트 사이의 대조 또는 상반을 뜻하는 것 외에 일치 또는 친숙의 두 개념을 가지고 있다.21) 이러한 어원적 특징에 대하여 권위있는 견해를 가진 린다 허천(Linda Hutcheon)의 패러디 개념을 본고는 적절하게 활용할 것이다.

패러디의 개념에 대해서 린다 허천은 어느 특별한 작품의 진지한 소재와 수법을 모방하거나 어느 특별한 작가의 특징적인 스타일을 모방하여 그것을 저속하게 하거나 조야하게 조화되지 않는 주제에 적응시키는

---

18) 정약용(박석무. 정해렴 편역), 『다산문학선집』, 현대실학사, 1996, 482~483쪽.
19) 이해조, 『자유종』(창비교양문고, 1996)과 김수경, 『즈유종』(열음사, 1990)의 작품이 좋은 예이다.
20) 본고의 한시와 현대시의 접근 시도와는 달리 한시론으로 영불시(英佛詩)를 접근한 논의가 이미 진척되었다.(다니엘 A. 카스터 / 라종혁 옮김, 「중국 시론으로 본 <황무지>와 <네 사중주>의 시학」, 『포스트 모던- T. S. 엘리엇』, 서울대학교출판부, 1996).
심재상, 『노장적 시각에서 본 보들레에르의 시세계』, 살림, 1995.
21) 린다 허천(김상구. 윤여복 공역), 『패러디 이론』, 문예출판사, 1993, 200쪽.

것이다고 했다. 이와는 달리 pre- text(source- text)와 target- text의
형식, 구조, 어조의 긴장을 통해서 〈차이〉냐 혹은 〈반복〉이냐의 강조점
에 따라 달라질 수 있다(차이를 둔 반복)고 말한다. 이와는 반대로 "패러디
가 창조적 재능과 독창성에 대한 교양 없는 敵이라는 신념"(Leavis)이라
고까지 비판한다. 또한 "티니아노프가 패러디를 문학 진보의 새로운 출발
로 보는 견해와 쉬클로프스키가 패러디를 문학형식의 새로운 인식에서
보는 견해 사이에는 다소 차이는 있지만 본질적으로는 패러디란 변화를
속성으로 가지고 있다고 하는"22) 점도 주목해야 한다. 그래서 이를 두고
창조성의 고갈이냐? 문학의 쇄신이냐? 라는 이중고를 독자와 작가까지
고민하게 되었다.

　본고가 의도하는 용사와 패러디의 관련성을 검토할 차례이다. 한시비
평 중에 원류비평(源流批評, 특정 작품 혹은 특정 작가의 작품 세계가 과거의 어떤
텍스트나 작가의 작품 세계에서 착상과 수사적 방법을 차용하고 있는가를 검토)이 있
다. 즉 패러디의 원전 작품(source- text)과 패러디한 작품(parodied- text)
의 관계를 따지는 패러디 비평이다.23) 이는 한시론 가운데 용사론의 환
골탈태론(換骨奪胎論)과의 관련성으로 짚어 볼 수 있다. 용사론은 시 작품
자체를 한정하여 패러디를 축약적으로 제시하였고, 송대에는 상당히 추
종하였다. 그래서 중국의 서강시파(江西詩派)가 우리나라의 경우 해동강
서파(海東江西派)까지 형성하게 되었다.

　환골탈태론의 두 형태인 환골법은 "특정 작품의 시상을 그대로 두고
다른 어휘를 사용하는 방법 즉 동일한 통사 구조에 어휘만 바꾸어 놓은
것"이다.24) 이는 김춘수 「꽃」과 장정일 「라디오 같이 사랑을 끄고 켤

---

22) 린다 허천(김상구. 윤여복 공역), 위의 책, 201쪽.
23) 강명관, 앞의 책, 286쪽.
24) '換骨奪胎論'의 주장은 송나라의 황산곡으로부터 전수 받은 이인로의 주장은 상당
　히 주목된다. 그래서 이를 인용하면 다음과 같다. "黃庭堅의 전례에 따라 이인로도
　換骨奪胎를 거론했는데, 의도한 바는 조금 다르다. 황정견은 詩意는 무궁하다면서
　시로써 나타낼 수 있는 바는 얼마든지 있지만 시 짓는 사람의 재주가 모자라기 때

수 있다면」 등의 작품에서 볼 수 있다. 그리고 탈태법(奪胎法)은 '시상 자체만을 빌려 오는 것'이다. 탈태론으로 볼 수 있는 작품으로는 널리 알려진 소월의 「예전엔 미처 몰랐어요」와 송욱의 「달을 디딘다」(『月精歌』, 113쪽), 원효의 〈一體唯心造〉와 관련된 ≪唯心≫지 창간호에 실린 만해의 권두시 「心」, 박상배의 「戱詩- 원효 日記」25), 이방원과 정몽주의 「何如歌」와 「丹心歌」의 패러디인 박상배의 「어떠리」26), 「프로메테우스 신화」와 「龜兎之說」의 〈肝〉을 패러디한 윤동주의 「肝」 등이다. 그리고 이태백 시의 시상을 빌려와 창작한 송욱의 경우도 이에 속한다. 이 외에도 현대시에서 방대하게 찾을 수 있다.

탈태론의 성격 가운데 풍자적인 특징도 있음을 주목해야 한다. 신의론을 주장하였지만 용사를 많이 한 이인로의 『破閑集』에도 이러한 풍자적 특징을 엿볼 수 있다. 『破閑集』 가운데 「朴君公襲居貧嗜酒」에서 이백, 두보의 시에서 특정 부분을 용사하여 풍자적 특징을 잘 보여 준다.27) 이

문에 함부로 지으면 공교로운 표현을 얻지 못하므로 고전의 규범을 익혀 활용할 필요가 있다고 했다. 그러므로 환골탈태에 의해 용사를 하는 것이 권장할 만한 창작 방법이다........ 그런데 이인로는 황정견이 말한 함부로 시도한 조잡한 독창을, 묘한 표 현까지 갖춘 독창으로 대치해서 가치의 서열이 달라지게 했다. 어찌 보면 황정견보다 앞서서 독창을 더욱 존중한 것 같다. 그러나 이인로는 황정견을 모범으로 해서 시 짓는 지혜를 터득했다고 했다."(조동일, 「13 세기 詩論에서 문제된 心과 物」, 『문학사와 철학사의 관련 양상』, 한샘, 1992, 19쪽).
　서거정의 『東人詩話』에서 用事의 방법론에 대해서 두 갈래로 나누었다. 이는 다소 차이를 보인 기법이라 하겠다. 가. 直用法 : 패러디 대상 작품과 패러디 작품과의 관계가 그대로 원용됨 예) 茶山 시와 杜甫 시의 경우, 나. 反用法 : 주제상 혹은 어조상 반대의 관계에 놓이는 것(조종업, 『東人詩話 연구』, 대동문화 연구(제2집), 1966).

25) 박상배의 불교적 차원과 달리 『마태복음』 5장(3- 12)을 시화한 윤동주의 「八福」이나 처용, 바리데기 무가를 시화한 작품들도 종교적인 차원에서 본고의 방법론으로 접근해 볼만하다고 판단된다.

26) 김준오, 「패러디시와 희극적 거리」, 『잠언집』, 세계사, 1994, 108쪽.
　"그의 시는 패러디시다......... 연작시 「잠언집」과 「戱詩」는 제목부터 전통장르 내지 기존 장르들을 패러디한 것이며 「풀잎頌」은 자연 예찬의 테마와는 전연 무관한, 제재선택의 패러디다. 조선　조 후기 김삿갓의 희시가 전통 한시의 패러디 시이듯이 언어골계를 구사한 그의 시문체도 패러디화에 기여하고 있다"

외에도 고려조 한시에서 중국 고사를 원용하는 용사의 경우도 많았다.28)

3. 기법으로써 시정신 찾기의 두 유형

1) 김춘수의 「꽃」과 target- text

---

27) 朴君公襲居貧嗜酒 客至無以飮 求酒於靈通寺僧 用皤腹山罇 盛以泉水 封纏甚牢固送之 朴公 初見喜曰, "此器可受二斗許. 昔陳王 '**斗酒十千**宴於平樂.', 杜子美亦曰, '**還須相就飮**一斗, 恰有三百靑銅錢'. 今吾二人不費一錢而 得美酒 各飮一斗 則酣適之興 不減於古人." 開視之乃水 也. 恨眼目不長落老胡計中 作詩寄之曰,
    "有客來相過 /囊中欠一錢. / 分爲廬岳酒 / 浪得惠山泉. / **似虎林中石** / **如蛇壁上弦.** / **屠門猶大嚼**"(손님이 오셨는데 / 주머니 속엔 돈 한 푼 없어서 / 여악廬岳의 술을 나누어 달랬더니 / 혜산惠山의 샘물만 헛되어 얻었네 / 범인줄 알았더니 역에 걸린 활이었네 / 도문屠門에서도 오히려 대작大嚼하였거든 / 하물며 어찌 술동이 앞에서랴) 何況對樽前. 僧見詩更以美酒酬之(이인로, 柳在泳 역, 『破閑集』, 일지사, 1994, 卷下(12), 191쪽).
    이인로의 <朴君公襲居貧嗜酒>에서 '**斗酒十千**'은 이 백의 <**將進酒**>의 한 구절(陣王昔時宴平樂/斗酒十千恣권謔)을 용사했음을 알 수 있다. '**還須相就飮一斗**'는 두보의 시 <偪仄行贈畢曜>의 끝 구절을, '**似虎林中石**'과 '**如蛇壁上弦**', '**屠門猶大嚼**'도 역시 용사이다.(이의 나머지 해석은 위의 책 참고).
    위의 시에서 朴君公襲이 시를 적어 보내었기에 靈通寺僧이 글을 보내는 데서 이 용사의 풍자적인 태도를 엿볼 수 있다. 이런 풍자적인 태도는 패러디의 특징이기도 하다. 패러디와 풍자의 관계를 설명하면서 린다 허천(Linda Hutcheon, 75~76쪽)이 인용한 시인과 시 작품을 보면 다음과 같다. "아폴리네르(Apollinaire)가 베를렌느(Verlaine)의 이유없는 정신적 고통을 실제적인 육체적 불편의 견지에서 풍자하기 위해 형식상의 패러디를 사용했다. 랭보(Rimbaud)의 시 <도시 위로 부드럽게 비가 내린다(Il pleut doucemennt sur la ville)>는 베를렌느의 시의 題詞를 형성했다. 베를렌느의 시는 다음과 같다. '내 마음에 눈물이 흐른다 / 마치 도시에 비가 내리듯. / 내 마음을 적시는 / 이 번민은 무엇인가?'
    아폴리네르의 패러디는 다음과 같다. '내 장화 속에 물이 새들어간다 / 마치 도시에 비가 내리듯. / 내 장화를 뚫고 들어간 / 그 물을 귀신이나 업어가라!' 이와 같이 보다 전통적인 종류의 패러디에서는 패러디도 풍자도 그다지 오묘하지 않다.
28) 저자와 작품만을 간략히 인용하면 다음과 같다(변종현, 『고려조한시연구』, 태학사, 1994, 294~299쪽). 이인로의 「山水友趙亦樂」, 임춘의 「謝人見訪」, 김극기의 「草堂書懷」, 郭預의 「壽康宮觀獵」 등이다.

김춘수의 「꽃」을 pre(source)- text로 정한 다음에 오규원의 「「꽃」의 패러디」, 장정일의 「라디오같이 사랑을 끄고 켤 수 있다면 - 김춘수의 「꽃」을 변주하여」, 장경린의 「김춘수의 꽃」, 최상호의 「김춘수의 '꽃'을 가르치며」 등의 작품을 target- text로 하여 검토하고자 한다. 이는 패러디 기법인데 바로 한시론에서 말하는 '특정 작가의 작품을 모방하는' 용사 가운데 주요뼈대만을 인용하는 환골법이라 할 수 있다.

⟨pre(source)- text⟩

내가 그의 이름을 불러 주기 전에는
그는 다만
하나의 몸짓에 지나지 않았다.

내가 그의 이름을 불러 주었을 때,
그는 나에게로 와서
꽃이 되었다.

내가 그의 이름을 불러 준 것처럼
나의 이 빛깔과 향기(香氣)에 알맞은
누가 나의 이름을 불러 다오.
그에게로 가서 나도
그의 꽃이 되고 싶다.

우리들은 모두
무엇이 되고 싶다.
너는 나에게 나는 너에게
잊혀지지 않는 하나의 눈짓이 되고 싶다.

-김춘수의 「꽃」(≪현대문학≫, 1952)

pre- text라 볼 수 있는 김춘수의 「꽃」에 대한 시정신을 파악한 다음, target- text가 어떤 형태로 변모되었는지를 검토하고자 한다. pre-text인 김춘수의 「꽃」은 한국현대시에서 널리 알려진 바대로 자기 존재에 대한 확인이 주제다. pre- text는 "꽃의 아날로지로서의 어떤 이데아의 세계, 즉 內包로서의 관념세계가 두드러지고 있다"는 것으로, 즉 "人間存在의 원래적 고독성이라고 할까, 그것을 서로가 인식함으로써 전개되는 어떤 連帶意識(도덕관) 같은 것을 이 시는 형상화하려고 했음"29)을 알 수 있다. 물론 1950년대라는 시대 상황과 외래 사조인 실존주의가 바탕이 되고 있음은 주지의 사실이다. 이런 바탕 위에 패러디가 된 것은 아니지만 어쨌든 이의 유사한 작품이 패러디라는 명목으로 쏟아져 나왔다. 이를 target- text (1), (2), (3), (4)로 하여 검토하고자 한다.

target- text- (1)

내가 그의 이름을 불러 주기 전에는
그는 다만
왜곡될 순간을 기다리는 기다림
그것에 지나지 않았다.
내가 그의 이름을 불렀을 때
그는 곧 나에게로 와서
내가 부른 이름대로 모습을 바꾸었다.

내가 그의 이름을 불렀을 때
그는 곧 나에게로 와서
풀, 꽃, 시멘트, 길, 담배꽁초, 아스피린, 아달린이 아닌
금잔화, 작약, 포인세치아, 개밥풀, 인동, 황국 등등의
보통명사나 수명사가 아닌
의미의 틀을 만들었다.

---

29) 김춘수, 「오독된 나의 시」, ≪현대시학≫, 1991. 9, 105~107쪽.

우리들은 모두
명명하고 싶어했다.
너는 나에게 나는 너에게.

그리고 그는
그대로 의미의 틀이 완성되면
다시 다른 모습이 될 그 순간
그리고 기다림 그것이 되었다.
- 오규원, 「「꽃」의 패러디」30)

오규원의 시는 김춘수의 시가 가진 인구회자(人口膾炙)의 덕택을 고스란히 보고 있다. 그래서 쉬운시를 지향한다는 비판을 모면하기 위해 통사 구조 혹은 어구, 어휘를 적절히 변용하는 데포르메시옹(deformation)의 기법을 사용하고 있다.31) 형태적으로는 김춘수의 4연을 전체 5연으로 구성하고 있다. 이는 환골법으로 특정 작품의 시상을 그대로 두고 다른 어휘를 사용하는 방법, 즉 동일한 통사 구조에 어휘만 바꾸어 놓은 것이다. 이처럼 현대시에서도 용사를 발견할 수 있다. 문제는 오규원의 시가 갖는 주제가 김춘수가 말하는 '꽃의 아날로지로서의 인간 존재의 고독성에 대한 서로의 인식'과 어떤 거리가 있는가이다. 오규원의 시는 '꽃의 아날로지'를 염두에 둔 것은 아니지만, 너와 나의 존재 혹은 인간 존재의 관계에서 왜곡되지 않는 '의미의 틀'로 자리 지워지기를 갈망하는 세계를 노래했다고 판단된다. 그렇다면 린다 허천이 말하는 차이를 둔 반복인가? 아니면 창조적 재능과 독창성에 대한 교양 없는 적(敵)이라는 리바이스의 견해인가? 이는 용사의 장단점과 같은 맥락이다.

---

30) 『이 땅에 씌어지는 抒情詩』, 문학과 지성사, 1981.
31) 이상의 「거울」 작품과 오규원의 「거울」이 이에 해당한다.(김치수, 「경쾌함 속의 완만함」, 『이 땅에 씌어지는 抒情詩』, 114~115쪽).

target- text- (2)

내가 단추를 눌러 주기 전에는
그는 다만
하나의 라디오에 지나지 않았다.

내가 그의 단추를 눌러 주었을 때,
그는 나에게로 와서
전파가 되었다.

내가 그의 단추를 눌러 준 것처럼
누가 와서 나의
굳어 버린 핏줄기와 황량한 가슴 속 버튼을 눌러 다오
그에게로 가서 나도
그의 전파가 되고 싶다.

우리들은 모두
사랑이 되고 싶다.
끄고 싶을 때 끄고 켜고 싶을 때 켤 수 있는
라디오가 되고 싶다.
                        - 장정일의 「라디오같이 사랑을 끄고 켤 수 있다면-
                          김춘수의 〈꽃〉을 변주하여」[32]

장정일의 시는 오규원의 시와는 달리 전체 4연으로 구성되어 pre (source)- text인 김춘수의 시 형식을 그대로 따르고 있다. 물론 따른다고 해서 행의 구성이 동일하다는 것은 아니다. 김춘수 시에서 〈이름〉라는 고유명사 대신에 라디오의 버튼인 〈단추〉로써 〈라디오〉가 가지는 정물화된 개체를 언급하고 있다. 이는 김춘수의 시에서도 하나의 몸짓이라는 정물화된 개체와 동일하다. 이를 비교해보면, 〈이름 / 단추- 몸짓 /

---

32) 『길안에서 택시잡기』, 민음사, 1988.

라디오- 꽃 / 전파- 하나의 눈짓 / 사랑〉이라는 동일선을 이루게 된다. 이는 "굳어 버린 핏줄기와 황량한 가슴"이라는 물질문명화된 사회구조 속에서 의미있는 소식을 전해 주는 라디오 전파처럼 진정한 우리들의 사랑을 자유롭게 구가하고 싶은 욕망일 것이다. 그렇다면 pre- text와 target- text (1)과는 다소 거리가 있다. 그렇더라도 오규원, 장정일의 작품은 각기 다른 시세계를 보여주고 있기에 이제현이 말하는 점화(點化)로 볼 수 있는 성공작인 것이다.

    target- text- (3)

    나와 섹스하기 전에
    그는 다만
    하나의 꽃에 지나지 않았다.

    나와 섹스를 하고 난 후
    그녀는 더 이상 꽃인 체하지 않는
    利子가 되었다.

    내가 그녀와 섹스를 한 것처럼
    세일즈맨이든 경찰이든 꽃이든 망치든 컴퓨터든
    무엇이든 내게 와서
    나의 떨리는 가슴에 온몸을 비벼다오
    그와 한몸이 되어
    나도 그로부터 자유로운 利子가 되고 싶다.

    우리들은 모두
    한 송이의 利子가 되고 싶다
    나는 너의 利子가 되고 싶고
    너는 나의 利子가 되고 싶다
    우리들은 서로에게

꽃보다 아름다운 利子가 되고 싶다.
- 장경린의 「김춘수의 꽃」[33]

장경린의 시는 4연으로 구성되어 있으면서 동시에 target- text인 오규원, 장정일과 같이 패러디했음을 시제에서 밝히고 있다. 하나의 순수 표상인 〈꽃〉이 섹스라는 제의를 통해서 물질문명의 대명사인 이자가 된다. 그래서 순수의 표상인 꽃이 아니라 차라리 "꽃보다 아름다운 利子가 되고" 싶다는 시대 비판적인 목소리를 담고 있다. 장정일과 같이 물질문명의 사회를 비판하지만 장정일은 진정한 사랑을 갈구한다는 점에서 일직선상의 시세계를 엿볼 수 있다.

target- text- (4)

나는 너에게 너는 나에게
의미있는 존재가 되자고
가르치지만 얘들아

네 쪽으로 걸었던 내 발자국은 몇 걸음이지?

다가가서는
색깔 있는 눈짓이나 그래서 얼마큼 향기나는
이름이나 나누었던가
너희 웃음도 모르고 너희 노래도 모르고
아버지의 직업, 어머니의 학력, 그렇고 그런 것
너의 점수, 너의 석차, 그렇고 그런 것
얘들아, 꽃은 도대체 무엇이니?
- 최상호의 「김춘수의 '꽃'을 가르치며」[34]

---

33)『사자 도망간다 사자 잡아라』, 문학과 지성사, 1993.
34) 최상호,『김춘수의 '꽃'을 가르치며』, 시와 시학사, 1997.

target- text- (1)에서 (3)까지와는 다소 거리가 있는 작품이 바로 최상호의 시다. 〈의미있는 틀〉을 시인이 갈구하면서 학생들에게 외치는 내용이다. 김춘수는 꽃에서 고독한 존재를 확인했지만 최상호는 자신의 직장 생활의 괴로움을 통해 존재를 확인하고자 하는 상황을 읊고 있다. target-text- (4)는 일선 학교 교사로서 국어시간에 가르치는 김춘수의 〈꽃〉의 작품을 패러디하여 "책임과 의무가 수반되는 역사의식, 현실에 대한 결백에서 오는 부끄러움", 즉 "한 사람의 시인으로서 지식인으로서 느끼는 자괴감과 완전치 못한 교사로서의 부끄러움"35)을 표현한 작품이다.

패러디가 노리는 것은 재현과 동시에 파괴적 창조라는 기능을 수행하는 것이다. 그래서 패러디가 갖는 "텍스트의 주제는 물론 그 주제를 다루는 방법과 그 과정에 있어서까지 변화를 주기 때문에 어떤 대상의 진실을 재현하는 데 있어 파괴와 동시에 창조라고 하는 양면성의 심미적 기능을 본질로 가지고 있다"36)는 것을 확인 할 수 있다. 지금껏 검토한 원전(pre- text)과 대상 작품(parodied- text)의 각 연의 구성과 주제가 어떻게 다른지를 간략히 도표화시키면 다음과 같다.

	〈pre- text〉 (김춘수)	target- text- 1 (오규원)	target- text- 2 (장정일)	target- text- 3 (장경린)	target- text- 4 (최상호)
연(聯)구성	4	5	4	5	5
支配素 (Dominant)	이름- 몸짓- 꽃- 하나의 눈짓	이름- 명명- 의미의 틀	단추- 라디오- 전파- 사랑	섹스- 꽃- 利子	의미있는 존재- 이름 - 꽃
주 제	인간 존재의 고독성에 대한 서로의 인식	인간 존재의 관계에서 왜곡되지 않는 '의미의 틀'로 자리 지워지기를 갈망	진정한 '우리들의 사랑'을 자유롭게 구가하고 싶은 욕망	물질문명의 사회 비판과 진정한 사랑을 갈구	한 사람의 시인으로서, 지식인으로서 느끼는 자괴감과 완전치 못한 교사로서의 부끄러움

---

35) 김우종, 「역사와 현실에 투영된 애정」, 『김춘수의 '꽃'을 가르치며』, 132~133쪽.
36) 린다 허천(김상구. 윤여복 역), 앞의 책, 201쪽.

위의 내용을 통해 내릴 수 있는 결론은 다음과 같이 정리할 수 있겠다.

첫째, 입력된 의도를 위해 시인은 시적 구성(연 또는 행)의 변화를 시도하고 있다.

둘째, 독자로 하여금 작가의 의도를 추론할 수 있도록 중요 모티브의 변화를 시도하고 있다.

셋째, 작가의 의도된 결과는 원전과 다소 거리를 둠으로써 창작적인 패러디를 보여주고 있다.

넷째, 용사 가운데 환골탈태론이 있다. 이는 시 작품 자체를 한정하여 패러디를 축약적으로 제시한 경우이다. 환골탈태론 중에 환골법은 특정 작품의 시상을 그대로 두고 다른 어휘를 사용하는 방법, 즉 동일한 통사 구조에 어휘만 바꾸어 놓은 것이다. 물론 pre- text와 parodied- text 사이의 거리는 다소 존재하지만 위의 작품들은 바로 환골법과 같은 기법이다. 여기에서 본고가 의도하는 고전시론과 현대시론의 한 접점을 확인할 수 있다.

이제까지 한 작가의 작품을 여러 시인들이 패러디한 점을 검토했지만 송욱은 중국 시인 이백의 한시를 여러 작품으로 패러디하는 특이한 양상을 보인다. 이는 한시론의 탈태론과 접점을 이루고 있다. 이에 대한 검토 작업을 하겠다.

2. 송욱의 『詩神의 住所』와 target- text

송욱 문학에서 마지막으로 남긴 유작이 『詩神의 住所』(일조각, 1981)이다. 유작의 가치도 있겠지만 시적 변모의 종착역이라는 점에서 눈여겨볼 필요성이 있다. 본고와 관련하여 이백에 관한 시편이 그러하다.37) 이는 한시에 있어 용사와 현대시의 패러디의 표현 장치라고 할 수 있다. 그래서 한시에 있어 용사와 관련성을 검토할 수 있는 것이다. 특히 송욱이 한 작품을 여러 번 패러디 혹은 탈태하는 경우를 검토할 것이다.

본고의 target- text인 「瀑布- 李太白을 위하여」, 「瀑布의 造化- 李太白을 위하여」, 「瀑布水가 하는 말씨- 李太白을 위하여」의 작품들을 과연 시작으로 볼 것인가 아닌가에 대한 것부터 밝혀야 할 것이다. 왜냐하면 위의 작품들이 이백의 「望廬山瀑布」의 특정 대목을 인용하고 있기 때문이다. 「望廬山瀑布」를 연구해야될 당위성은 송욱의 정신 행위를 표현한 작품이기 때문이다. 그러나 문제의 출발은 과연 이 작품을 시로 볼 것인가에 대한 것이 가장 근본 문제이다. 비교적 개인적인 친분이 있었던 작고 비평가 김현은 송욱의 시작으로 판단하여 유고 시집을 엮었다.38) 이는 다분히 김현의 판단이다. 김현 자신이 이백에 대한 조예가 있었는지 판단할 길이 없다. 따라서 이를 시작인지 아닌지의 판단을 위한 논리적인 해명을 할 수가 없다. 다만 그가 왜 시로 판단하여 편집했는지 알 수 있는 간접적인 자료가 있다. 유고시집 제2부의 서문에 해당하는 내용을 통해서 짐작할 수 있다.39) 이를 작품으로 인정한다면 어떻게 이해할

---

37) 이태백에 관한 시편: 「天地와 萬物은....李太白을 위하여」, 「瀑布-李太白을 위하여」, 「계수나무는 이미 섶나무- 李太白을 위하여」, 「瀑布의 造化-李太白을 위하여」, 「毛細管 속을-달아 달아 밝은 달아 李太白이 죽은 달아」, 「李太白의 詩學- 變奏曲」, 「瀑布水가 하는 말씨- 이태백을 위하여」.

38) 이는 서울대(영문학과) 홍기창 교수의 면담을 통해 들었다. 물론 불문학자였던 정명환 교수도 친분이 두터웠다는 이야기를 들었다.(1996. 8. 23, 서울대 연구실).

39) 시인은 78년 3월부터 80년 4월까지 거의 매일 단장을 적었다. 그 단장에는 일상적인 삽화는 거의 없으며 한시, 영시, 方言사전, 李珥 등의 인용이 아니면 거기에서 촉발된 느낌이 실려 있다. 그 느낌이 시인의 시의 모체가 되고 있음을 단장은 여실히 보여준다.
　　「시인은 시가 완성되면, 그것과 관련된 것들에 X표를 해, 그것들을 지워버렸다. 시인의 한 독특한 버릇이다. 시인은 시가 완성되면, 또 그것을 원고지에 옮겨 적었다. 원고지에 옮겨지지 아니한 것은 완성되지 않은 것이라고 시인이 판단한 것이다. 시인이 쓴 글 중에서, 확실하게 표기가 잘못되어 있는 것은, 편자가 판단하여 고쳤음을 밝힌다. - <Ⅱ 日記 및 詩作노트 > -」

것인가?

이백의 시를 패러디했다면, 이 시에 대한 연구 가치는 주어질 것이다. 따라서 본 장은 김현의 판단에 따라 위의 시를 송욱의 작품으로 보고, 이를 패러디의 한 양상으로 송욱의 시를 이해하고자 한다. 우선 이백의 「望廬山瀑布」를 구체적으로 어떤 부분에서 패러디했는지를 검토하겠다. 물론 연구 과정에서 한시의 탈태법과 패러디의 접점이 형성되는 것을 확인할 수 있을 것이다.

송욱의 세 작품이 이백의 「望廬山瀑布」를 단순히 번역하였다면 당연히 시 전체를 한다거나 순서대로 했을 것이다. 그러나 위의 작품에서 구체적인 부분을 살펴보면 각기 다름을 알 수 있다. 이는 송욱이 입력한 의도된 모방이라 볼 수 있다.40) 따라서 이를 패러디의 한 양상으로 볼 수 있다. 이는 현대시에서도 흔히 쓰이는 시적 장치이다.41) 린다 허천(Linda

---

위의 인용에서 밑줄 그은 부분에서 알 수 있듯이 적어도 앞의 작품들은 송욱의 시작으로 판단 할 수 있다.

40) 본고는 표절로 보지 않는다. 왜냐하면 다분히 의도된 모방이기 때문이다. 그래서 이를 패러디로 파악하고자 한다. 이 논의에 참고가 될만한 내용은 다음과 같다.(Linda Hutcheon, 김상구. 윤여복 옮김, 『A Theory of Parody』, 문예출판사, 1993, 67~68쪽).

<그레이(Alasdair Gray)는 그의 소설 『래너크(Lanakr:1981)』에서 독자에게 이 소설의 패러디적인 「표절 색인(Index of Plagiarisms)」을 제공함으로써 이러한 논쟁 전체를 조롱하고 있다. 이 책에는 세 종류의 문학적 도둑질이 있다는 사실을 알게 된다. ㉠ 덩어리 표절(BLOCK PLAGIARISM): 타인의 작품이 뚜렷한 인쇄상의 단위로 인쇄된 곳 ㉡ 끼워넣기 표절(IMBEDDED PLAGIARISM): 훔친 말들이 이야기의 몸체 안에 감추어진 곳 ㉢ 흩어진 표절(DIFFUUSE PLAGIARISM): 배경, 인물, 줄거리나 소설의 아이디어들이 그들을 묘사하는 원작의 말들 없이 훔쳐진 곳........ 패러디와 표절을 구분할 필요가 있는 것은 단지 이들이 동의어로 사용되고, 또한 의도의 문제(비평적 거리를 가지고 모방하려는 의도인지 아니면 속이려는 의도를 가진 모방인지)가 복잡하고 규명하기 어려운 것이기 때문이다. 이점에서 나는 패러디를 논함에 있어 입력된 의도나 추론된 의도에 한정시키려는 것이다.>

41) 송욱의 「달을 디딘다」(『月精歌』, 113쪽)에서도 패러디의 양상을 발견할 수 있다.
pre- text:김소월의 「예전엔 미처 몰랐어요」와 pre- text: 太白이여 素月이여 / 달이 이처럼 가까울 줄은 / 달이 그처럼 서러울 때도 / 달이 그처럼 즐거울 때도

Hutcheon)이 패러디를 차이를 둔 반복이라고 말했듯이 「望廬山瀑布」와 세 작품은 pre- text(source- text)와 target- text의 관계이다. 시집 제 2부의 서문에 "그 느낌이 시인의 시의 모체가 되고 있음을 단장은 여실히 보여준다"고 한 김현의 글은 송욱의 시세계를 이해하는 축이 된다는 판단을 할 수 있다. 따라서 제2부의 일기에 「李太白을 打倒하기 위하여」라는 글에서도 단순한 반복이 아니라 차이를 강조한 것으로 판단된다. 「瀑布- 李太白을 위하여」는 이백의 시를 패러디한 상태에서 다시 변형시켜 패러디하고 있음을 알 수 있다.

target- text-(ㄱ)

1행: 太陽은 香爐峯을 비추기에
2행: 향로처럼 보라빛 연기를 피운다.
3행: 아득히 보니 앞설려는 개울물을 폭포가 달아맺다
4행: 날을 듯이 흐르며 곧장 밑을 三千尺이다.
5행: 어쩌면 銀河가 하늘 끝에서 쏟아졌으리라.

*

太陽은 우주에게 좁을 피우는 향로이리라.
폭포는 개울물을 한묶음을 묶었다가 하늘을 쏘며 달린다.
폭포는 나른다 그리고 곧장이다!
폭포에서는 개울물이 銀河로 다다르련다.
곧장 쏟아지기에 !

위의 작품이 어떻게 패러디되었는지 pre- text을 비교해 보면 다음

/ 미처 몰랐다.

　김준오, 「문학사와 패러디 시학」, 『한국 현대시와 패러디』, 현대미학사, 1996, 참고. 다만 본고의 의도를 좀 더 분명히 제시하고자 김춘수의 「꽃」을 패러디화한 작품을 예로 제시하였다.

과 같다.

   (1행) 日照香爐(2행)生紫烟
   (3행) 遙看瀑布挂長川
   (4행) 飛流直下三千尺
   (5행) 疑是銀河落九天42)
    –「望廬山瀑布」

「瀑布– 李太白을 위하여」의 경우, 1연은 이백의 시 「望廬山瀑布」의 전문을 패러디하면서 2연에서는 변형시켜 패러디하고 있음을 알 수 있다.43) 단순한 반복이 아니라 '패러디는 어떤 식으로든 차이를 표시'해야 한다는 린다 허천(Linda Hutcheon)의 주장으로 파악한다면 이는 패러디이다. 이러한 패러디 방법을 통해서 target– text–(ㄱ)은 여산폭포(廬山瀑布)에 대한 경탄을 주제로 한 것이다. 또한 「望廬山瀑布」와 이백의 「友人會宿」의 일부분을 패러디한 「瀑布의 造化– 李太白을 위하여」를 살펴보

---

42) 「해는 향로봉을 비추니 자주빛 연기가 솟아오르고 / 멀리 보이는 폭포는 장천에 걸려 있다 / 날아 흘러내림이 삼천척은 됨직하니 / 구천으로 떨어지는 은하수가 아닐까.」 이백은 "여산의 노래를 侍御 여허주에게 부치다(廬山謠寄廬侍御虛舟)"라는 시에서 여산의 아름다움을 노래했다.(金元中 評釋, 『唐詩鑑賞大觀』, 까치, 1993, 209~211 참고).

43) 「瀑布– 李太白을 위하여」의 1연과 2연이 다르다. 1연을 단순히 인용(인유)로 볼 수도 있다. 그러나 본고는 이를 패러디로 파악하여 연구하고자 한다. 인용(인유)로 보지 않는 이유는 린다 허천에 따른다(앞의 책, 72 쪽). 〈패러디는 단순한 인용이나 인유보다 강력한 양 텍스트적(bitextual) 결정성을 지닌다. 즉 패러디는 패러디된 특정 텍스트의 기호뿐만 아니라 일반적으로 종적(縱的)인 패러디의 기호의 특성까지 모두 지닌다. 내가 여기서 인유를 포함시킨 것은 인유 역시 패러디와 혼동될 수 있는 쪽으로 정의되어왔기 때문이다. 인유는 '두 텍스트의 동시적 활성화를 위한 하나의 방법'이긴 하지만 이는 주로 상응을 통해서 이루어진다는 차이를 통해 이루어진다는 점에서 패러디와는 다르다. 그러나 아이러닉한 인유는 보다 패러디에 가까울 것이다. 일반적으로 인유는 패러디보다 덜 제한적이거나 덜 예정되어 있으며 패러디는 어떤 식으로든 차이를 표시해야한다.〉

자.

target- text-(ㄴ)

1행: 불꽃처럼 번개처럼 솟는 폭포가
2행: 으젓하게 새하얗게 무지개진다
3행: 처음에는 은하가 쏟아지더니
4행: 하늘과 구름만을 반쯤 바쳐 수놓는다.
5행: 우러러볼수록 기운은 우렁차서
6행: 장하다 造化가 이룬 功이여
7행: 구슬이 날리면서 안개가 가벼워라
8행: 물거품이 크나큰 돌을 때린다!
9행: 名山을 즐겨보니 사람이 싫다!
10행: 잠들고 싶은데서 잠을 자고서……

1행에서 8행까지는 「望廬山瀑布」의 패러디이고, 9행과 10행은 「友人會宿」의 일부분이다. 「友人會宿」의 원문은 "醉來臥空山 / 天地卽衾枕"이다. 이를 다시 패러디하여 작품을 적었다. "名山을 즐겨보니 사람이 싫다! / 잠들고 싶은데서 잠을 자고"자 하는 소요유의 경지를 말하고 있다. 즉 폭포의 흐름을 통해 무위자연과 자유평등의 경지인 무하유향(無何有鄕)44)을 주제로 표현한 작품이다. 좀더 발전된 형태의 target- text를

---

44) 장자의 「逍遙遊」편에 나오는 개념이다. 이를 인용하면 다음과 같다.
莊子曰: 子獨不見狸狌乎? 卑身而伏, 以候敖者, 東西跳梁, 不辟高下, 中於機辟, 死於罔罟. 今夫斄牛, 其大若垂天之雲. 此能爲大矣, 而不能執鼠. 今子有大樹, 患其無用. 何不樹之於**無何有之鄕**, 廣漠之野, 彷徨乎無爲其側, 逍遙乎寢臥其下? 不夭斤斧, 物無害者. 無所可用, 安所困苦哉? (김달진 역해, 앞의 책, 31쪽).
무하유향에 대한 의미를 살펴보면, "莊子의 修養의 目標는 人間의 一切活動을 정지하고 無爲自然에 一任하여 是非善惡의 관념을 버리고 名利와 形骸를 떠나서 逍遙自適하여 절대 無差別의 境地에 이르는데 있다. 이런 상태에 도달한 者를 至人 神人 聖人 또는 眞人이라고 부른다. 至人은 自己를 모르고 神人은 功을 모르고 聖人은 名을 모르고 眞人은 無何有와 鄕과 廣漠野의 境에 노는 者이다. 이와 같은 目

본다면 「瀑布水가 하는 말씨- 李太白을 위하여」이다.

target- text-(ㄷ)

瀑布水가 날은다 안개가 낀다 꿈을 꾼다 구름을 갚는다
百尺을 열 곱절한 하얀 명주을 瀑布水여!
제 무게에 갈갈이 갈기갈기 찢어져 내린다
四方을 에워싼 山봉우리는 붉은 바윗돌을 병풍처럼 펴들었다
(이 바람에…… 이 바람에…… 무슨 바람결일까?)
龍이 못물 속에서 내뿜는 숨결이여!
밤낮할 것 없이 바람이 일고 우레가 운다
여기서는 해도 달도 모두가 鬼神 눈동자!
空中을 나는 샘물, 치솟는 물보라는 虛空을 채우려고 안간힘 軌跡을 쓴
다
아아 소나기 銀河…… 銀河가 장마처럼
큰 섬 작은 섬이 어울리어 골고루 손가락을 펴면서
검푸른 물결이 물감처럼 솔질한 눈썹, 이름모를 풀잎이여!
초록빛 연지가 어디 있는가?
해묵은 이끼가 두 볼처럼 상기한다 함치르르 윤이 오른다……
아아 안개가 날으고 꿈이 낀다!
꿈을 꾸면서 안개가 낀다
구름을 갚으면
꿈을 꾸어 준다…..

　　target- text-(ㄴ)의 무위자연과 자유평등의 무하유향을 target-
text-(ㄷ)은 구체적인 언급을 통해 구현하고 있음을 알 수 있다. 구체적
언급이란 만물 변화의 혼돈을 통해 역설적인 침잠의 세계를 그리고 있다
는 뜻이다. 그 침잠의 세계라는 것은 무위자연과 자유평등의 무하유향을

標를 達成하려면 일체의 偏見을 버리고 無爲自然과 自由平等이 되지 않으면 안된
다는 것이다.(김능근, 「장자」, 『중국철학사』, 백영사, 1971, 121쪽).

지향하는 시인의 세계를 말한다. 이는 시집 『詩神의 住所』 전반에 흐르는 시세계이기도 하다. 이처럼 여러 번 패러디한 목적이 무엇인가? 이백의 「望廬山瀑布」는 글이 거칠고 다듬어지지 않는 것(稂莠滿田體)으로 판단한 송욱의 불만 태도에서 패러디했다고 볼 수 있다. 물론 이는 이인로가 말한 부착지흔(斧鑿之痕)에 대한 반발이기도 하다. 어쨌든 「望廬山瀑布」를 pre- text로 하여 패러디한 작품이다.

여기서 한가지 주목해야 할 사실은 폭포에 관한 작품의 패러디이다. 폭포와 관련된 작품은 「瀑布의 造化- 李太白을 위하여」, 「毛細管 속을- 달아 달아 밝은 달아 李太白이 죽은 달아」, 「瀑布水가 하는 말씨- 李太白을 위하여」 등이다. 그렇다면 왜 폭포의 패러디에 관심을 가졌는가. 폭포는 물의 의미이기 때문에 송욱이 물에 대한 태도를 어떻게 인식하느냐에 관련성을 찾을 수 있다. 이를 알 수 있는 것은 『文學評傳』의 「Ⅲ. 제3장의 九. 鄭知常의 눈물」에서 암시를 받을 수 있다.

송욱은 바슐라르 시론을 상당히 긍정적으로 평가하였다. 단적으로 말해서 "그의 哲學的 詩論은 詩의 批評이나 鑑賞뿐만 아니라, 詩의 創造力과 詩興까지 북돋아 주는 놀라운 힘을 지니고 있다"45)고 하면서 바슐라르 시론의 보편성을 통해 정지상(?- 1135)의 작품(「大洞江」)46)을 실천 비평한 것이다. 그래서 정지상 작품의 가치를 평가하였다. 작품의 가치를 평가하면서 「大洞江」의 결구 부분에 주목하면서 그의 완성된 동기를 기술하였다.47) 정지상 시의 결구인 〈別淚年年添作波〉을 귀화한 중국인 양재(梁載. 이제현과 동시대 인물)가 〈別淚年年漲綠波〉로 고쳤고, 이를 다시 이

---

45) 『文學評傳』, 226쪽.
46) 雨歇長堤草色多 / 送君南浦動悲歌 / 大洞江水何時盡 / 別淚年年添綠波(증보 『海東詩選』, 151면).
「비 그치자 긴 방죽에 / 풀빛이 무성하다 / 南녘 浦口에서 그대를 보내니 / 슬픈 노래가 일고 동한다 /大洞江 흐르는 물이 / 언제 다할까 / 헤어진 눈물은 해가 갈려도 / 푸른 물결을 넘실 더한다.」
47) 『文學評傳』, 247쪽.

제현(고려말 시인. 성리학자, 1287~1367)이 〈添綠波〉로 고쳤다는 것이다. 이러한 개작은 물결의 빛깔을 표현해야한다는 점에서 모두 〈綠波〉로 고친 것을 송욱은 높이 평가했다. 그렇다면 송욱이 이태백의 「望廬山瀑布」를 개작하여 패러디한 작품을 쓴 것과, 특히 물과 관련된 작품을 고친 것은 낭유만전체, 부착지흔을 비판하는 그의 시작 원리라 할 수 있을 것이다. 그래서 송욱 시작의 방법적 미학은 패러디라 할 수 있고, 패러디의 원천적인 수용 태도는 바로 바슐라르 시론을 통한 개작의 당위성에서 찾을 수 있는 것이다.

"패러디는 그 원작보다 높은 의미론적 권위를 가지려 한다는 것과 패러디의 해독자는 자신이 동의할 것으로 패러디스트가 기대하는 목소리를 항상 확실하게 알고 있다는 개리 솔 모손의 견해에 대해 대부분의 이론가들이 암암리에 동의한다"는 린다 허천(Linda Hutcheon)의 논의는 이를 잘 뒷받침해준다. 한시작법상 자신의 문학적 권위를 위하여 용사하는 경우가 있다. 시 창작과정상 좀 더 좋은 작품을 짓기 위해 명작을 탐독하여 베끼기하는 방법을 통한 자신의 창작 단계에 나아가는 방법론이다. 패러디를 통한 송욱의 시세계를 탐색해야 할 부분은 역시 그의 시에 나타난 폭포(물)에 관한 정신세계의 반영을 추적하는 것이다. 즉 이는 송욱이 과학적 시론이라 명명한 바슐라르의 사원소론 가운데 특히 물에 관한 주도적인 이미지를 바탕으로 패러디한 작품이다. 송욱의 시작은 이백에 근원을 둔 "동양의 전통정신에 열광"의 태도이다. 그렇기 때문에 송욱의 이백에 대한 시작이라는 측면에서 "동양정신의 열광"48)이지만 형식적으로는 패러디라 할 수 있다. 이 외에도 송욱은 이백에 관한 지대한 관심을

---

48) 송욱은 이태백에 관한 패러디와 함께 장자에 관한 패러디-「莊子의 詩學」: 장자 〈內篇〉의 〈應帝王〉과 外篇의 〈天地〉을 패러디, 「王과 造物者- 莊子을 위하여」: 莊子의 〈應帝王〉과 〈大宗師〉, 〈齊物論〉의 '胡蝶夢 우화'를 패러디-를 통해서 자신의 정신세계를 표현했다. 장자에 관한 패러디를 통해서 정말 훌륭한 시와 정신 세계를 담고자 했다. 그 가운데 무하유향의 경지에 도달하고자 했음을 알 수 있다.

패러디화하였다. 그래서 송욱이 동양정신을 모색한 방법론적인 미학은 패러디라 할 수 있을 것이다.49) 정지상 시의 진정한 작품의 가치를 개작을 통하여 인정하였듯이 이런 개작 과정의 당위성을 통하여 송욱은 이백을 비롯한 동양문학의 패러디를 시도했다. 이는 용사에 있어 시상을 빌려 자신의 세계를 완성하는 일종의 탈태법이라고 볼 수 있다. 여기에서 본고가 의도하는 한시론과 현대시론의 한 접점을 확인할 수 있다.

본고의 연구와 관련하여 박상배의 「戲詩. 4- 원효 日記」나 박상배의 「어떠리」는 김춘수의 패러디와 환골법과는 다른 형태이다. 이를 현대시의 패러디와 고전시론의 한 접점인 탈태법이라 볼 수 있다. 이는 본고 연구의 한정과 관련이 있기에 차후에 논의를 할 것이다.50)

4. 결 론

현대사회가 산업화되면서 점차 정보화, 디지털화되어 진정한 글쓰기는 사라진 듯한 느낌마저 든다. 그래서 대중매체를 비롯한 다양한 장르

---

49) 『詩神의 住所』에 나타난 송욱 시의 방법적인 미학인 패러디의 형태를 유형화시키면 다음과 같다. 즉 산문-> 시(「春夜宴桃李園序」-> 「天地는 萬物을.......李太白을 위하여」), 한시-> 시와 변이형, 혼합형(「望廬山瀑布」->「瀑布- 李太白을 위하여」: 변이형 「瀑布의 造化- 李太白을 위하여」: 혼합형 「瀑布가 하는 말씨- 李太白을 위하여」, 「李太白의 詩學」), 산문, 시의 변이형-> 시 등으로 나눌 수 있다. 이는 송욱의 방법적인 미학을 통해서 동양정신에 탐닉한 것임을 알 수 있다.

50) 원효의 시 <心生故種種法生/ 心滅故龕墳不二/ 三界唯心萬法唯識/ 心外無法胡用別求>(김상현, 『역사로 읽는 원효』, 고려원, 1994 참조)와 박상배의 「戲詩. 4- 원효 日記」의 원문(마음 안에 마음을 쑤셔넣는다/ 마음은 그럼 마음 안의 마음이다// 마음 안에 마음을 쑤셔넣고/ 마음 안에 또 마음을 쑤셔넣으면/ 마음은 그럼 마음 안의 마음 안의 마음이다// 마음 안에 마음을 빼어놓는다/ 마음은 그럼 마음 밖의 마음이다// 마음 밖에 마음을 빼어놓고/ 마음은 밖에 또 거듭 마음을 빼어 놓으면/ 마음은 그럼 마음 밖의 마음 밖의 마음이다)을 패러디했는데, 이는 한시의 탈태법이라 할 수 있다. 또한 「何如歌」와 「丹心歌」을 연상케하는 「어떠리」 역시 이와 같다. 김준오는 이를 패러디로 규정(앞의 책 참조)하고 있다.

에서 방대하게 모방과 표절, 왜곡이 확산되고 있다. 이런 문제의 심각성은 문학 또한 예외가 아니다. 본고는 특히 모방과 표절, 왜곡 등에 관한 한 점검으로부터 시작했다. 이 점검의 방법은 작가의 창조적 정신이냐 고갈된 정신세계의 모방이냐라는 문제를 짚고자 했다. 이 문제는 고래로부터 현재에 이르기까지 끊임없이 제기된 문제인 만큼 고려해 볼 만하다고 판단했다. 그래서 고전시론의 한 방법인 용사와 현대시 이해의 핵이라 할 수 있는 패러디에 대한 검토 작업을 했다. 문학 작품 속의 새 기법은 작가 정신 혹은 작품의 주제를 찾는 중요한 도구인 만큼 이 도구에 대한 검토 작업과 동시에 실천 비평을 통한 방법론은 계속적으로 검토되어야 한다. 이는 고전시론과 현대시론의 한 접점의 연구임과 동시에 작품 주제를 찾는 한 방법이다. 이런 전제에서 연구한 본고는 다음과 같이 주목하고자 한다.

첫째, 고전시론인 용사의 한 갈래인 환골법은 현대시의 패러디 기법과 동일한 점을 밝혔다. 그 확인은 특정 어휘만을 변환, 굴곡시켜 새로운 형태의 시 창작을 한 김춘수와 현대시인의 시작품에서 찾을 수 있었다.

둘째, 용사의 한 갈래인 탈태법은 현대시의 패러디 기법 가운데 송욱이 이백 시의 시상을 빌려와 창작을 한 경우에서 확인할 수 있었다.

셋째, 이런 점검을 통해 작가의 창작적 태도와 독자의 작품 이해라는 이중적 측면을 고려해 볼 수 있었다.

넷째, 고전시론과 현대시론의 용사와 패러디가 작품 이해의 한 방법이라는 한 접점임을 확인할 수 있었다.

본 연구를 통해서 가지게 된 연구자의 몇 가지 상념에 대해서 적고 글을 맺고자 한다.

문학이 창조적 정신을 바탕으로 하지 않는다면, 문학의 고유한 영역은 소멸된다고 할 수 있다. 더구나 현대시는 창조적인 세계를 무기로 삼는다. 그럼에도 불구하고 창조적인 정신을 담는 용기로 창조적인 모방을 한다면 이는 어디까지나 한 기법일 뿐 부정되어서는 안 된다. 이런 창조적인 모방은 현대시의 패러디와 한시에 널리 퍼져 있는 용사의 방법이다. 그러나 새로운 의취(意趣)를 담는 기법으로서가 아니라 지나친 상용으로 인해 패러디와 용사가 지닌 본질을 훼손시키는 것은 심각한 문제이다. 가령 용사의 기법인 환골탈태가 지나쳐서 표절로 변한다면 이의 문제를 심각하게 생각해야 한다. 여기에 바로 작가의 창조성 고갈이라는 족쇄를 끼게 된다. 지나치게 용사하다 보면 작가가 지향하는 독창성, 창의성이 점점 소멸되기 마련이다. 따라서 이에 대한 불안을 작가는 항상 가져야 한다. 또한 작품의 주제를 다루는 방법이 지나치게 재현에 의존하다 보면 모방과 표절이 갖는 불안을 떨칠 수가 없다.

용사의 경우 기존의 작품과 작가에게서 영향이 비롯된 것이라고 볼 때, 자연스러운 전고(典故)의 인용은 오히려 시의 의취를 풍부하게 하기도 한다는 긍정적인 측면도 있다. 또한 새로운 쟝르 변화를 가져 올 수도 있는 긍정적인 측면이다. 단순히 시 뿐만 아니라 소설에서도 기대되는 새로운 기법이다. 가령 이해조의 『ㅈ유종』과 김수경의 『ㅈ유종』을 예로 들 수 있다.51)

---

51) 이 논의는 다음과 같은 관점에서 차후에 이루어 질 것이다.
　　1) 쟝르상의 문제: 신문기사, 일기, 편지, 시, 희곡 등의 쟝르 혼합은 새로운 쟝르로 점검의 대상이 된다(김수경). // 토론체 형식(이해조), 2) 고소설 -> 신소설(이해조) -> 신신소설(김수경), 3) 1910년대의 사회 억압 구조(여성 등장, 이해조) // 1970~80년대의 억압구조, 4) 작가가 소설 속의 작가 김명자가 『ㅈ유종』을 쓰는 과정(meta- fiction/ sur- fiction, 김수경) 등의 관점에서 패러디는 논의될 수 있다.

참고 문헌

1. 현대소설과 패러디
김현실 외, 『한국 패러디 소설 연구』, 국학자료원, 1996.
장경렬, 작가의 죽음과 독자의 탄생- 모방, 글쓰기, 글읽기, 그리고 보르헤스, 『문
　　　학의 새로운 이해』, 문학과 지성사, 1998.
권택영, 「패러디, 패스티쉬, 그리고 독창성」, 『다문화 시대의 글쓰기』, 1997.
송경빈, 『한국현대소설의 패러디 연구』, 충남대학교대학원 박사학위, 1996.
퍼트리샤 워(김상구 역), 『메타픽션』, 열음사, 1989.

2. 시와 패러디
김준오 편, 『한국현대시와 패러디』, 현대미학사, 1996.
남송우, 「소위 포스트모던시, 문제는 없는가」, 시와 시학사, 1998, 가을.
임문혁, 『한국현대시와 설화』, 계명문화사, 1996.
정끝별, 『패러디 시학』, 문학세계사, 1997.
린다 허천(김상구. 윤여복 옮김), 『패러디 이론』, 문예출판사, 1993.
헤롤드 블룸(윤호병 편역), 『시적 영향에 대한 불안』, 고려원, 1991.

3. 한시비평론
변종현, 『고려조한시연구』, 태학사, 1994.
송재소, 『다산시연구』, 창작과 비평사, 1992.
　　　, 「한시용사의 비유적 기능」, 한국한문학연구(제8집), 1985.
신용호, 『이규보의 의식세계와 문학론 연구』, 국학자료원, 1990.
원행패(박종혁외 옮김), 『중국시가예술연구』, 아세아문화사, 1990.
이병한, 『한시비평체례연구』, 통문관, 1974.
　　　편저, 『중국고전시학의 이해』, 문학과 지성사, 1993.
이인로(柳在泳 역), 『破閑集』, 일지사, 1994.
이종은 · 정민의 공편, 『한국역대시화류편』, 아세아문화사, 1988.
장덕순 외, 『이규보 연구』, 새문사, 1986.
정대림, 「新意와 用事」, 『한국문학사의 쟁점』, 집문당, 1990.
정약용(박석무 · 정해렴 편역), 『다산문학선집』, 현대실학사, 1996.
정요일, 『한문학비평론』, 집문당, 1994.

전형대 외, 『한국고전시학사』, 기린원, 1989.

조동일, 『문학사와 철학사의 관련양상』, 한샘, 1992.

     , 『한국문학통사』(2), 지식산업사, 1992 .

조종업, 「東人詩話 연구」, 대동문화 연구(제2집), 1966.

최신호, 「초기 詩話에 나탄난 用事理論의 양상」, 고전문학연구(제1집), 1971.

최 자, 『보한집』, 계명대학교출판부, 1984.

홍만종, 허권수(윤호진 역주), 「백운소설」, 『시화총림』, 까치, 1993.

제2부

소설과 굴절 시대의 삶

1 삶 혹은 사랑의 기준 찾기

사랑의 본연의 본질은 우리의 파악 능력으로부터 벗어나 우리가 아무리 해도 결코
완전히는 규명할 수 없는 감추어진 신비로 나타난다. 그래서 이런 사랑의 실체 앞
에서 우리의 언표(言表)들은 항상 실패하기 마련이다. 따라서 우리는 사랑에 관해
이야기할 때, 사랑하는 사람들이 사랑을 실천함으로써 비로소 단지 머뭇거리며 말
할 수 있을 뿐이다.　　　　　　　　　　　　　　　　　　　　　　　-요하네스 로쯔

■ 김형경의 「사랑을 선택하는 특별한 기준」

1. 텍스트의 모색

김형경의 소설 『사랑을 선택하는 특별한 기준 1, 2』(문이당, 2001)은
적어도 여성 문제를 다룬다는 점에서, 특히 30대 중후반의 여성들에게는
삶과 사랑의 가치를 생각하게 하는 소설이다. 삶이란 여성들에게 뿐만
아니라 인간의 보편적 가치를 지향하는 것이고, 사랑이란 남성보다는 오
히려 여성들이 심각하게 생각할 수 있는 문제라고 할 수 있다. 또 살다보
면 통속적인 삶이 바로 우리들 자신의 삶이라는 것을 흘러가는 세월 속
에 발견하게 된다. 그래서 대개 사랑의 문제도 삶의 문제도 통속적이라
는 의미를 담고 있는 것이다. 그렇더라도 작가는 삶 속의 사랑이 무엇인
지를 작가만의 목소리를 들려 줄 것이다. 작가의 목소리가 무엇인지를
읽어내는 것이 김형경의 소설을 대하는 궁극적인 목적일 것이다.

필자는 이 텍스트를 크게 두 가지 관점에서 보았다. 왜냐하면 『사랑
을 선택하는 특별한 기준 1, 2』은 등장인물들이 대부분 여성 중심의 삶
과 사랑을 다룬다는 점에서 20세기 초 여성화자들이 등장하는 신소설

『자유종』과 비교해 볼 필요가 있을 것이고, 두 번째는 여성의 정체성을 찾아간다는 점에서 페미니즘으로 볼 수 있다는 것이다.

2. 21세기 여성들이 울리는 자유의 종(鐘)

이해조[1])의 『자유종』을 통해 20세기 초 여성들이 울리는 자유의 종의 의미를 파악할 수 있을 것이다. 그래서 『자유종』과 『사랑을 선택하는 특별한 기준 1, 2』을 통해 20세기 초와 21세기 초 여성들의 삶과 사랑의 변화를 엿볼 수 있다. 그렇다면 21세기 여성들이 울리는 여성의 종소리는 어떤 의미인가. 이해조의 『자유종』과 김형경의 『사랑을 선택하는 특별한 기준 1, 2』의 차이를 통해 여성성의 문제를 짚어 볼 수 있을 것이다. 20세기 초라는 시대 상황(일제 강점기) 속에서 여성들이 생각하는 자유의 종과 자유화, 민주화가 어느 정도 정착되었다고 할 수 있는 21세기 초에 울리는 여성의 종은 그 의미가 다를 것이다. 특히 여성 지식인들이 생각하는 일제 강점기의 개화 계몽기의 여성과 달리 『사랑을 선택하는 특별한 기준 1, 2』은 성 담론을 다루고 있다.

이해조의 『자유종』의 내용을 간단히 정리하면 다음과 같다.

> 작품의 내용은 융희(1908) 음력 1월 16일(대보름 이튿날) 밤 매경 부인의 생일 잔치에 초대 받아 모인 부인들이 개화 계몽에 대한 여러 가지 문제를 토론하는 것으로 시작하여, 결국에는 꿈 이야기 속에서까지 국가의 자주 독립을 논하다가 닭이 우는 새벽녘에야 해산하는 장면으로 끝나는데, 이 토론에 참여하는 인물은(전광용, 「이해조 연구」, 『신소설 연구』, 새문사, 1986, 192쪽)

---

1) 1869년 2월 27일 경기도 포천 출생. 인조의 셋째 왕자 인편 대군의 후손. 1927년 5월 11일 포천에서 사망. 1910년 7월 광학서포에서 『자유종』 간행. 국치 후 총독부 기관지 ≪매일신보≫입사.

대부분 여성들이다. 이들이 다루는 주제는 다음과 같다.

> 그 가장 초점이 되는 것은 여권 문제와 자녀 교육 문제이며, 계속하여 국가의 자주 독립, 미신 타파, 계급 타파, 지방색 타파, 한문 폐지 문제 등 광범위에 걸친 열렬한 토론이 네 부인 사이에서 거듭되다가, 결국에는 금운 부인이 상원일 밤(대보름날 밤)인 어젯밤의 꿈 이야기를 교환하기로 제안하자, 설헌 부인은 대한 제국 자주독립할 꿈을 꾸었다고 하고, 매경 부인은 대한 제국의 개명할 꿈을 꾸었노라고 하고, 금운 부인은 대한 제국의 독립할 꿈을 꾸었다고 하고, 국란 부인은 대한 제국이 천만년 영구히 안녕할 꿈을 꾸었다고 각기 자기의 꿈 이야기를 피력하였으나, 우연히도 국가의 자주 독립과 개화 계몽에 일치되는 꿈 이야기였고, 그것은 모두 풍자와 암유를 내포한 이야기였다.(앞의 책, 196~197쪽)

인용을 통해서 보듯이 『자유종』에서 두 가지 정도를 생각해야 할 것이다. 우선 작가는 왜 여성의 관점을 채택했을까? 이 문제를 시대적 상황과 관련시켜 볼 수 있을 것이다. "국권 회복 운동과 여성 해방 운동의 메시지를 결합하고 있는 이 선구적 페미니스트의 작품은 남성에 의해 독점되어 온 당시의 민족 운동들이 참담한 실패로 귀결되는 것에 대한 뼈아픈 반성을 내포하고 있는 것이다. 이 근본적 관점에서 그는 여성 토론자들을 내세워 민족 운동의 다양한 형태들에 대해서 신랄한 비판"[2]을 했다는 점을 주목할 수 있다. 그래서 20세기 초 한국 여성들의 삶과 21세기 초 삶의 질서가 서로 다르게 위치해 있다는 점을 염두에 두어야 한다. 또 하나는 『자유종』에서 말하는 여성들의 주된 토론은 위의 인용과 같다. 그러나 『사랑을 선택하는 특별한 기준 1, 2』은 분명 다른 점이 있다. 김형경의 『사랑을 선택하는 특별한 기준 1, 2』은 여성의 문제, 구체적으로는 삶과 사랑의 문제를 여성들의 시각으로 다루고 있다는 점이 『자유종』과 다르다.

---

2) 최원식, 「애국 계몽기의 이해조 소설」, 『자유종』, 창작과 비평사, 1996, 232쪽.

우선 등장인물들을 살펴보면, 주인공인 한인혜(부분적으로는 〈나〉의 등장으로 시점의 변화가 나타남)는 이혼녀이며, 광고 회사의 카피라이터로 10년의 경력을 가졌지만 직장내에서 이미 신세대 광고계의 후배에게 압력을 받는 인물이다. 그리고 주인공은 이혼녀로 설정되어 있다. 이는 소설에서 한인혜로 하여금 자유로운 성 경험을 함으로써 어떤 도덕적 문제를 제기하지 못하도록 하려는 의도가 있다. 왜냐하면 유부녀일 경우 여러 남자를 만나는 것은 작가가 의도하는 주제를 부각시키기도 전에 도덕적인 문제로 인해 더 이상 성을 통한 여성의 정체성을 찾는데 장애가 될 수 있기 때문이다. 또한 직장에서 10년의 경력은 세상의 이력을 감내할 수 있는 충분한 시간이다. 이는 직장의 따분한 일상에 대한 권태로움을 표현하려는 의도이다. 그래서 직장의 변화를 암시하는 것이고, 소설의 끝머리에서 인혜가 회사를 그만 두는 것과 관련이 있는 것이다.

광고 카피라이터는 프리랜서로서 자유로움을 의미한다. 한인혜를 둘러싸고 있는 여성들의 이력을 간단히 살펴보면 다음과 같다. 〈권인경-프랑스 유학, 여성학 전공〉, 〈박세진- 건축가, 37세〉, 〈박정연-프랑스 여성학, 전임강사〉, 〈진희숙-변호사. 호주제를 폐지 주장〉, 〈황정미-라디오 프로듀서〉, 〈최미라-문화비평가〉, 〈구자연-여성학 공부한 현직 교사〉 등이다. 이 모임은 총 9명으로 30대 중후반의 전문 분야에서 활동하고 있는 여성들로, 모임의 이름은 〈오여사〉이다. 〈오여사〉는 〈오늘의 여성을 생각하는 사람들〉을 줄인 말이다. 이 모임의 성격을 들여다보면, 20세기 초 『자유종』에서 읽을 수 있는 여성들의 삶의 태도와는 확연히 다름을 알 수 있다. 즉 일제 강점기의 개화 계몽의 문제보다는 여성의 정체성 문제를 중심에 놓고 있다. 자주 독립, 교육 문제보다는 결혼과 독신의 문제, 성 문제를 중심에 놓고 있다.

혼자 살면서도 신체적으로 건강하고 정서적으로 안정된 기조를 유지할 수 있고, 사회적으로 고립되지 않고 경제적으로 완벽하게 독립할 수 있고, 무엇보다 인격면에서 어느 한 귀퉁이가 찌그러진 사람이 되지 않을 자신이 있다면 혼자 살아도 된다.(2권 298쪽)

위와 같은 작가의 언급은 우리들이 쉽게 수긍할 수 있다. 작가가 언급한 이와 같은 말에 누가 감히 동의하지 않을 수 있겠는가. 그러나 이러한 삶을 지탱할 수 있다는 것은 여러 가지 조건이 전제되어야 할 것이다. 적어도 신체, 정서적 안정감과 함께 경제적으로 완벽한 독립, 인격적 결함이 없을 정도의 여성이 되어야 한다는 전제이다. 그러나 이런 조건을 갖춘 여성들이 몇이겠는가. 이런 전제적인 물음은 곧 독신으로 살 수 있는 조건들이라고 생각할 수 있을 것이다. 작가는 이러한 답을 내렸지만 정작 소설 속의 주인공 한인혜는 작가가 언급한 조건을 갖추었는가를 생각하지 않을 수 없다. 신체는 둘째치고 정서적으로 안정되었다고 볼 수 있는가. 또 경제적으로 안정되었다고 할 수 있는가.

위의 직업들을 면밀하게 살펴보면, 전문적인 직업군이면서 자신의 운명과 관련해서는 세속사 여느 사람과 다름이 없는 길을 택하게 된다. 가령 한인혜와 어릴 때부터 지내 왔던 박세진은 보통 사람들이 행하는 일종의 의식에 발을 깊이 들여놓고 있다.

세진에 대해 잘 안다고 생각하던 시절이 있었다. 중고등학교 시절, 세진은 누구보다 자주적이고 합리적이고 또한 과학적이었다. 인혜가 로맨스 소설을 읽을 때 세진은 추리 소설을 읽었고 인혜가 영어책을 읽을 때 세진은 과학책을 읽었다. 세진은 무거운 물건을 옮기기 위해 애쓰는 친구들에게 지렛대의 원리를 이용하자고 제안했고, 산속에서 길을 잃었을 때는 나무의 나이테를 보고 방향을 가늠하여 길을 찾았다. 그림자 길이만 보고도 30분 이내의 근사치로 시간을 맞추었고, 손가락을 대어 보고 사물의 길이를 정확하게 계산해 낼 줄 알았다.(1권 140쪽)

이처럼 과학적이며 합리적인 생활 방식을 가진 세진이었지만, 성장해서는 비합리적인 행동을 하게 된다. 세진은 자신의 운명의 길을 알려 줄 수 있는 일종의 의식(푸닥거리인지)을 하고, 그 의식에 깊이 빠져 있다. 이런 행동은 대체로 전문적인 여성들이 할 수 없다고 생각하는 것을 하는 것이다.

> 오직 통곡밖에 없는 얼굴이었다. 서른일곱 살 먹은 여자의 아름다움도, 유능한 여성 건축가의 재능도, 빈틈 없이 일을 처리하는 합리성도, 매사에 최선을 다하는 성실성도……아무것도 없었다. 체면과 관습도. 이성과 합리도, 기억과 경험도, 그 모든 것이 걷혀 나간 얼굴이었다. 오직 울음만이, 날것인 감정과 밑바닥의 본능만이 읽히는 통곡이었다.(1권 148~149쪽)

이와 같은 행동은 인간의 지식 체계나 이성적 체계를 넘어선 어떤 운명의 존재를 인정하는 세속적인 행동으로 간주될 수 있다. 그렇다면 이런 운명의 의미를 어떻게 이해할 수 있는가. 흔히들 하는 말 가운데 하나는 〈너도 살아 봐라〉라는 속언이 있다. 〈너도 살아 봐라〉라는 말 속에 담긴 그 무엇. 그 무엇이 바로 우리들의 세속사인 것이다. 이 세속사를 작가는 세진을 통해서 한 시간에 방영되는 조용한 드라마 한 편처럼 보여 주고 있다. 세진의 삶의 과정을 정리해 보면, 우리들의 삶의 과정을 엿볼 수 있다. 즉 인간 본성의 반항기, 제도에 대한 도전-〉 합리적, 이성적 삶-〉 무기력한 삶/ 운명-〉 귀속의 삶을 보여 준다. 어쩌면 이러한 삶의 질서가 우리들의 삶의 보편적 질서로 생각하게 하는 테두리이다. 이와 같은 일상적 삶의 테두리에서도 작가는 선택의 기준을 세진의 말을 통해서 제시하고 있다. "이성적이고 합리적이고 야무진 커리어우먼의 태도"를 견지하면서 "어떠한 경우에도 논리적으로 이해할 수 있고, 과학적으로 납득할 만한 방법을 선택한다는 거야." 이것이 작가가 세진을 통해서 말하고자 하는 삶의 선택 기준인 것이다.

3. 자기 확인의 성 담론

　제3의 물결에 이어 제4의 물결인 성의 물결이 21세기 한국 사회에 거세게 닥쳐왔다. 그런만큼 성의 문제는 보편적인 담론이 되고 있다. 그래서 한국 문학에서 여성의 성 문제를 바탕한 작품과 작품 연구가 양산되었다. 문학과 성 문제는 자칫 외설(猥藝)과 포르노 시비에 휩싸일 수 있다. 김형경의 소설을 통해서 사랑의 가치를, 혹은 개념을 읽는다면 외설과 사랑의 경계는 볼 수 있을 것이다.

　성의 문제를 지나치게 통속적으로, 그 통속성은 언제나 사랑이라는 이름으로 둔갑하게 되고, 그 사랑이라는 이름은 다시 통속성과 진정한 사랑과 성의 문제로 일정한 고리로 연결되어 있다. 한인혜와 진웅과의 첫 관계에서 진웅은 사랑스런 행동을 표현하지 못하고 마음만 앞서 있게 된다. 이러한 성 담론에 있어서 세진의 이야기처럼 논리적으로 이해할 수 있고, 과학적으로 납득할 만한 방법을 작가가 선택했는지를 관심 가져야 한다. 그 선택의 기준은 "우리 시대에 풍미하는 성 담론들이 별로 마음에 들지 않습니다. 너무나 날 것인 채로 인간 본성의 뼈다귀까지를 낱낱이 까발려 보이는 그것들이 낯설어요. 최소한의 예의, 최소한의 미덕, 최소한의 아름다움, 그런 것들이 존재하기를 바라는 편입니다"(1권 169쪽). 즉 성 담론은 인간 본성의 뼈다귀까지 낱낱이 보여 주는 것이 아니라 예의와 아름다움이 존재해야 한다는 것이다.

　인혜는 발기 부전증인 진웅과의 관계에서 적극적으로 성의 기능을 돕는다. 「허공에 뜬 포르노그라피」(1권 156~189쪽)에서 실제 성 체험을 통해 발기부전을 극복한 과정을 보여 준다. 그래서 그 극치의 순간은 "자아가 해체되고 붕괴되면서 아집의 담벼락이 낮아지는 일"(1권 188쪽)이라고 단정한다. 사실 남성들의 성행위는 단순히 감각적 만족감만이 아니라, "성적 우월감의 확인, 남성으로서의 권력 행사, 여자라는 사유 재산에 대한 수호, 궁극적으로는 종족 보존" 등과 같은 의미를 내포하고 있고, 이와 마찬가지로 여성들의 성행위는 감각적 충만함 외에 "친밀감과 유대감의 확인, 보호받고 보살핌 받는다는 느낌, 사랑받을 만하다는 자기 가치에 대한 확인 등 정서적 의미"(1권 189쪽)가 있다. 이 모든 것이 몸으로 표현된 감정의 언어들이다. 즉 서로의 "정신과 정서의 어떤 영역에 충격"을 가하는 것이 사랑의 표현인 것이다. 그럼으로써 "사랑은 분명 자기가 누구인가를 알아 가는 과정이고, 자기의 한계를 벗어나기 위해 피나게 투쟁하는 일이고, 그것을 통해 점진적으로 자아가 확장되는 것을 느끼는 일"(1권 300쪽)이라는 것이 사랑에 대한 작가의 뚜렷한 주장이다.

그런데 왜 한인혜는 여러 남자와 성 관계를 하는가. 이는 성을 도구화하거나 성적 억압(욕망 억압)을 문제삼는 성 담론은 아니다. 그리고 남성 횡포로부터 성도구화되는 것이 아니라 성의 주체를 찾고자 하는 작가의 의도인 것이다. 그것은 성 관계를 통해서 〈여성의 정체성〉을 찾아가는 과정을 보여 주기 위한 장치라고 생각할 수 있다. 즉 자기 구원의 의지라고 할 수 있다. 그러나 궁극적으로 여성 문제의 해법은 여성 자신임을 작가는 강조하고 있다. 작가가 선택한 여성의 성 담론과 관련한 문제는 바로 "자신의 존재를 바로 세우고, 자신을 스스로 보살필 수 있어야 한다"(1권 176쪽)는 주장이다. 즉 "자신이 누구인지를 먼저 보고, 자신의 욕망이 무엇인지를 확인하고, 자신이 잘할 수 있는 일과 잘할 수 없는 일을 나누는"(1권 178쪽) 일을 먼저 행하는 것이다. 그리하여 "남성에게 의존하여 아내로, 어머니로 살지 않는 여자의 삶도 가능하다"(1권 178쪽)는 것을 말하려고 한다.

진웅과의 관계 속에서 사랑의 기준을 찾았다면 더 이상은 다른 남자를 만나지 않은 채 소설은 마무리가 되어야 한다. 그런데 진웅과 여행에서 돌아 온 직후 관계를 끊어 버린다. 진웅은 어떤 느낌은 있었지만 헤어지게 된다. 그렇다면 사랑이란 또 다른 충격이 사랑의 기준이 된다고 할 수 있다. 세진과 함께 교통 사고를 당한 인혜가 병원 입원 중에 진웅은 찾아온다. 하지만 성적인 흥분만 있을 뿐 진정한 삶의 가치나 의미를 찾지는 못한다. 그래서 진웅과의 만남에서 진웅이 남자라는 테두리 외에 자신의 삶을 지배하는 어떤 것도 없다는 것을 확인하게 된다. 그것은 곧 진웅과의 이별을 의미한다. 어쩌면 남녀간의 사랑과 이별은 이제 식상한 밥상의 김치와 같은 것이다. 작가는 사랑과 이별의 문제를 다음과 같이 언표한다.

처음에는 온몸을 난도질당하는 듯한 고통이더니, 그 다음에는 바늘로 찔리는 듯한 고통으로 약화되고 그 다음에는 회초리로 맞는 듯한 정도가 되었다. 슬픔도 마찬가지였다. 때로는 가로수에 이마를 박고, 때로는 우체통에 기대서서, 때로는 버스 손잡이를 잡고 서서 눈물을 닦았지만 점차 눈물의 양, 눈물을 닦는 시간이 줄어들었다. (2권 198쪽)

사랑에서 이별로 가는 흐름은 〈난도질당하는 고통〉에서 〈눈물을 닦는 시간이 줄어〉드는 과정이다. 그러면서 남녀간의 사랑이 점점 '소멸의 공존 지대'에서 이별한 채로 '생존의 공생 지대'에 살게 된다. 진웅은 외국에 나가게 되면서 자연스럽게 멀어지고 마지막으로 전화를 하면서 이 소설은 끝맺게 된다. 진웅과 인혜는 사랑과 삶의 과정에서 공통분모를 찾고자 하지만 찾지 못하고 헤어지게 된다.

이 소설을 읽는 가치는 주인공 인혜가 간파한 대목이리라.

35세에서 50세 사이에 찾아온다는 중년의 위기, 이 고비를 어떻게 넘기느냐에 따라 삶의 후반부가 많이 달라질 수도 있는 바로 그 지점에 있었다. 새로운 목표를 설정하고 새로운 삶을 배우지 않으면 답보 상태에서 폐쇄적인 자기 복제만을 반복하게 될 것이다. 새로운 삶의 방법을 배우고, 새로운 삶의 목표를 정해야 했다. 새로운 삶의 그 일과 함께 영혼이 성장하고, 그 일과 함께 자아를 실현하고, 그 일이 또한 세상에도 유익한 것이어야 했다. 그리고 또한 그것은 환갑이 되어도 유효한 방법과 목표여야 했다.(2권 297쪽)

결국 삶과 사랑이란 〈진퇴양난 암중모색의 과정〉인 것이다. 이런 과정에서 독자들은 선택해야 하는 기준을 찾아야 할 것이다.

4. 끝

필자는 김형경의 소설을 읽으면서 두 가지 정도 더 정리해야 하고 싶다. 왜 한인혜는 호박 음료 광고를 기획했는가? 이 호박의 가치를 어떻게 가장 소비적인 제품으로 만드는가하는 것이다. 이는 은유적인 표현으로 볼 수 있다. 호박이 여러 과일 음료수와 마찬가지로 보편성을 띤 과일처럼 이해될 가능성이 있는데, 보편성을 띤 과일이라는 보통 명사, 즉 성별을 초월한 인간이라는 보통 명사의 이름으로서 가치를 부여하고자 하는 것이다. 이는 남성과 여성의 성구별보다는 여러 과일의 가치와 호박의 가치를 인정하려는 〈오여사〉의 모임의 목적과 같이하려는 등가 의식의 소산일 것이다.

또 「리빙 라스베가스」의 영화와 민요인 「정선 아라리」를 이 소설과 상관 관계에 놓고, 작품의 주제를 파악할 수 있을 것이다. 이는 상호 텍스트성(intertextuality)에 놓였다고 볼 수 있기 때문이다. 성적인 공감대를 형성한 진웅은 아우라지 강변에서 노래를 부른다. 이 때 진웅은 강원도 산간 오지의 삶과 정서를 담은 「정선 아라리」를 간간이 부른다. 「정선 아라리」의 서사 구조와 작품의 주제와는 모종의 암시를 한다고 볼 수 있다. 또한 아우라지 강변에서도 「리빙 라스베가스」의 영화 주제 음악 이야기를 주고 받는다. 여기서 진웅과 한인혜의 생각들이 표현되는데, 이 또한 영화와 민요의 서사 구조를 통한 상호텍스트성을 검토할 수 있는 대목이다. 이는 문학과 관련한 타 장르와의 상호텍스트성 연구라는 보편적 과정이기에 관심을 기울일 수 있을 것이다.

참고 문헌

김경수 외, 『페미니즘과 문학비평』, 고려원, 1994.
김복순 외, 『페미니즘과 소설 비평』(현대편), 한길사, 1997.
정종진, 『한국 현대 문학의 성 묘사 전략』, 우리문학사, 1990.
요하네스 로쯔, 심상태 옮김, 『사랑의 세 단계』, 서광사, 1984.
K·K·Ruthven, 김경수 옮김, 『페미니스트 문학비평』, 문예신서, 1989.

2 폭력과 지식의 아류

테러, 그것은 매력적이었습니다. 목적 없는 개인의 폭력을 금기시하는 모든 법률과 규범과 관습에 맞서서, 주어진 자신의 환경에 개의치 않고 폭력에 온몸을 내던져 폭력과 거기에 부과되는 위험 속에서 세계를 바라보는 독자적인 자아로서의 테러리스트…… 당신과 나는 세계의 젖줄을 잃어버린 사산아들입니다. 테비의 다른 모든 사람들도 그럴지 모릅니다. 나를 포함해서, 우리가 우리만의 세계를 건설하고 있다고, 우리는 낡은 공동체 속에서 질식되어가는 개개인의 자아를 살려내고 있다고, 자아가 우선되고 그 기초 위에 자라나는 세계를 만들어가고 있다고 생각했습니다. 그것은 착각이었습니다.

■ 송경아의 『테러리스트』

1. 와해된 가족과 무선호출기

송경아의 『테러리스트』(문학과 지성사, 1999)는 도발적이고 충격적인 제목으로부터 시작된다. 그러나 제목만큼이나 충격적이거나 도발적인 소설은 아니다. 왜냐하면 국가 혹은 민족간 분쟁이거나 각국의 지도자를 암살하는 테러리스트가 등장하는 것이 아니기 때문이다. 기껏 초등학교의 폭행 사건, 서울 한복판 지하철에서 부도덕한 짓을 하는 인간들을 제거하는 대가로 건네주는 동전을 받아 살아가는 한 인간의 이야기일 뿐이다. 그러나 등장인물들 가운데 몇 몇은 사망하거나 살해된다. 특히 소설 속에서 작가의 메시지를 담고 있는 여주인공 여신(如神)의 죽음이 중요한데, 임신한 채 여주인공 여신이 살해되면서 소설은 종막을 맞게 된다. 그러나 잔인하리만큼 테러를 당하는 것은 아니다. 이 소설에서 말하는 테러는 사람과 사람 사이의 교감을 차단시키는 행위를 의미한다. 그래서 작가는 이 사회에서 사소한 폭행, 좀도둑보다는 사람과 사람 사이의 교감을 차단하는 테러리스트를 주목한 것이다.

이 테러리스트가 삶의 변환을 가지는 계기는 무선호출기(삐삐)의 교감 때문이다. 사람 사이의 교감을 차단시키며 살아가는 테러리스트의 삶의 변화를 유발한 것이 무선호출기이다. 디지털화되면서 인간 사이의 교감은 더욱 더 멀어지게 된 것이 오늘날의 현실이다. 멀어진 인간 사이의 교감 대신에 무선호출기가 인간 사이의 교감 역할을 하는 시대가 되었다. 무선호출기가 소설에서 중요한 소재가 된다는 것은 1990년대 사회의 의사 소통 기구의 의미가 변화했다는 뜻이다. 적어도 1990년대 이전에는 유선전화기의 음성 인식으로 사람 사이의 교감을 직접 전달했지만 무선호출기는 특수 문자로 전달된다는 점에서 다르다. 송경아는 통신기기인 무선호출기를 통해 주제를 구현한 점이 1990년대 동시대의 여류 작가와는 다른 점이다. 그래서 이 소설은 1990년대 젊은 여류 소설가들의 한 징후를 보여 준다는 점에서 읽은 볼 가치가 있는 것이다.

또한 어머니, 여동생, 여주인공 여신이 다 같이 비극적으로 죽는다는 점에서 1990년대 여류 소설들이 여성들의 비극적 삶을 모델로 하고 있다는 점에서 공통점을 찾을 수 있다. 가장의 기능 상실로부터 시작해서 가족 해체의 단계에 있는 초등학교 6학년인 주인공이 또래 친구들에게 돈을 뺏거나 폭행을 일삼는다. 이런 관점에서 가족 해체와 인간 행동을 관련시켜 볼 수 있다. 가족 해체가 가지는 근본적인 원인을 찾는다면, 부 기능의 상실(술주정뱅이)로 인해 와해된 가정이라고 볼 수 있다. 와해된 가정에서 주인공 정민규가 등장하게 된다. 또 여주인공 여신이 등장한 곳은 고아원이다. 고아원인 이유는 가족의 해체된 공간을 제시하기 위해서이다. 고아원은 모 상실과 부 기능 상실의 상징적 공간이다. 가족 해체 과정에서 인간은 의사 소통의 기능을 잃게 되고, 필요한 의사 소통을 행동으로 보여 주는 테러리스트로 변화된다. 가족의 배척과 애정 결핍은 반사회적 행동을 하게 되는 원인이다. 그러나 이 소설의 주된 관심사는 가족 해체라기보다는 가족 해체로부터 빚어진 아류 인생으로 기운 삶을 보여 준다는 점이다.

가족의 의사 소통의 기능이 상실되면서 인간 사이의 교감이 단절되고, 그 단절감을 극복하게 되는 매개체로 무선호출기가 등장하게 된다. 이는 곧 1990년대 문학 소재의 변화이면서 의사 소통 방식의 변화이다. 인간 교감의 단절이 가족 해체 방식이라면, 그 방식의 해결책은 사랑의 회복인데, 그 회복의 해결책은 무선호출기가 대신한다는 것을 송경아는 보여 주고 있다.

2. 아류(亞流) 인생

부권의 기능 상실이 주인공의 폭력을 야기한다는 점에서 폭력을 소재로 한 소설이라 할 수 있을 것이다. 이문열의 『필론의 대지』는 군대라는 조직의 폭력을 보여 준 것이고, 『우리들의 일그러진 영웅』도 초등학교의 폭력을 통해 1970년대 군사 정권의 권력과 폭력을 상징적으로 보여 준 작품이다. 윤흥길의 『장마』는 이데올로기 폭력을 다루고 있고, 또 송경아와 동시대의 여류 작가인 하성란의 『식사의 즐거움』에도 부권 상실 혹은 가정의 폭력이 지배하는 모습을 보여 준다.

초등학교 6학년인 정민규는 학교의 폭행을 일삼다가 지식이 한층 위인 박정민이라는 형, 중학생을 만난다. 여기서 오랫동안 사이좋게 지내다가 형이 여자 친구와 가까워지면서 멀어지게 된다. 여기서 〈사람과 사람 사이의 교감〉 즉 중학생 형과 그의 여자 친구의 결합으로 인해 자신이 멀어지게 된 것을 알게 된다. 성장해서는 서울 지하철에서 좀도둑이나 부도덕한 짓을 하는 사람들을 제지함으로써 승객으로부터 칭찬과 함께 적절한 보상(적선일 것이다)을 받으면서 살아간다. 여기서 여자 친구인 여신을 만난다. 주인공 초등학생과 중학생 사이에 여자 친구들의 개입으로 테러리스트의 꿈은 깨어지게 된다. 또 한번은 청년기의 주인공 정민규가 여신을 만나면서 테러리스트의 환상을 깨게 된다. 이것은 다 같이 여성과 남성의 결합보다는 사람과 사람 사이의 결합인 것이다.

남녀 주인공은 다 아류 인생을 살아가는 인물이다. 민규는 테러리스트를 꿈꾸는 인물이고, 여신은 서적 수집인일 뿐이다. 테러리스트는 의뢰인에 의해 지시 받은 바를 실행하는 인물이고, 마찬가지로 서적 수집인도 주인에게 고용되어 모든 것을 무조건 복종해야한다. 진정한 테러리스트도 아니고, 진정한 지식인도 아니다. 어쩜 자신의 인생을 사는 것이 아니라, 다 같이 의뢰인(주인)의 필요에 따라 삶을 살아가는 사람들이다. 그래서 "서적 수집인의 삶은 테러리스트의 삶만큼이나 메마른 삶"(229쪽)이다. 이들은 사람만이 가질 수 있는 선망이라는 감정을 돈과 가진 자들의 도구로 이용되고 있다. 서적 수집인은 필요한 말을 인용해(고전에서) 주고 서적을 분류해 주는 일을 한다. "원래 서적 수집은 사유 재산과 같은 것이다"(141쪽). 그래서 이들 인생들은 "주변에 있는 모든 사물과 사건을 장악하려는 의지, 권력을 추구하려는 욕망"(148쪽)의 하수인으로 부합하는 테러리스트와 서적 수집인일 뿐이다. 이들의 삶은 힘(폭력)에도 지식에도 기댈 수 없다. 이런 인생을 아류라고 명명할 수 있을 것이다. 아류 인생들은 그 테두리에서 벗어나게 되면 중심을 잃게 된다. "서적 수집인이라는 신분은 나와 세계를 절연시켜주고, 나를 안전하게 보호해주는 둥지 같은 것이었다. 이제 나는 그 둥지에서 밀려났고, 더 이상 나를 세계에서 보호해주는 것은 아무 것도 없었다"(157쪽)고 느낀 순간에 여주인공은 새로운 삶의 방식을 찾아 나선다. 주인에게 버림받은 서적 수집인 여신은 자신을 찾기 위해 여러 사람들이 모인 지하철에서 정의 실천을 자처하는 테러리스트 정민규를 만나게 된다. 그 역시 생의 중심을 잃은 아류 인생일 뿐이다. 이들의 결합을 통해 새로운 삶의 방식을 모색할 수 있을 것이다. 즉 작가는 이들의 결합을 통해서 〈세계를 완전히 새롭게 인식)하는 것을 보여 주려는 의도인 것이다.

> 　　한 사람이 다른 사람을 지배하는 것도 아니요, 다른 사람을 캔버스 삼
> 아 그 위에 〈예술〉을 구현하면서 자아 실현을 했노라고 기뻐하는 것도 아
> 닌, 다른 어떤 관계가 있다는 것을. 그것은 작고 위태해 보이는 길이지만,
> 그 길을 걸어가며 세계를 살아나가는 것은 세계를 완전히 새롭게 인식하
> 는 것이라는 사실을.(229쪽)

테러리스트나 서적 수집인은 다 같이 아류 인생들이다. 이들의 삶은 주체적이 아니라 타율적이다. 상하 질서를 통해 자아를 실현하려는 태도는 테러리스트와 서적 수집인의 삶이다. 테러리스트와 서적 수집인의 결합 과정에서 위태한 사건이 전개된다. 위태한 사건은 바로 서적 수집인의 죽음이요, 테러리스트가 죽음 직전에 놓인 여신을 찾아가는 것이다. 지하철에서 돈지갑을 훔친 좀도둑을 쫓다가 여신이 보낸 구원의 메시지 때문에 테러리스트는 여신에게 달려간다. 그러나 서적 수집인인 여신은 죽음을 맞으려는 순간, 테러리스트 민규는 달려가지만 구원하지 못하고 만다. 이는 테러리스트를 꿈꾸는 일상과 사람 사이의 교감을 여는 기로에서 선택한 것이기 때문에 생의 작은 혁명인 것이다.

3. 무선호출기가 보낸 사랑의 방식

아류 인생들이 사람과 사람 사이의 교감을 확인하는 수단으로 무선호출기를 사용하게 된다. 이는 인간 사이에서 근본적으로 존재한 장악 의지와 권력의 욕망이 도사리지 않는 단순한 암호(기호)만으로 주고받는 무선호출기를 통해 사랑의 확인이라는 것을 암시하는 것이다. 교감은 권력, 욕망이 지배하지만 통신 무선호출기는 사람과 사람 사이의 교감을 확인

시켜 주는 매개체이다. 이 매개체 역할은 인간보다 훨씬 믿음이 있다. 무선호출기는 훨씬 명쾌하고 분명한 메시지를 전달할 수 있는 도구이다. 작가가 소설의 주인공인 정민규의 생을 정리하면서 결국 무선호출기를 산 것에 무게 중심을 두고 있다는 점에서도 확인된다. 주인공은 자신의 인생 시기를 5기로 나누어 놓았다.(175쪽) 그 인생 가운데에서도 가장 중요한 것은 역시 무선호출기의 선택이다.

> 1기: 정민이 형를 만나기 이전의 꼬마 깡패.
> 2기: 정민이 형과 함께했던, 그러나 집을 뛰쳐나오지는 않았던 그 어느 한 시기. 결국 아버지의 죽음으로 끝맺음한.
> 3기: 민선이와 함께 죽어라고 돈을 벌고 희망을 벌었던 시기.
> 4기: 민선이가 결혼하고, 죽고, 여신을 만나서 지냈던 나와 여신의 과거를 버거워하며 소화하던 시기.
> 그리고 바야흐로 5기: 돈을 벌어야겠다고 느끼고, 책임과 위험이라는 것이 내 인생에 그림자를 드리우기 시작한다는 사실을 어쩔 수 없이 무거워하고, 여신과의 연락을 위해 결국은 **무선호출기**를 살 수밖에 없었던 시기.

이후는 소설 결말 부분이다. 여기서 여신을 고용한 사람(주인)이 여신을 죽이고, 또 주인공 정민규를 감금하게 된다. 이후에 주인의 아들이 결국 주인을 죽이게 된다. 죽음의 이유는 "주변에 있는 모든 사물과 사건을 장악하려는 의지, 권력을 추구하려는 욕망" 때문이다. 욕망은 인간과 인간 사이의 단절을 가져 올 뿐이다. 장악과 권력의 욕망은 일방적이기 때문에 인간 사이의 단절을 의미하는 것이다.

타락한 테러리스트에서 여신과 아이(임신된)를 위해서 생활인이 되었다는 점은 작가가 말하는 목소리를 들을 수 있는 대목이다. 그 대목은 지하철에서 여성 핸드백을 노리는 소매치기를 좇다가 무선호출기의 연락을 받은 테러리스트가 바로 여신이 있는 곳으로 달려간다는 점에 확인된다.

진정한 테러리스트는 모든 장애물을 극복하고 목표물을 겨냥하여 성패를 가른다. 그러나 여신에게 달려간다는 것은 목표물보다 더 가치로운 것이 있다는 의미다. 그렇다면 여신에게 달려간다는 것은 결국 사랑을 나눌 수 있는 공간을 선택했다는 뜻이다. 테러리스트의 변화는 어떤 의미가 인가?

"여신이가 서적 수집인이기를 그만 둔 것처럼, 자네도 테러리스트이기를 그만 두었더군. 그렇다면 또 재미있는 문제가 남는데, 만약 어떤 사람을 변화시킨 유인(誘引)을 제거해버리면 그 다음에 그 사람의 인생 행로는 어떻게 될까?"(204쪽). 이것은 신(神)의 손에서 움직이는 것이 아니라 인간의 의지로 움직인다는 것이다. 작가는 강렬하게 말하고 있다. "하지만 난 알아야겠어"(204)라고. "인간이 어떻게 변화할 수 있는지, 인간을 변화시키는 힘은 무엇인지, 나는 그로 인해 어떻게 변화할 수 있는지"(204쪽)를 알고 싶다는 것이다. 결국 답은 주인(부)을 죽인 아들에게 보낸 정민규에게서 찾아야 할 것이다. 테러리스트의 변화의 전단계와 변화 후의 단계를 읽어보면 알 수 있다.

> 테러, 그것은 매력적이었습니다. 목적 없는 개인의 폭력을 금기시하는 모든 법률과 규범과 관습에 맞서서, 주어진 자신의 환경에 개의치 않고 폭력에 온몸을 내던져 폭력과 거기에 부과되는 위험 속에서 세계를 바라보는 독자적인 자아로서의 테러리스트…… 당신과 나는 세계의 젖줄을 잃어버린 사산아들입니다. 테비의 다른 모든 사람들도 그럴지 모릅니다. 나를 포함해서, 우리가 우리만의 세계를 건설하고 있다고, 우리는 낡은 공동체 속에서 질식되어가는 개개인의 자아를 살려내고 있다고, 자아가 우선되고 그 기초 위에 자라나는 세계를 만들어가고 있다고 생각했습니다. 그것은 착각이었습니다. (227~228쪽)

유아독존적 사고는 테러리스트일 뿐이다. "자아가 우선되고 그 기초 위에 자라나는 세계"로 자리한다고 생각하는 것이 테러리스트의 신념이다. 그러나 테러리스트 자체가 착각이라고 깨닫는 것은 곧 새로운 세계에 대한 접근이다. 새로운 세계에 대한 접근은 여신의 죽음과 동시에 새롭게 인식된다. 그렇다면 여신(如神, Goodness)의 죽음을 통해 얻은 것이 무엇인가. 마지막 테러로 인해 살해되는 여신을 통해 작가는 어떤 메시지를 접하고 있다. 때로는 죽음이 가져다주는 진실 혹은 깨달음이 다른 어떤 행동보다 강하다는 것을 이해한다면, 여신의 죽음은 작가에 의해 만들어진 것이라 볼 수 있다.

  그 여자애, 여신을 만난 다음에야 나는 그것을 깨달았습니다. 우연이 행운과 불행을 동시에 가져다주었습니다. 여신은 아무 것도 내게 강요하지 않았지만 나는 여신으로 인해 변했습니다. 그리고 나서 여신이 떠나가 버렸습니다. 마치 나를 변화시키기 위해 세상에 잠시 내려왔었다는 듯이. 여신이 내게 가르쳐 준 것이 무엇인지, 당신은 죽을 때까지 모를 겁니다. 여신은 사람과 사람 사이에 기댄다는 일이 가능하다는 것을 알려주었습니다. 내 바같의 세계가 존재한다는 것을 가르쳐주었습니다. 그리고 그 세계가 나와 별개가 아니며, 내가 절실히 원한다면 세계와 내가 관계를 맺을 수 있다는 것을 가르쳐주었습니다. 여신은 사람과 사람 사이에 교감이라는 것이 존재한다는 것을 알려주었습니다. (228~229쪽)

  위의 인용은 여신의 죽음을 통해 사람과 사람 사이의 진정한 교감을 표출한 것이다. 개인적 폭력이 만들어낸 허망한 세계와는 근본적으로 다른, 인간에 대한 혁명적 사회 질서를 보여 준 것이다. 그것은 사람과 사람 사이의 교감인 것이다. 이러한 교감을 잇는 매개체가 사람이 아니라 특수문자인 무선호출기라는 사실이다. 이것이 1990년대식의 삶의 의사 소통 방식이다.
  결국 『테러리스트』는 폭력과 지식의 아류로 살아가는 인간에 대한 비판임과 동시에 현대 사회의 가치 혼란 시대에 〈사람과 사람 사이의 교감〉이 진정한 삶의 방식이라는 것을 보여 준 작품이라 할 수 있다. 통신기기

인 무선호출기라는 기계를 통해서 전달되는 사람과 사람 사이의 교감만
이 멀어진 사람 사이의 교감을 잇는다는 것이 아쉬울 따름이다.

3 감옥 시대의 한 보고서

제5공화국이 들어선 직후던가, 현구가 대구 지방 노동 운동의 실태와 현장 사례라는 제목의 원고 묶음을 들고 나를 찾아와 출판 문제를 상의했을 때, 내가 거절한 것도 아우가 부탁한 책을 형의 출판사에서 낸다는 계면쩍은 점보다, 아우가 관계하며 원고의 편자로 되어 있는 대구지방 민주 노조의 그 활동이 당시의 시국과 견줄 때 다분히 문제시될 수 있다는 기우 탓이 더 강하게 작용했었다. 그 원고는 대구 지역 경제 변천 과정, 산업 구조, 제조업 현황, 노동 계급 실태에 절반을 할애하고, 나머지는 열악한 노동 현장에서 일하는 저임금 노동자들의 눈물겨운 생존권 투쟁의 기록이었다.

■ 김원일의 『마음의 감옥』

1. 서론

한국문학사에서 다루게 될 작품을 선정하여 정리하는 것은 문학에 대한 최종 평가이다. 이러한 평가에 있어 그 기준이 사뭇 학자마다 다름은 마땅하다. 물론 선정하는 대상 작품의 다름도 마찬가지다. 그래도 한국 문학사에서 다루게 될 선정 대상 작품 가운데 문학상을 받은 작품들은 비평가들이나 문학 연구자들에게는 주목받게 된다. 필자는 각종 문학상이 300여 종이나 되는 것으로 알고 있다.[1] 어쨌든 문학상이란 것이 창작하는 이들에게는 격려이며, 작고 문인에게는 추모와 존경의 뜻이 담겨 있다고 본다면 좋은 일이 아닐 수 없다. 그러나 문학적 권위보다는 문인

---

[1] 문화광광부의 자료에 의하면 2001년 12월까지 우리 문단의 문인 수는 2만여 명이며, 문예지는 202종이고, 각종 문학상은 295개라고 한다.(이문구, 「심심풀이 문학상 이야기」, 『까치둥지가 보이는 동네』, 바다출판사, 2003, 120쪽). 문학상을 분류하여 1. 문인의 이름으로 제정된 상(90종), 2. 일반적인 명칭으로 제정된 상(184종), 3. 지방을 중심으로 제정된 상(119종)으로 도합 393종이었다.(131쪽). 이문구는 평생 ≪동인문학상≫을 수상하고 싶어했다. 마침내 2000년에 발표한 『내 몸은 너무 오래 서 있거나 걸어왔다』로 육십 나이에 ≪동인문학상≫을 수상했다.

들의 권위를 내세우기 위해 문학상을 만든다면 이는 반성할 일이다. 물론 필자는 문학상이 가지는 의미를 훼손시키거나 매도하려는 의도는 전혀 없다.

1930년대 모더니즘의 기치로, 다다이즘의 기수로 한국문학사에 나타난 이상, 그 이상을 추모하고 그의 문학성을 추앙하기 위해 제정한 이상 문학상. 이상 문학상의 의미를 새겨 줄 수 있는 현대 작가들이 이 상을 받고 문단에서 좋은 작품을 발표하고 있다. 그 가운데 1990년 이상 문학상 수상작인 김원일(金源一)[2]의 『마음의 감옥』(1990, 문학사상사)은 1960년대에서 1980년대 격변기의 현대사의 한 꼭지점을 보여 준 작품이다. 그래서 필자는 현대사의 격변기를 다룬 『마음의 감옥』을 읽는 것이다.

『마음의 감옥』에 대해 김윤식은 "첫째 작가가 제일 잘 아는 세계를 다루고 있다는 점, 둘째는 우리 시대의 문제적 과제가 작품 한 가운데에 놓여 있다는 점, 셋째 이 점이 제일 중요한 것이겠거니와 작가의 문제 의식이 바위처럼 작품 한 가운데 놓여 있다는 점. 아우를 거주제한구역에서 운명케 해서는 안 된다는 결단을 작중화자인 〈나〉가 내려야 하는 대목. 그것은 장자의식과 4·19정신의 번뜩임이었던 것."이라고 이상 문학상의 선정 이유를 밝혔다. 그리고 권영민은 "분단 상황의 모순 구조를 이야기의 배경에 깔고 있으면서 현실의 상황적 갈등을 동시에 포착해 내고 있는 작가의 관점이 돋보인다. 시점 인물로 등장하고 있는 형이 소시민적인 지식인인의 입장에 서 있는 반면에, 그의 아우가 민주화 운동에 적극적으로 참여한 운동권의 청년으로 배치되고 있는 점도 대조의 효과를 극대화시킨다."고 평가했다. 두 선정 위원의 이러한 평가는 이 소설을 이

---

2) 1942년 경남 남해군 진영읍 출생/ 서라벌 예술대학, 영남대 국문과 졸업/ 1966년 대구 매일 신춘문예 단편 「1961년 알제리아」 당선/ 1967년 ≪현대문학≫장편 모집에 「어둠의 축제」 당선/ 단편집 『어듬의 혼(魂)』, 장편 『바람과 강』, 『마당깊은 집』 등.

해하는 중요한 열쇠라고 할 수 있다. 이런 평가의 의미를 좀더 세밀하게 혹은 확대하는 것이 이 글의 성격이다.

현재에서 과거의 삶을 회상하듯이 현대사를 조각화시킨 김원일의『마음의 감옥』도 과거의 시간으로 재구성하고 있다. 현대사를 과거로 재구성한『마음의 감옥』은 삼각형의 세 꼭지점처럼 들여다볼 필요가 있다. 첫 번째 꼭지점이 주인공의 출판과 관련한 소련의 동향, 두 번째가 등장인물들을 통해 사회의 한 단면을 들여다봄과 동시에 시대의 전형적 인물의 특성을 종합해보고, 세 번째 꼭지점이 바로 현구의 고통이 갖는 의미와 관련한 오늘날의 현실과 비교해 보는 것이다. 그리하여 세대간의 갈등 속에 갇힌 우리 사회를 구출하려는 작가 의도를 파악하는 것이다.

작품 분석은 소설사회학의 관점과 작가 연구 방법론을 혼용하여 접근하고자 한다. 문학 속에 사회가 어떻게 반영되었는가를 살피는 것은 정제된 사회의 한 단면을 새롭게 인식하는 방법이기도 하다. 이는 소설사회학의 관점이다. 그리고 서술자인 〈나〉의 장자 의식이 작가 전기와 깊은 관련이 있기 때문에 작가 연구 방법론을 원용할 필요가 있다.

2. 〈감옥〉의 양상과 그 극복

『마음의 감옥』에서 감옥이 갖는 상징적 의미는 작품의 주제와 깊은 관련을 맺고 있다. 감옥은 닫힌 공간의 상징이다. 그래서 "오늘의 한국 소설에서 감옥을 그 배경 공간이나 상징적인 가치로 삼거나 또는 수인의 시각을 관점으로 해서 감방 경험을 다룬 작품들은 상당히 많다."3) 이처

---

3) 이재선, 「제3장 닫힘과 열림의 상상력」,『한국현대소설사』(1945-1990), 민음사, 1991, 144쪽. 이에 속하는 작품의 몇을 들면 다음과 같다. 이병주의 「알렉산드리아」·「겨울밤」, 이청준의 「잔인한 도시」·「자유의 문」, 윤흥길의 「무지개는 언제 뜨는가」, 이문열의 「어둠의 그늘」, 임철우의 「붉은 방」, 유익서의 「아벨의 시간」 등이 있다. (위의 책, 144쪽).

럼 한국소설사에서 〈감옥〉의 이미지로 대표되는 작품이 양산된 이유를
이재선은 다음과 같이 제시하고 있다.

> 건국 이후 엄연하게 존재해 왔었던 법적 제도에 있어서 이데올로기에
> 대한 사회적인 격리와 규제화에서 비롯하여 전쟁과 5·16에 의한 사회의
> 군사 체제화 및 권력의 독점화와 함께 70년대에 있어서의 자유와 인권 사
> 상에 대응하는 유신체제의 일련의 긴급조치가 표상하는 정치적·사회적인
> 통제와 억압이 그야말로 체포와 〈감금의 시대〉를 연출함으로써 재소자 수
> 용원이 급증하는 등 수 많은 지식인과 대학생들이 연행과 구속 또는 수감
> 되었던 것이 사실이다. 수감은 이후 줄곧 되풀이된다. 이러한 감금이 경험
> 과 통제의 시대적인 폐쇄상황이 같은 시대의 소설이나 시에 있어서 감금
> 의 상상력을 촉발하게 되었다는 것은 어쩌면 당연하고 필연적인 현상일
> 수밖에 없는 것이다.(이재선, 앞의 책, 142쪽)

위의 인용은 사회구조가 필연적으로 소설의 형식을 빌어 표출된다는
소설사회학의 관점을 보여 준 것이다. 소설사회학에서는 소설의 형식과
사회의 형식을 변형 혹은 상동 구조로 파악한다. 모든 문학적 산물을 개
인적 산물이 아니라 사회적 산물로 보려고 한 발생론적 구조주의를 주장
한 골드만(Lucien goldmann)은 "분석(연구)의 출발점으로 개인의 작품들
을 택하지만 이러한 작품들에 대한 그의 해석은 단순히 작품들에 대한
깊은 이해만이 아니라 그 작품들이 만들어지는 사회에 대한 보다 깊은
이해로 항상 귀착되도록 한다."[4]고 하였다. 골드만에 따라 『마음의 감
옥』을 분석하려면 한국 사회에 대한 깊은 이해를 읽지 않을 수 없다. 그
래서 1960~80년대 한국 사회를 소설 속의 사회로 재현했다는 점에서
시대의 감옥과 감옥 속에 갇힌 인물들을 『마음의 감옥』을 통해서 읽을
수 있는 것이다.

---

4) 메리 에반스 외/ 김억환 편, 『루시앙 골드만』, 세계사, 1991, 62쪽.

1) 출판 문화의 감옥

소설의 첫머리에 나오는 서술자인 내가 소련의 「모스크바 국제 도서 박람회」를 방문하는 것은 두 가지 함의(含意)가 있다. 그 하나는 공산주의 종주국인 소련이 변화의 물결과 민주화라는 큰 변혁의 장소라는 것과 서술자인 나의 직업이 출판인이라는 점에서 소련에서의 출판 자유를 상징적으로 이해할 수 있다.

> 고르바쵸프의 페레스트로이카 정책에 힘입어 소련에서 출간되자마자 곧 서방 세계 여러 나라 말로 번역되어 세계적인 명성을 획득한 리바코프 만년의 대작 『아르바뜨 아이들』의 제2부 첫권에 해당되는 소설이었다.……중략……리바코프의 『아르바뜨 아이들』 세 권이 근래 도하 신문 외신란과 특집란을 거의 덮다시피하는 소련의 민주화 개혁 정치 소개 기사에 힘입어 사 개월 만에 총 9만 여권의 판매 실적을 올리고 있으므로 운영 자금에 큰 도움을 받고 있었다.………중략……한편 문화의 해빙기를 맞아 재평가를 받고 있는 스탈린 치하 강제수용소의 실태를 고발한 샬리모프의 소설 『콜리마 이야기』의 원전을 입수해 오기도 하였다.(26쪽)

인용 부분은 공산권의 소련 사회가 문화 개방과 개혁을 통해 얼마나 변화되었는가를 한국 사회와 비교하려는 작가의 의도가 깔려 있다. 우리 나라보다 더 오랫동안 사회주의 체제를 유지한 소련조차도 변화를 통해 민주화되었는데도 불구하고 한국 사회의 상황은 아직도 이에 따르지 못하고 있음을 비판하는 내용이다. 심지어는 "고르바쵸프는 전인민에게 제한 없는 여행의 자유와 말할 권리를 주었고, 예술가에게도 무한대의 표현의 자유를 주었다"(35쪽)고 언급한 것에서 이미 한국 사회의 상황을 간접적으로 비판하고 있음을 알 수 있다.

제5공화국이 들어선 직후던가. 현구가 대구 지방 노동 운동의 실태와 현장 사례라는 제목의 원고 묶음을 들고 나를 찾아와 출판 문제를 상의했을 때, 내가 거절한 것도 아우가 부탁한 책을 형의 출판사에서 낸다는 계면쩍은 점보다, 아우가 관계하며 원고의 편자로 되어 있는 대구지방 민주노조의 그 활동이 당시의 시국과 견줄 때 다분히 문제시될 수 있다는 기우 탓이 더 강하게 작용했었다. 그 원고는 대구 지역 경제 변천 과정, 산업 구조, 제조업 현황, 노동 계급 실태에 절반을 할애하고, 나머지는 열악한 노동 현장에서 일하는 저임금 노동자들의 눈물겨운 생존권 투쟁의 기록이었다.(46~47쪽)

현구가 책을 출판하고자 했을 때, 형인 나는 이를 받아들이지 않았다. 이는 경직된 한국의 출판 문화이면서 동시에 한국 사회 구조의 경직성을 비판한 것이다. 또한 나의 진보적 성향보다는 중도적 성향(다음의 장에서 논의)인 형님으로서 동생을 걱정하는 장자 의식이 자리하고 있음을 엿볼 수 있다.

필자가 중고교 시절 사회 교과서에서 배운 것은 언론, 출판, 집회, 결사의 자유가 법으로 보장된 나라라고 배웠다. 그러나 지난 1960~80년대의 삶을 되돌아보면, 교과서에서 배운 것이 얼마나 허구였는지를 깨닫게 되었다. 아니 대학을 80년대에 보낸 이들에게는 교과서에서 배운 내용들에 대해 대학에서, 거리에서 부정하다고 외친 경험들을 기억할 수 있을 것이다. 이는 곧 소설의 현실이 사회 현실과의 공유점을 의미하는 것이다.

2) 감옥 시대의 세 인물

등장 인물들의 관찰을 통해 작품의 주제를 검토하는 것도 소설 읽기의 한 방법이다. 등장 인물들 가운데 소설의 서술자인 나, 나의 동생인 현구, 나의 동창인 의사 등을 주목할 필요가 있다. 이들은 하나같이 우리 시대의 감옥에 갇힌 인간 군상(群象)들이다. 왜냐하면 이들을 통해 우리 시대의 인간상을 세 유형으로 나눌 수 있기 때문이다. 우선 현구와 나, 의사의 행동과 서술을 찾아 정리해 보면 이들의 성향을 어느 정도 파악할 수 있을 것이다.

가) 현구의 성향

　우리나라처럼 소수 독점 자본가와 권력자와, 거기에 기생하는 소수 유한 계층의 질만 높이면 뭘 합니까. 우리 현실을 보세요. 가진자는 너무 가져 불로소득으로 호의호식하고 빈민층은 지하실 한칸 셋방에서 일고 여덟 명이 복작대며 살고 있으니, 지옥과 천당이 따로 없지요. 제가 말하는 것은 사회주의를 이 땅에 꼭 실현하자는 강변론이 아닙니다. 사회주의 국가가 정치적으로는 독재요, 문화적으로는 획일적이요, 경제적으로는 낙후성을 면치 못하는 단점을 인정합니다. 그러나 우리의 현실을 직시할 때, 당장 눈앞에 벌어지고 있는 이 악순환만은 화급하게 시정되어야 한다는 거지요. 우리 사회도 이제 어느 정도 성장의 초입에 들어갔으니 삼백 오십만 정도로 추산되는 소외 계층인 빈민층에다 따뜻한 눈길을 돌려야 해요.(36~37쪽)

나) 나의 성향

　초년병 사회부 기자 시절 나는 상계동 난민촌이며, 사당동 산동네에도 취재를 다녔더랬는데, 강남의 중산층 아파트에 옮겨 살게 된 지 오륙 년 사이에 까맣게 잊어 온, 이제 낯이 선 철저히 소외된 지역이었다.(46쪽)

다) 의사(친구인 근조)의 성향

　잘사는 놈들은 제 배 터지는 줄 모르고 돈과 땅을 혈안이 되어 긁어모으기만 하지, 또 반대쪽에 섰는 학생놈들과 노동자들 보라구. 그렇게 폭력을 앞세워 죽자 살자 나선다구 제 배 부른 자들이 나누어 먹자며 백기 들고 나서겠어. 이 정경 유착의 방만한 시대에 말야. 혼란만 오구, 경제나 망치는 게지. 노동자가 파업 투쟁해서 임금 쬐금 오려놓으면 정부가 그 노농 파업에 신경을 쓰는 사이 물가가 더 뛰어 덜미를 잡는 것, 그들이 그걸 왜 몰라. 지엔피 일만 달라까지만 좀 참으면 안 되나....중략....고삼에 다니는 딸애가 서울의 음악대학을 목표로 피아노를 치는데 일주일에 두 번씩 비행기로 왕복하며 서울의 모 유명한 교수 밑에 두 시간씩 개인 교수를 받는다고 말했다. 그 수업료가 자그만치 월 큰 것은 한 장. 밑 빠진 독에 물붓기라고 오늘의 교육 제도까지 마구잡이로 헐뜯었다. 상류층 속물로 주저앉아 버린 근조(49~50쪽)

위의 세 인물들은 각각 시대의 뚜렷한 전형적 인물 유형이다. 이들 인물과 성향을 표로 정리하면 다음과 같다.

등장인물	성향
현구(나의 동생)	진보 세력, 운동권 세력, 1970~80년대 투쟁적인 삶의 자세
나(현구의 형)	중도 세력, 해직 기자 출신으로 출판사 경영, 운동권과 비운동권 세력의 중간 세력, 4·19세대의 삶
근조(나의 동창)	보수 세력, 의사, 1960~1980년대까지 안정과 여흥을 찾는 삶

이들은 한결같이 우리 세대의 구성원이라 할 수 있다. 나는 1980년 대 전두환 정권 시대에 해직 기자로서, 성향은 급진이나 부모 형제를 돌보아야 하는 장남으로 전통적인 가족 제도에 얽매인 인물이다. "진보 보수도 아닌 회색 중산층 지식인"(34쪽)이다. 동생 현구와 달리 나는 "현실 속으로 들어가 몸소 싸우는 자 앞에 나는 방관자밖에 되지 못한"(37쪽) 인물이다. 해직 기자 출신인 나는 "피난 내려와 너희들만 믿고 살아 온 이 어미를 보더라도 장자인 너만은 제발 험한 길 스스로 찾아 나서지 말라는 당신의 간곡한 호소를 이들이 멀다하고 듣고"(46쪽) 살아야 하는 장자 의식의 현실적 행동인 것이다.5)

이 소설의 사건에 중요한 핵을 이루는 동생 현구의 행적을 보면, 1979년 그 해에 1년 8개월의 형을 살고 형 집행 정지로 석방되었고, 안동 교도소에 수감 때, 교도소 당국의 양심범 가혹 행위에 항의, 일주일 단식 농성을 했다. 그리고 억압과 가난으로부터 민중의 해방을 위해 반정부 집회와 시위를 주도한 인물이다.

나의 친구인 의사는 보신탕 집에서 포식하는 인물로 사회 문제보다는 개인의 영달을 추구하는 인물로 묘사되고 있다. 오직 현재를 안정적인 시대로 규정하고, 현실 삶을 부유하게 살아가는 보수 세력의 한 축이라고 할 수 있다. 이런 세 계층은 우리 사회의 구성원들이다.

"이십 년 가까이 감옥이다, 노동이다, 빈민운동이다 하며 뛰었으니 어디 세 끼 밥인들 제대로 챙겨"(69쪽) 먹을 수 없는 동생 현구와, "목뼈(개고기의) 한 토막을 냄비에서 건져내어 젓가락으로 게살을 파먹듯 뼈에 붙은 부드러운 살을 이빨과 혀로 발기어" 먹는 친구 근조 사이에서 나는 방황하고 있다. 또 빈민 운동을 하는 현구는 "그(빈민층)의 괴로운 삶만큼 나도 그와 함께 아파하지 않으면 그들을 이해할 수 없다"(42쪽)는 입장과 "딸애가 서울의 음악대학을 목표로 피아노를 치는데 일주일에 두 번씩 비행기로 왕복하며 서울의 모 유명한 교수 밑에 두 시간씩 개인 교수를 받는데"(50쪽) 수업료가 자그마치 월 큰 것 한 장이라고 푸념을 털어놓는 근조는 동생 현구와는 뚜렷한 차이를 보인다. 사실 이 두 세대간의 관점이 오늘날 우리 시대의 관점인 것이다. 소설 속의 등장 인물들은 모두 시대의 상징적 인물들이다. 그래서 소설의 인물들을 관찰하는 것은 곧 우리 시대의 인물, 어쩌면 우리 자신의 한 모습을 확인하는 것이기도 하다.

---

5) 작가의 성장 과정은 창작 배경에 영향을 끼치게 된다. 작가 연구는 작가의 성장 과정에서 일어난 특정 사건이 특정 작품에 영향을 끼친다는 점에서 작가의 성장기에 일어난 사건을 조사해야 한다.(졸저, 「작가 세계의 영향 관계」, 『작가연구방법론』, 역락, 2002, 90쪽). 따라서 김원일의 성장 과정을 읽으면 작가의 장자 의식이 어떻게 소설화되었는지 파악할 수 있다.

이들은 〈사회 집단의 집합적 사고를 최대한 일관성〉있게 보여 준 인물들이다. 1960~80년대 실제했던 전형적인 인물들이다.

현구는 사회 구조의 모순을 개혁하지 못한 것이 마음의 감옥이요, 나는 장자 의식과 개혁 의식 사이에서 갈등하는 것이 마음의 감옥인 것이다. 그리고 보수층의 전형인 근조의 입장에서는 극단의 사회 개혁의 목소리가 못마땅하고, 교육 제도 문제 때문에 자식의 교육 문제와 경제적인 부담이 마음의 감옥인 것이다. 이들은 다 현실적인 문제가 해결되지 못한 시대에 사는 마음의 감옥에 갇힌 세대들이다. 특히 친구 근조의 세속적 욕망 때문에 생긴 마음의 감옥을 비판하거나 비난하지 않는 서술자인 〈나〉의 태도는 현실적이면서 철저히 장자 의식을 보여 준 것이다. 이는 현실적으로 동생의 병을 치유하는데 의사인 근조의 도움을 받지 않을수 없는 장자 의식이 〈나〉의 마음을 옥죄는 감옥인 것이다.

3) <감옥>의 탈출

지난 역사를, 사회의 격동기를 본다면 우리들이 시대의 감옥에서 어떻게 살아왔는지를 깨우쳐 주고 있다. 그래서 이 소설은 감옥 시대의 한 관찰 보고서인 것이다. 소설의 첫머리부터 현구는 경북대 의대 부속병원에 누워있다. 현구의 병실 생활, 생사의 갈림길에서 병실 생활은 곧 우리 사회의 병리 현상과 같다고 볼 수 있다. 그래서 현구의 병든 모습은 곧 우리 사회의 병든 모습과 일치한다고 볼 수 있다. 왜냐하면 우리 사회의 병든 모습 한 가운데에서 현구가 자리하고 있고, 그 자리에서 현구가 점점 병이 깊어졌기 때문이다. 현구의 죽음은 곧 이 시대의 양심, 자유, 민주 등의 시대 이념이 막을 내린다고 할 수 있다. 그래서 현구의 죽음을 중심축으로 사건이 전개된 것이다. 현구의 병든 모습은 오늘날 우리 사회의 병든 모습이다. 이를 치유하고자 하는 모습은 바로 오늘을 살아가는 우리들의 몫인 것이다. 현구라는 인물을 통해 현대사의 암울했던 사회 현실을 되돌아보게끔 하고 있다. 굴곡의 현대사를 소설화했다는 점에서 이 소설이 역사라는 현상을 다시 돌이켜 생각해 볼 필요가 있는 것이다. 우리 시대의 작가들이 관심을 가지고 들여다보아야 할 사회와 역사, 그리고 마음의 감옥인 것이다.

『마음의 감옥』은 현재 시점에서 과거의 회상 형식을 취하고 있다. 이는 과거의 현재화라는 소설 형식을 취한 것이다. 과거의 재현이 단순히 개인의 추억에만 머문 것이 아니라 격동기라는 역사의 틀을 담고 있다는 점을 주시해야 한다. 1960~80년대를 관통하는 역사의 회오리에서 현구가 어떻게 저항했으며, 나의 행동이 어떻게 대응했는가를 통해 시대의 행동을 주목할 필요가 있다. 시대 상황은 변했지만 그 시대 상황에서 남긴 순수 이념은 시대와 관계없이 지켜나가야 할 현재의 임무다. 이것이 바로 과거 역사의 현재화라는 함축이다.

> 나는 동수 엄아와 나란히 침대 머리의 잡이를 힘주어 잡았다. 최루탄 내음으로 들어찬 복도로, 좌르르 침대가 굴러갔다. 동수를 업은 어머니와 어머니의 허리에 팔을 두른 숙영이는 뒷문을 향해 저만큼 앞장서서 종종 걸음을 치고 있었다. 그 때, 뒤문 밖에서 대기하고 있었던지 젊은이 몇이 그 문을 활짝 열어젖혔다. 혀 있던 통로가 자유로 향한 출구처럼 훤하게 남길을 재촉하듯이, 우리들은 마치 포연을 뚫고 진군하듯 최루탄 매연을 헤쳐 침대를 끌고 밭은 걸음을 걸었다. 그제야 사일구 그날, 우리 모두 어깨를 겯고 경무대를 향해 내닫던 그 벅찬 흥분이 되살남을 나는 가슴 뿌듯이 느낄 수 있었다.(79~80쪽)

영어의 상태에서 현구의 죽음을 맞이할 수 없다는 동지들의 구원과 구호를 외치는 행동은 1970, 80년대에 빈민층과 노동자들의 소외에 대한 대항이라 할 수 있다.6) 또한 과격한 동지들의 행동과 구호는 불법이라는 테두리보다는 삶에 대한 적극성과 사랑의 행동으로 이해할 수 있다.

1960년대는 군사 독재에 대항하는 지식인, 시민 집단이 형성되었고, 1970년대는 경부고속도로의 개통과 함께 도시화, 공업화로 인해 생긴 도시 빈민의 소외 시대를 거치면서 1980년대는 소외에 대항하는 조직적인 투쟁의 집단이 형성되었다. 그런데 1990년대는 자연스레 적극적 투쟁이 소멸되면서 개인의 성장 속에 빠졌다. 1990년 이후 2000년대에는 뚜렷한 이념이 형성될 소지가 없었다. 따라서 개인적 취미나 오락 중심의 집단, 동호회(同好會)가 형성되는 시대가 되었다. 우리 주변을 둘러보면 이를 쉽게 알 수 있다.

이 소설에서 또 주목할 만한 대목은 변혁의 시대 상황 속에서 한 가족의 운명이 어떻게 변화되었는가도 눈여겨보아야 한다. 소설의 마지막 부분에 와서 4·19세대인 나와 1970~80년대 감옥에서 몸부림치는 현구와 일체화된 행동, 사랑으로 뭉친 혈육들이 병원 탈출을 시도한다. 이는 병든 사회, 감옥의 사회를 탈출하는 신호탄인 것이다. 김윤식이 지적했듯이 이 신호탄을 쏘아 올린 행동은 4·19세대이면서 장자인 나의 결정적인 행동이다. 이는 바로 4·19세대의 힘이 바탕이 되어야 한다는 잠정적인 작가 의식인 것이다. 나가 점진적인 개혁 의지를 바탕으로 한 1970~80년대의 문제를 해결하는 세력이 4·19세대임을 작가는 은근히 강조하고 있다. 이 신호탄이 우리 시대의 감옥에서 탈출하는 진정한 행동인지를 생각해 볼 일이다. 이는 실제 생활에서 해결될 수 없는 문제

---

6) 문학에서 소외(疏外, alienation)의 개념 정립은 아직도 미흡한 상태다. 따라서 문학적 개념의 소외를 정의하는 일은 중요하다. 필자는 현대시에 나타난 소외 현상을 검토한 바 있다.(졸고, 「현대시와 소외」, 『한국현대시의 탐색』, 2001, 357~367쪽).

우리 나라에서는 1970년대 경제 개발의 상징인 경부고속도로 개통(1970. 7. 7)과 함께 산업화, 도시화로 인해 야기된 도시 빈민의 문제, 노동자와 농민의 문제, 그리고 박정희 정권의 유신 체제(維新體制, 1972. 10. 17 발표) 하의 소외 문제가 큰 줄기를 이루고 있다. 그래서 대개 문학과 관련한 소외는 이런 문제를 다루었다. 가령 황석영의 『객지』(1971), 『삼포 가는 길』(1973), 조세희의 『난장이가 쏘아올린 작은 공』(1976), 윤흥길의 『아홉 켤레의 구두로 남은 사내』(1977) 등의 소설을 들 수 있다.(위의 책, 359쪽).

와 모순들을 소설적 형식을 통해 풀어낸다는 점7)에서 가치있는 결말인 것이다.

3. 결론

개인의 체험과 분단 의식, 그리고 성장기의 장자 의식이 김원일의 주된 창작 배경이다. 이러한 창작 배경의 작품 가운데 『마음의 감옥』은, 특히 세대간, 시대간의 불화가 빚어낸 시대의 감옥을 소설의 형식을 빌어 보고한 중편소설이다. 이제까지 검토한 내용을 정리하면 다음과 같다.

첫째, 공산권의 종주국인 소련의 정치적 변화와 출판 문화를 소개하면서 한국의 정치 상황과 출판 문화를 간접적으로 비판하고 있다.

둘째, 1960년대에서 1980년대의 시대 상황에서 드러난 전형적 인물의 세 유형을 찾았다.

셋째, 한국 사회의 문제점들을 상징하는 〈감옥〉을 탈출하는 방법으로 4 · 19세대와 1970~80년대 세대, 가족, 이웃 등이 뭉쳐 집단 탈출하는 것을 제시하고 있다. 이는 곧 세대간, 시대간의 화해를 찾는 실마리를 제공한다.

1960년대를 거쳐 1979년 박정희 시해 사건 이후, 전두환 군사 정권을 통하여 철저하게 통제된 사회를 시대 감옥이라고 할 수 있을 것이다. 이 시대의 감옥에 적응하게 되면 감옥이라고 느끼지 않을 수도 있지만, 인간의 인권, 자유, 양심, 민주라는 인간의 정신적 가치를 잃어버린 시대라고 느낀 이들은 분명 마음의 감옥에서 살았다고 생각할 것이다. 그래서 우리가 사는 이 시대가 시대의 감옥은 아닌지를 생각하게 하는 소설이 김원일의 『마음의 감옥』이다.

---

7) 메리 에반스 외/ 김억환 편, 앞의 책, 63쪽.

참고 문헌

권오룡 엮음,『김원일 깊이 읽기』, 문학과 지성사, 2002.

김윤식·정호웅 공저,『한국소설사』, 예하, 1993.

박종석,『한국현대시의 탐색』, 역락, 2001.

　　　　,『작가연구방법론』, 역락, 2002.

이문구,「심심풀이 문학상 이야기」,『까치둥지가 보이는 동네』, 바다출판사, 2003.

이재선,『한국현대소설사』(1945-1990), 민음사, 1991.

조남현,「김원일론-'긴장'의 인간학, 그 분광」,『한국현대작가연구』, 문학사상사, 1991.

미셸 제라파/ 이동렬 역,『소설과 사회』, 문학과 지성사, 1973.

메리 에반스 외/ 김억환 편,『루시앙 골드만』, 세계사, 1991.

L·골드만/ 조경숙 역,『소설사회학을 위하여』, 청하, 1982.

4 인간과 윤리 의식

서울의 인간사, 서울에 사람은 만원이어도 한 사람 한 사람을 보면 모두가 쓸쓸한 사람이었다. 사람 사이의 만나고 헤어지는 것이 결국은 이런 거였다. 피차에 이렇다 하게 연줄은 느낄 만한 근거도 없고 심각하게 연대감을 느낄 만한 근테기도 없었다. 저저끔 제 나름으로 살아가다가 우연히 부딪쳐서 서로 하루하루 살아가는 일상이 비슷하고, 그래서 잠시 인정을 나누고 서로 동정해 주고 딱하게 여겨 주고 어지간히 친숙한 투를 부리다가도, 어느 고비에 가서 헤어질 때가 되면 아무 것도 아닌 일로 너무나 허망하게 헤어지는 것이다.

■ 이호철의 『서울은 만원이다』

1. 서론

소설 속에는 한 시대를 대표하는 전형적 인물들이 등장한다. 이 전형적 인물들을 통해서 당대 사회 현상을 엿볼 수 있다. 특히 사회 환경과 그 환경에 살아가는 인간들의 삶을 리얼하게 조망(眺望)한 것이 세태소설(世態小說)[1]이다. 세태소설하면 염상섭의 『삼대』를 떠올릴 수 있는데, 이 소설은 1930년대 세대간의 갈등을 보여 준 신문 연재 소설(≪조선일보≫, 1931. 1. 1~9. 17 연재)이면서 세태 소설의 대표작이다. 이외에도 심훈의 『상록수』, 이기영의 『고향』 등과 같은 1930년대 작품들은 모두 신문 연

---

[1] 1935년 전후한 일제 강점기에 작가가 현실 세계를 자유롭게 그릴 수 없을 때 내부 세계로 침잠해 들었다. 즉 인간을 내부적이며 정신적인 면에서 파악하려는 인간관의 반영이다. 그리하여 내부 세계의 문학인 심리주의적 문학(예를 들면 이상의 「날개」)이 유행하게 된다(이병기·백철 공저, 「제5장 현대적 문학의 분화기」, 『국문학전사』, 신구문화사, 1993, 422~423쪽). 이러한 심리주의 문학과는 반대로 외부적인, 세태적인 세계를 묘사하는 경향도 나타났는데, 이는 오직 현상(現象)과 사실(事實)을 눈에 띄는대로 <스케취>해 나가는 세태 소설(혹은 市井 文學, 관찰 세계의 문학)이다. 이는 본시 시정 신변의 속물(俗物)과 풍속 세태를 파노라마 식으로 묘사(채만식의 『탁류』,≪조선일보≫, 1936년 연재)하는 데 그친다.(위의 책, 424쪽).

재 소설이면도 그 작품성을 높이 평가받고 있다.2) 신문 연재 소설의 문학성을 염두에 둔다면 이의 검토는 소설 문학에서 중요하게 다루어야 할 것이다. 30년의 세월을 넘어 1960년대 세태를 보여 준 대표적인 신문 연재 소설이면서 통속소설(通俗小說)3)이 이호철4)의 『서울은 만원이다』(≪동아일보≫, 1966. 2. 8~10. 31)라는 작품이다.

이 작품에서 1960년대라는 시대적 배경은 작품 이해의 중요한 관건(關鍵)이 된다.5) 1962년부터 시작된 경제 개발 5개년 계획은 한국의 산업화, 도시화 초기 단계이기에 이에 따른 문제점들이 많았다. 특히 박정희 정권의 경제 개발 계획의 추진으로 야기된 고유한 전통 파괴, 윤리 의식의 타락, 배금주의(拜金主義) 같은 문제점들이 하나씩 노출되기 시작한 시점이다. 이는 경제 개발이라는 현실적 문제에 윤리의 붕괴(崩壞)와 함께 인간성 상실의 문제를 낳게 되었다. 『서울은 만원이다』의 주인공인 길녀가 생활의 추를 돈에 두고 있다는 점은 1960년대 경제 개발이라는 시대적 조류와 무관한 것이 아니다. 또 등장인물들이 한결같이 도덕적 타락을 보인 것도 1960년대의 시대적 배경과도 깊은 관련이 있음을 암

---

2) 김동윤, 『신문소설의 재조명』, 예림기획, 200, 12쪽.

3) 통속 소설이 등장한 것은 1935년 이후 1937, 8년으로 본다. 통속 소설은 상업주의적 저널리즘을 배경으로 잉태한 것인데, 즉 신문이 영업 수지(收支)를 따지게 된 것이 1935년 전후이기 때문에 신문 연재 소설이 통속성을 띠게 되었다. 또 한 가지는 일제 강점기의 암담한 현실 때문에 문학의 길이 막혀버렸다는 점에서 쉽게 통과할 수 있는 문학이 통속 소설인 셈이다.(위의 책, 428쪽).

4) 1932년 함남 원산 출생. 6·25 동란 중 월남. 「탈향」(1955년)이 ≪문학예술≫에 추천되어 등단. ≪현대문학 신인상≫, ≪동인문학상≫ 등 수상.

5) 신문 소설의 특성에 대한 논의는 민병덕, 임성래 등에 의해 이루어진 바 있다. 이들의 견해를 종합해 보면, ① 시사성(時事性), ② 단절기법, ③ 독자 참여, ④ 쉬운 줄거리와 틀에 박힌 줄거리 전개, ⑤ 완성된 이미지와 상투적 표현의 사용 등을 신문 소설의 특성으로 정리할 수 있다....중략....특히 시사성은 신문 소설의 사회적 의미를 도출해 내는데 중요한 단서가 된다. 시사성은 독자들이 관심을 갖는 당대의 문제를 주제로 다루는 것을 말한다.....중략....따라서 시사성이야말로 신문소설의 사회성(사회적 성격, 사회와의 관련성)을 가장 잘 드러내는 요소라 할 수 있다.(김동윤, 『신문소설의 재조명』, 예림기획, 2001, 17~18쪽).

시하는 것이다.

돈의 문제가 문학에 등장하여 갈등의 중요한 축을 형성한 시기는 1930년대이다. 특히 "세상을 움직이는 주요한 이치가 경제적 감각에 있다는 관점이 우리 문학에 뚜렷한 자리를 갖는 곳은 염상섭과 채만식의 문학"6)이다. 1930년대의 궁핍화 문제는 민족 자본이 일제 강점기라는 거대 자본에서 몰락한 점에서 1960년대의 경제 개발로 인해 나타난 부의 불균형과는 다른 점이다. 그러나 일제 강점기로 인해 민족의 정체성 내지는 혼란상이 1960년대에도 전통 윤리의 파괴로 인해 가치관의 혼란상이 되풀이되었다는 점에서 유사성을 찾을 수 있다. 따라서 필자는 이호철의 『서울은 만원이다』를 통해 1960년대 돈의 가치와 성, 인간 윤리의 문제를 중심으로 살피고자 한다.

2. 순정과 윤리의 함수

1) 쓸쓸한 순정(純情)

나이 23세, 고향은 통영(현 충무)으로 하고, 2년 전 스물한 살에 상경한 길녀라는 이름의 주인공이 등장한다. 길녀와 관계하는 남자는 예닐곱 정도이다. 이들은 한결같이 1960년대 서울에 거주하는 인간 군상(群像)이다. 인간 군상은 다름 아닌 1960년대 세태를 전형적으로 보여 주는 인물이란 의미다. 길녀와 가장 밀접한 관계를 가지면서 소설의 중요한 인물인 남동표는 특별한 면허증이 있는 직업이 없다. 소위 놀고 먹는 놈팽이인 셈이다. 이 놈팽이인 남동표에게 길녀는 끝없이 애정을 갖고 있다. 이 소설에서 유독 관심거리는 길녀와 남동표의 애정 관계이고, 그들의

---

6) 김윤식, 「채만식이 지닌 삶의 태도와 작가적 방법」, 『탁류』, 문학사상사, 1986, 511쪽.

세상 살아가는 법이다. "남녀관계를 다루는 것을 기본 요건으로 하고, 애정 성취에 따르는 시련을 흥미로운 사건"7)으로 전개했다는 점에서 통속 연애 소설의 전형이다. 그리고 길녀를 중심으로 한 뭇남성들의 애정 행각이 갈등을 일으키는데, 이는 "한 여성에게 두 남성이 접근하는 것 못지 않게 한 남성에게 두 여성이 접근하는 것도 흔한 일이라 이른바 삼각관계가 겹쳤다. 그 경우 두 남성 또는 두 여성의 성격이 대립되고 애정관도 다르다고 해서 흥미"8)돋운다는 것도 통속 연애 소설의 전형이기 때문에 이 소설은 애정과 세태를 동시에 보여 준다는 점에서 독자들에게 흥미를 준다.

제 몸 하나 건사하기 위해 몸을 파는 길녀는 돈이 없어도 남동표의 늘 어둡지 않고 밝은 성격을 그지없이 좋아한다. 첫 순정을 빼앗겼던 기상현과 두 번째 만남 이후, 그를 피해 서소문 전매청 옆으로 이사한다. 여기서 피부비뇨기과 의사와 남동표가 만났을 때, "댁은 손님이지만 이분은 우리 서방이에요"(76쪽)라는 길녀의 당돌한 이 말은 남동표에 대한 확실한 믿음과 애정을 표시한 것이다. 늘상 결혼하기 좋은 남자로 길녀만을 바라 보는 순정파 기상현과 놈팽인인 남동표 사이에서도 길녀는 남동표에게 확신을 가질 정도이다. 심지어는 남동표를 붙잡기 위해 당장 사오 만 원 빚을 내서 방을 얻고자까지 생각할 정도로 길녀는 남동표에 대해 절대적인 순정을 가지고 있다. 무능력한 남동표를 붙잡기 위해 무일푼인 길녀는 호시탐탐(虎視耽耽) 자신을 노리는 옛날집 늙은 영감에게서 돈을 빌리려까지 생각한다. 결국 돈 오만 원을 빌려 살 방을 구하려고 약속한 날 남동표는 달아나고 돌아오지 않는다. 한두 번 속은 것이 아닌데도 길녀는 밤마다 찔찔 짜고 남동표를 기다린다. 뿐만 아니라 기상현의 돈 팔만 원을 사기쳐 서민 금융 회사에 취직한 남동표를 "괘심한 생각보

---

7) 조동일, 「통속 연애 소설의 기본형」, 『한국문학통사』(5), 1992(제2판), 334쪽.
8) 조동일, 「통속 연애 소설의 기본형」, 앞의 책, 334쪽.

다도 다시 슬그머니 그리운 생각부터 구름 피어 오르듯이"(50쪽) 그를 바라보는 것이 길녀의 마음이다.

남동표에 대한 애정이 이와 같을진대 마음이 멀어진 것은 친구 미경에게서 하룻밤의 회포를 푼 그의 행동 때문이다. 그것은 길녀가 쏟았던 애정이 한 순간 무너진 것이다. 길녀는 생계 수단으로 남자를 상대하지만, 남동표에게는 자신만의 마음과 정을 기대했던 것이다. 경제적인 문제는 길녀를 찾는 손님들에게서 해결되지만 마음 속에 담은 남동표이기 때문에 큰 실망을 가지게 되고, 그의 행동으로 인해 그를 떠나게 된다. 놈팽이인 남동표가 사기를 쳐도 귀엽다고 했지만 순정을 저버린 그를 길녀는 용서할 수 없었다. 길녀는 "생각할수록 그 놈의 남동표란 자는 죽일 놈"(264쪽)이고, 정나미가 떨어지는 인간이라고 단정해 버린다. 이러한 길녀의 생각을 통해 작가는 서울이 만원인 까닭을 다음과 같이 설명하고 있다.

> 서울의 인간사, 서울에 사람은 만원이어도 한 사람 한 사람을 보면 모두가 쓸쓸한 사람이었다. 사람 사이의 만나고 헤어지는 것이 결국은 이런 거였다. 피차에 이렇다 하게 연줄은 느낄 만한 근거도 없고 심각하게 연대감을 느낄 만한 근테기도 없었다. 저저끔 제 나름으로 살아가다가 우연히 부딪쳐서 서로 하루하루 살아가는 일상이 비슷하고, 그래서 잠시 인정을 나누고 서로 동정해 주고 딱하게 여겨 주고 어지간히 친숙한 투를 부리다가도, 어느 고비에 가서 헤어질 때가 되면 아무 것도 아닌 일로 너무나 허망하게 헤어지는 것이다.(264쪽)

서울은 많은 사람들이 살아서 만원이지만 순정이 없는 쓸쓸함이 가득 찬 곳이다. 남동표에 대한 길녀의 생각을 통해 작가는 시대의 순정을 읊고 있는 것이다. 이는 삭막해진 1960년대 서울의 모습을 길녀와 남동표를 통해 보여 주는 것이다.

이 소설에서 남동표와 헤어지게 된 결정적인 역할을 한 부인물인 미경을 생각하지 않을 수 없다. 미경의 등장은 길녀로 하여금 인간적인 면모를 획득하게 하면서 더욱 인간적인 매력을 갖도록 하는 것이 작가의 의도일 것이다. 남자를 상대한다는 점에서 미경과는 별반 다른 것이 없는 길녀를 독자들이 판단한다면 비난의 소지가 있기 때문에 미경의 등장을 통해 비교 우위에 있다는 점을 보여 줄 수 있는 것이다. 왜냐하면 미경은 살아가는 생계 수단으로 남자를 상대할 뿐 순정은 없는 인물이다. 따라서 길녀의 순정은 그녀가 독자들에게 일방적으로 매도당할 우려를 조금이나마 차단시키려는 작가 의도가 깔려있기 때문에 미경이를 등장시킨 것이다.

2) 순정(純情)과 배금주의(拜金主義)

서울에는 인간 군상이 가득 있다는 의미로 서울은 만원인 셈이다. 이들 군상과 남동표와 다른 점은 길녀가 이들에게 못 느끼는 정을 그에게만은 느낀다는 점이다. 이들은 분명히 어떤 용건을 갖고 오지만 아무 것도 가져오지 않고 오히려 핀잔만 주는 남동표에게 길녀는 정을 느끼는 것이다. 그러나 처음부터 남동표도 이들과 별반 다른 점이 없었다. 다만 단정할 수 없는 정이 남동표에게 느껴진다는 점이 다를 뿐이다. 그래서 정을 느낀 남동표와 살기 위해서는 길녀는 세 얻을 돈이 필요한 것이다. 무능력한 남동표에게 이를 기대할 수 없기 때문에 그 돈을 마련하기 위해 길녀는 함지박을 지고 나가야 하지만 노력은 아예 하지 않는다.9) 노력 대신 늙은 영감에게 돈을 빌리려 한다는 점 때문에 수 많은 독자들에게 비난을 받을 수 있다. 이런 비난에도 불구하고 작가는 길녀의 순정을

---

9) 김동인의 『감자』에 나오는 복녀는 일보다는 감자밭에서 몸을 파는 것으로 하루살이를 대신한다. 이러한 생활의 복녀와 함지박보다는 남자를 상대하려는 길녀와도 별반 다른 것이 없다. 그래서 길녀의 전신이 복녀인 셈이다.

이야기하고 싶어 하는 것이다.

길녀는 남동표에 대한 애정만으로는 살 수가 없다. 그것은 경제적인 문제가 따르기 때문이다. 그래서 길녀는 과감하게 자신이 함지박을 지고 나설테니 함께 살자고 남동표에게 제안한다. 그러나 함지박을 지고 나갈 것처럼 하지만 함지박을 지지는 않고, 대신에 손쉬운 방법인 늙은 영감의 첩으로 들어간다. 그래서 길녀가 삶의 뚜렷한 목표를 가진 인물이라 할 수 없다. 서린동의 영감이 마련해 준 좋은 집에서 두 달을 채 살기도 전에 남동표을 찾아간다. 길녀는 영감에게는 애정이 없기 때문에 고향 간다는 핑계로 영감을 벗어나 회현동 남동표에게 가서 한 달을 지내보지만 역시 평생 뜨내기 신세를 면하지 못할 것이라는 판단을 한다. 길녀는 순정과 돈 사이에서 저울추처럼 왔다갔다 하는데, 여기서 순정과 돈의 함수 관계를 새삼 확인할 수 있다.

남동표가 미경이와 상대했다는 사실을 알고 남동표를 떠나 곧 바로 생계형 전선으로 나서면서, 피부비뇨기과 의사를 만나게 된다. 길녀는 비뇨기과 의사에게 적당히 눈물을 보이면서 간호원으로 취직하게 되지만 결국 두 의사에게 육체적으로 시달리게 된다. 여기서 길녀는 두 의사가 숨겨 둔 곗돈 이십 만 원을 양심의 가책 없이 훔쳐 고향으로 달아난다. 길녀는 순정을 잃고 배금주의(拜金主義)의 타락한 인물로 설정된다. 이런 점 때문에 이 소설이 상투적이라는 평가를 받는다. 길녀의 행동이 생계를 위한 수단이라지만 맹목적인 배금주의의 한 전형이라는 점을 읽을 수 있다.

지식인의 한 전형으로 비뇨기과 두 의사가 등장하는데, 이들은 쉽게 돈을 벌면서 길녀를 상대한다. 작가는 허풍장이 남동표와 남자들을 상대하는 미경이가 비뇨기과 의사보다 더 낫다는 평가하면서 작가는 지식인에 대해 혹독한 비판을 가한다.10)

---

10) 작가의 지식인에 대한 비판이 소설에 등장한 것은 작품의 의도도 있지만, 필자는

　　모든 사람이 다 그렇게 빠진대도 명색이 진리를 탐구한다는 사람, 머리
에 뭐 좀 먹었다는 사람, 공부깨나 하고 책깨나 읽었다는 사람은 그래도
마지막으로 믿어 볼 사람들이 아니겠는가. 한데 서너 마디 한국말을 쓰면
꼬부랑말 한 마디 끼지 않고는 혓바닥이 굳어서 못 배기는 이 피부 비뇨기
과 두 사람을 보니, 결국 세상은 이러나저러나 여러 소리 할 것 없이 이런
세상인 모양이었다.(305쪽)

세태를 비꼼과 동시에 두 의사를 통해 부유층 지식인에 대해서 다른
어떤 부류의 사람들보다 신랄하게 비판하고 있다.

　　이에 비한다면 길녀 자기는 물론이려니와 남동표나 미경이나 모두 백배
천배 선남 선녀에 속하는 편이었다. 남동표와 같이 있을 때는 그래도 사람
답게 살고 싶고 온전하게 사람 구실하고 싶어서 자기 신세가 거듭 한탄스
럽고 눈물을 찔끔거리곤 했었는데, 정작 사람 같지도 않은 이 두 피부비뇨
기과와 어울려 들면서는 사람 산다는 것이 결국은 이런가 싶어, 더욱더 악
독스러워지고 영악스러운 마음이 되는 것.......(305쪽)

길녀는 비뇨기과 의사들의 사람 같지 않는 행동에 대한 보복으로 이
들이 모은 곗돈 이십 만원을 죄책감 없이 훔쳐 고향으로 달아난다. 이처
럼 길녀는 더욱 악독스러워지고 영악스러운 인물이 된 것이다. 이것은
비뇨기과 의사를 통해서 타락한 인간 윤리를, 길녀의 행동을 통해서 배
금주의의 속성을 보여 준다. 물론 이는 1960년대 경제 개발로 인한 배금
주의가 새로운 가치관으로 부각된다는 시대상의 반영으로 보인다.

작가의 의식에 기인한다고 판단한다. 왜냐하면 1960년대에 어울렸던 서울대 출신
의 작가들 사이에서 그는 심한 학력 콤플렉스를 갖고 있었다. 그렇기 때문에 지식
인에 대해 날카롭게 비판하고 있다. 특히 송욱과 관련한 그의 학력 콤플렉스는 유
명하다.(졸저, 「3. 에고티스트와 '저능아' 발언」, 『송욱평전』, 좋은날, 2000, 101~108
쪽 참고).

3) 허장성세(虛張聲勢)와 타락한 윤리

서울은 아홉 개의 구(區), 가(街), 동(洞)으로 지리적으로 넓다. 그러나 서울에 거주하는 인간 군상들 때문에 서울이 좁은 것이다. 이들이 사는 "서울은 바야흐로 싸움터다. 성실보다는 요령, 일관한 신념보다는 눈치, 진실한 우정보다도 잇속, 협동보다도 적의가 온 서울 하늘을 덮고"(48쪽) 있는 것이다. 이런 세태가 서울을 꽉 메우기 때문에 서울은 늘상 만원이다.

이런 서울에 사는 사람들 가운데는 요령과 눈치, 개인의 잇속을 챙기려는 허장성세(虛張聲勢)의 인간형도 끼여 있다. 아무런 준비도 실력도 갖추지 못한 채, 세상에 던져진 서울 사람들은 그야말로 허풍의 세상에 사는 것이다. 이 허풍의 선상에 남동표가 자리하고 있다.

> 이북에서 대지주였다는 것, 자기가 남이 장군의 장손뻘이 된다는 것, 남가 성 가진 사람으로 유명한 사람을 들어 육촌이다 팔촌이다 늘어놓고 (하긴 남가면 의령 남씨밖엔 없으니까 이렇게 저렇게 따져 올라가면 한 집안임에는 틀림없었다), 이북에 있는 자기 집이 아흔아홉칸이었는데, 옛날에는 왕이 있는 궁궐 아니고는 백 칸 집을 지을 수가 없어 최고 부자가 아흔아홉 칸이었다는 것 등을 늘어놓으면, 벌써 이쪽을 대우해 주기 시작하는 것이다. (84쪽)11)

아무런 실력도 재력도 없이 세상 살아가는 방법 가운데 하나는 허풍으로 상대방에게 위세를 떨거나 사기를 치는 것이다. 남동표는 실력도 재력도 없는 허장성세의 인물로 살아간다. 이런 허풍은 상대방에게 사기 행각을 하게 되고, 이런 행각은 곧 타락한 인간상으로 발전하게 된다.

---

11) 이북 이야기나 통일 이야기는 작가가 함남 원산 출생이라는 점을 간과해서는 안 된다. 이는 작가 연구의 관련성을 찾을 수 있기 때문이다.

남동표가 광고회사 동창생인 전무를 통해 상무이사가 되지만 회사 사장으로부터 배신을 당하게 된다. 남동표가 다니는 광고 회사의 규모를 알아보면 위장 회사라는 것이 금방 탄로난다.

회사야 사장 명의지만 일정한 투자가 된 것도 아니고, 본시부터 빈껍데기뿐, 전무, 상무가 주로 공갈과 아이디어로 생돈을 벌어들이는 판이었다. 그러나 제법 전화도 있고 의자 커버를 씌운 응접 세트도 있었고, 여상 나온 사무원 하나에 야간 여학교에 다니는 사환 아이까지 있었다.(88쪽)

그럴듯하게 보이는 회사 모양새란 결국 세상 안면과 허장성세의 아이디어, 배짱이 자본인 셈이다. 이들이 모여 사기 친 금액이 오육십 만 원이 족히 되지만, 사장이 소송 사건에 연루되면서 모두 소송 비용으로 써버린다. 함께 벌은 돈을 한 마디 상의도 없이 썼기 때문에 서로 불신하고, 배신하면서 결별하게 된다. 남동표가 따지는 이유는 "어디까지나 도리와 사리를 내세워 마땅히 사장, 전무, 상무 셋이 삼분"(88쪽)해야 한다고 주장 하지만, 사장은 회사법을 들고 맞선다. 이들이 벌이는 우스꽝스러운 행동은 인간성 상실의 세태를 극렬하게 보여 주고 있다. 이렇게 그려지는 남동표도 도리와 사리에 맞는 행동을 하는 인물은 아니다.

첫순정을 빼앗았던 기상현이 서울에서 월부책 장사를 해서 모은 돈을 남동표는 길녀를 핑계로 훔쳐 달아난다. 이처럼 애정보다는 돈을 앞에 놓은 인간성 상실의 세태를 보여 주고 있다. 이 소설은 1960년대 사회현상을 허장성세가 통하는 시대로 규정하고, 의리와 신의를 저버린 세태를 고발하고 있다.

3. 결론

이호철의 『서울은 만원이다』는 1960년대의 허장성세의 전형적 인물과 배금주의로 인한 타락한 윤리 의식을 잘 보여 준다. 이를 몇 가지로 정리하면 다음과 같다.

첫째, 주인공인 남동표는 사기꾼이며 허장성세의 인물이다. 작가는 이를 통해 1960년대의 타락한 윤리 의식을 보여 준다.

둘째, 길녀를 통해 남녀 애정의 기표가 정(情)이라는 통속적 개념을 확인시켜 준다. 21세기를 지향하는 오늘날에는 애정의 기표보다는 경제적 기표가 앞선다는 점에서 이 소설은 남녀가 가질 수 있는 순수한 애정의 의미가 되새겨 볼 수 있다.

셋째, 이 소설은 뚜렷한 갈등을 보여 주지 못한 점이 약점이지만, 통속소설이면서 세태소설이 갈등보다는 세상의 모양새를 두루 비추어 준다는 점에서 의미 있다.

참고 문헌

김동윤, 『신문소설의 재조명』, 예림기획, 2001.

김윤식, 『한국현대문학사』(1945-1980), 일지사, 1976.

류보선, 「의사 진정성의 매혹-90년대 통속소설의 존재 방식」, 『경이로운 차이들』, 문학동네, 2002.

서광운, 『한국신문소설사』, 해돋이, 1993.

서영채, 「1930년대 통속소설의 존재 방식-김말봉의 「찔레꽃」읽기」, 『소설의 운명』, 문학동네, 1995.

이문구, 『글밭을 일구는 사람들』, 열린 세상, 1994.

이병기·백철 공저, 「제5장 현대적 문학의 분화기」, 『국문학전사』, 신구문화사, 1993.

이호철, 『문단골 사람들』, 프리미엄북스, 1997.

정한숙, 『현대한국문학사』, 고려대학교출판부, 1982.

조동일, 「통속 연애 소설의 기본형」, 『한국문학통사』(5), 1992,(제2판).

현기영, 「한라산의 레퀴엠」, 『나의 문학 이야기』, 문학동네, 2001.

5 장마 속의 전쟁

정말 지루한 장마였다.

1. 장마와 사건 변화

1950년대 전쟁 전후를 배경으로 한 작품에는 최인훈의 『광장』, 하근찬의 『수난이대』, 윤흥길1)의 『장마』(민음사, 1980 초판/ 1996 개정판 2쇄) 등을 들 수 있다. 『수난이대』는 일제 강점기 징용의 상처와 전쟁의 상처를 부자간의 협력을 통해 극복한다는 이야기이다. 『광장』은 아버지의 월북 이데올로기 때문에 주인공인 아들 이명준이 남한에서의 고통을 당하고, 결국에는 제3국으로 가는 도중에 자살하는 것으로 마무리된다. 이 두 작품과 더불어 전쟁이 남긴 상처를 유년기의 렌즈로 담은 윤흥길의 『장마』를 주목할 필요가 있다.

이 세 작품은 1950년대 전쟁 전후의 상처를 해결하는 방법이 다르다. 『수난이대』는 아버지와 아들을 통해 분단의 아픔을 극복하는 적극적인 방법으로 치유하고 있다. 그리고 『광장』은 자살을 선택함으로써 이데

---

1) 1942년 전북 정읍 출생. 1961년 전주사범학교 졸업. 1968년 「회색면류관의 계절」(≪한국일보≫ 신춘문예 당선), 『아홉 켤레의 구두로 남은 사내』(제4회 한국문학작가상 수상) 등.

올로기 문제를 해결하는 방법을 찾는다. 또한『장마』는 이데올로기가 빚어낸 사돈간의 갈등을 한국의 샤머니즘적 사고를 바탕으로 화해를 모색한다는 점에서 다른 점이다. 즉『장마』는 현실의 긴장을 샤머니즘의 화해를 통해 보여 준 작품이다.

『장마』는 전쟁 직후의 상황이 한 가족에 미친 영향을 장마 기간을 통해서 보여 준 작품이다. 그래서 장마의 의미를 추적하는 것이 작품 이해의 중요한 관건이 된다.『장마』는 지루한 장마의 상황2)과 관련하여 사건의 추이를 검토해보면 작품의 주제를 찾을 수 있다. 따라서 필자는『장마』에 나타난 장마와 관련한 부분을 인용해서 작품의 전체 주제를 유추 해석하고자 한다. 그리고 등장 인물들간의 갈등 관계, 이들의 갈등에서 해결의 실마리인 구렁이의 등장(샤머니즘적 사고)에 대해서도 살펴보도록 하겠다. 물론 이 문제도 장마와 등장하는 구렁이가 깊은 관련이 있다는 전제에서 해석할 것이다.

2. 장마 시작과 혼란

작품에서 장마가 지속적으로 표현되고 있기 때문에 사건과 주제를 결부시켜 그 상징성을 읽을 수 있다. 소설에서 장마와 관련하여 사건을 결부시킬 수 있는 부분을 정리해 보면 대략 아홉 군데 정도이다.3) 소설의 첫머리는 작품의 전체 줄거리의 방향이나 주제를 암시하기도 한다. 또한 작품의 전체적인 분위기이면서 암시이다. 그렇기 때문에 소설의 첫머리를 유의해 읽어야 할 필요가 있다.『장마』는 첫머리부터 비가 며칠 동안

---

2) 전쟁 상태를 이런 장마(기상 현상이요 天災的인 재난)와 비의 우기 상태로 표상화하는 현상은 염상섭의『驟雨』에서 비롯해 손창섭의「비오는 날」등의 일련의 작품에서 제시된다.(이재선,「제2장 전쟁과 분단의 인식」,『한국현대소설사』(1945~1990), 민음사, 1991, 96쪽 각주 13 참고).

3) 본 논의와 관련은 없지만 <장마>의 대목은 44~45쪽, 49쪽, 57쪽, 58쪽 등을 참고.

계속 내리는 것으로 묘사되어 있다. 그래서 장마를 매개체로 하여 주제, 소설의 방향, 사건의 변화를 읽을 수도 있다. 우선 작품 속에 묘사된 장마와 관련한 사건 추이를 정리해 보면 다음과 같다.

> 1) 밭에서 완두를 거두어들이고 난 바로 그 이튿날부터 시작된 비가 며칠이고 계속해서 내렸다. 비는 분말처럼 몽근 알갱이가 되고, 때로는 금방 보꾹이라도 뚫고 쏟아져 내릴 듯한 두려움의 결정체들이 되어 수시로 변덕을 부리면서 칠흑의 밤을 온통 물걸레처럼 질펀히 적시고 있었다.(7쪽)

완두4)를 걷고 난 다음, 〈비가 며칠이고 계속〉해서 내리는 장마가 시작된다. 비는 단순히 완두를 자라게 하거나 농작물을 자라게 하는 용수(用水)로 묘사되기보다는 앞으로 전개될 비극적 상황을 암시한다. 보꾹(지붕의 안쪽)이 뚫어질 듯 〈칠흑의 밤〉에 내리는 장마는 〈두려움의 결정체〉로 표현한 것은 전쟁 상황에서 가족의 깊은 상흔의 상징으로 볼 수 있다.

작품에서는 지속적으로 장마를 배경으로 삼고 있다.

> 2) 주룩주룩 쏟아지는 비가 온 세상을 물걸레처럼 질펀히 적시고 있었다.(11쪽)

〈온 세상을 물걸레처럼 질펀히 적신〉 것은 전란의 소용돌이가 마을 전체로 퍼져 있음을 의미한다. 여기에다 동네 개들의 짖음으로 마을의 혼란상이 더욱 강하게 표현된다. "난리를 겪고도 용케 살아남은 동네 개들이 일제히 들고 일어나 극성맞은 그 포효로 마을을 휩싼 어둠의 장막을 갈기갈기 찢어발기고 있었다."(11~12쪽)는 것으로 묘사된다. 여기서

---

4) 〈완두〉는 한 껍질 속에 여러 개의 낱콩으로 되어 있다. 그래서 완두는 여러 명이 한데 모여 가족을 이루고 있는 작품과도 밀접한 관련이 있을 것이다. 또한 〈보꾹〉도 한 가족이 같이 사는 집을 상징한다고 할 수 있을 것이다.

온 세상은 바로 작품 배경이 되는 마을 전체의 암울한 상황을 의미한다. 마을 전체의 암울한 상황은 다음과 같이 구체적으로 묘사된다.

　　3) 도대체 누구일까, 이 밤 중에 억수로 내리는 비를 맞아가며 마을을 활보하는 사람들은. 전쟁이 북으로 물러갔다고는 하지만 아직도 빨치산들이 읍내 경찰서를 습격하고 불을 지를 만큼 어수선한 때였다.(12쪽)

물걸레처럼 질펀히 젖은 마을은 빨치산들이 읍내 경찰서를 습격하고 불을 지를 만큼 어수선한 상황으로 묘사된다. 여기에서 전쟁 상황과 빨치산의 활동이 구체적으로 묘사됨으로써 작품의 방향이 비극적으로 흘러가는 것을 짐작할 수 있다. 물론 비가 쏟아지는 것을 묘사한 부분이 집안인가 아니면 마을인가에 따라 달라진다.

　　4) 방안을 가득 채우고도 남아도는 어머니의 진한 핏빛 울음은 어느덧 두루마기 멍석이 되어 어둠에 잠긴 마당 쪽으로 끝없이 풀려 나가고, 그 위로 꺼끔해졌다 되거세어지는 장맛비가 소리를 지르면서 두텁디두텁게 깔리고 또 깔렸다.(19쪽)

〈장맛비가 소리를 지르면서〉 집안을 새어나가는 것은 〈소대장〉이 된 외삼촌의 앞날에 대한 불행(전사함)을 예고한 것이다. 그것은 〈어머니의 진한 핏빛〉이 〈마당 쪽으로 풀려 나가고〉, 그 뒤에 〈장맛비가 소리를 지르면서 두텁디두텁게〉 깔린다는 묘사를 통해 암시되고 있다. 집안의 울음이 집밖까지 전이되는 묘사는 집안과 집밖의 고통이 넘나든다는 의미인 것이다. 물론 어머니의 울음의 원인이 외삼촌 죽음이라는 것을 작품 후반에서 알 수 있다.

　　5) 아침에 일어나서 보니 그 건지산 허리 윗부분이 검은 구름으로 친친 감겨 있었다. 비는 그쳐 있었으나 건지산이 있는 동쪽 하늘자락을 완전히

덮고 있는 시커먼 구름을 보면 그것이 여태 것보다 더 많은 양의 비를 새롭게 장만하고 있음을 얼른 알 수 있다.(20쪽)

위의 인용(5)은 앞의 인용과 달리 비가 그치는 부분이 제시되어 있다. 대신에 시커먼 구름이 잔뜩 끼여 있어 여태 것보다 더 많은 양의 비가 쏟아질 것이라고 묘사되어 있다. 이는 사건이 극점으로 치닫는다는 것을 알 수 있다. 인용 부분(5)의 이전은 전쟁으로 인한 마을의 어수선한 분위기로 계속 묘사되었지만, 인용 부분 이후부터는 나를 비롯한 가족의 불행이 구체적으로 묘사되어 있다. 사실 전쟁으로 인한 상처는 개인이나 가족, 민족에게까지 미치게 된다. 이들의 고통의 무게를 나눌 수는 없지만 작가는 장마의 묘사를 통해 등장 인물들이 겪게 되는 고통을 짐작할 수 있게 하고 있다. 장마가 잠시 멈추면서 더 많은 양의 비를 예고한 것은 전란으로 인한 민족의 고통이 이제 가족에게까지 직접적으로 미친다는 암시인 것이다.

더 많은 양의 비라는 것은 나를 비롯하여 가족에게까지 불어닥친 불행인 것이다. 그 불행의 내용 ① 전사한 외삼촌, ② 형사한테 양과자를 얻은 먹은 나, ③ 삼촌을 잃은 할머니, ④ 할머니와 외할머니의 갈등 등 이들의 불행을 더 많은 구름의 양으로 암시하고 있다. 이 가운데 가장 많은 양의 구름을 품고 있는 것은 바로 삼촌을 잃은 할머니의 고통과 쪼코렛 때문에 삼촌을 고자질한 어린 나의 고통이라 할 수 있다.

6-가) 어머님은 별 걱정도 다 허시우. 강물이 좀 짚다고 틀림없이 올아가 못 오겠소? 장마철이면 질이 잘 맥힌다는 걸 저도 알티닝게 석교다리로 돌아서라도 때가 되면 어련히 오겠지요.(61쪽)

6-나) 돌아서라도 오기야 오겠지. 오겠지만 거그를 돌라면 시오리는 휘낀 더 걷는 심 아니냐? 입으로야 쉽지만 이 우중에 오릿길을 더 돈다는 게 얼매나 그역시런 노릇이냐, 더군다나 얼음이 백혀서 성치도 않은 발을 가지고.(61쪽)

할머니의 유일한 근심거리는 삼촌의 귀향인데, 그 귀향의 문제에 있어 장애가 되는 것은 장마 여부에 따라 달라진다는 내용을 위의 인용에서 알 수 있다. 이처럼 장마는 삼촌 귀향에 중요한 의미를 띠고 있다. 작품 전반에서 계속 쏟아진 장마가 구름으로 뭉쳤다가 일시 정지하게 된다. 장마가 그칠 즈음은 바로 사건의 변화를 예고한다. 그 사건의 예고는 장마비의 묘사와 사건의 추이가 맞물려 있다는 점이다.

  7) 사립문 기둥에 달아 놓은 장명등이 뿌옇게 밝히는 빛무리의 둥그런 허공 속으로 장마도 기진했다는 듯 몽근 빗방울을 쉬엄쉬엄 떨어뜨리고 있었다.(64쪽)

  8) 가랑비로 바뀌던 빗밑마저 슬금슬금 자취를 감추는 기색이더니 밤이 이슥해지자 처마 아래 울리던 낙숫물 소리도 아예 들을 수 없게 되었다. 그리고 습기를 옮겨 나르는 서늘한 바람이 불기 시작했다. 하기야 쏟을 만큼 쏟았으니 인제는 장마가 물러갈 대도 되긴 했다. 그런데 할머니는 날씨 변화를 재빨리 내일의 경사에 결부시켜 퍽도 유리하게 해석해 버렸다.(65쪽)

장마가 기진하여 쉬엄쉬엄 떨어지고, 슬금슬금 자취를 감추는 가랑비로 바뀌면서 사건은 서서히 해결의 국면으로 접어들게 된다. 그리하여 어지러운 가족간의 갈등이 서서히 해결되는 것이다. 즉 "고모도 나오고 이모까지 합세하여 모두들 바삐 움직인 보람이 있어 장마로 어지럽혀진 집안이 말끔히 청소되었다."(71쪽)는 데서 장마 후에 집안 정리는 곧 사건의 정리를 암시한다. 사건이란 삼촌의 귀향이 어떤 형태로든 마무리가 된다는 의미이다. 그것은 〈날씨 변화를 재빨리 내일의 경사에 결부〉시키는 할머니의 생각에서 읽을 수 있다.

3. 장마와 구렁이

할머니의 고통이 해소되려면 삼촌이 귀향해야 한다. 그러나 삼촌은 귀향하지 않고 구렁이가 대신 집으로 들어오게 된다. 이런 사건의 변환을 설명하는데 무속적 원리에 기초해야 할 필요성이 있다. 왜냐하면 삼촌의 미귀향과 관련한 장마와 삼촌의 현신(現身)인 구렁이의 등장과 사라짐을 살펴볼 수 있기 때문이다.

삼촌을 맞이하기 위해 할머니는 집안 주위를 밝힌다. 주변의 불빛 밝기와 어둠은 삼촌의 삶을 암시적으로 조명해 주는 장치이다. 불빛을 밝히는 것은 빨치산인 삼촌의 마중 의식이다.

> 난리를 치는 동안 자연스럽게 익힌 습성으로 누가 등화관제를 명령하지 않더라도 저녁밥만 먹고 나면 집집마다 불을 꺼버리는 우리 마을에서 유독 우리 집 한 채만 전에 없이 장명등을 내달아 외로운 파수병처럼 밤을 밝히고 있었다. 역시 할머니의 성화에 못 이겨서였다.(64~65쪽)

이처럼 불을 밝히는 것은 할머니가 한 잠 안 자고 아들(삼촌)을 기다린다는 표시이다. 이와 반대로 어둠의 장면 묘사는 삼촌이 돌아 올 수 없음을 암시한 것이다.

> 장명등이 꺼져 있었다. 기름이 아직 반나마 들어 있는데도 어느 바람이 언제 끄고 갔는지 유리갓에 물기가 촉촉했다. 장명등 일로 할머니는 몹시 심정이 상해 버렸다.(70쪽)

장명등이 꺼진 어둠은 곧 아들이 돌아 올 수 없음을 암시한 것이다. 따라서 삼촌과 외삼촌 어느 쪽도 살아서 돌아오지 못한다는 점에서 민족의 비극이 증폭되는 것이다. 삼촌이나 외삼촌의 귀향은 비극을 연출할 수 없기 때문에 작가는 두 인물의 귀향을 의도하지 않았던 것이다. 또 한 편으로는 어느 쪽이 살아서 돌아온다면 한쪽의 이데올로기가 승리하기 때문에 새로운 문제 거리가 대두될 수 있다. 아니면 작가 의식이 사회주의나 민주주의 의식에 사로잡힌다고 할 수 있다. 작가는 이데올로기 문제보다는 가족의 비극에다 무게 중심을 두었기 때문에 두 인물을 통해 할머니와 외할머니의 갈등을 이끌었던 것이다. 특이한 점은 할머니와 외할머니의 갈등 문제를 구렁이의 등장으로 해결하는 방식을 취한다는 점이다.5) 구렁이가 등장하는 시점도 장마철이라는 점에서 장마와 연결해서 읽을 필요가 있다.

빨치산과 국군 전투에서 빨치산들의 처참한 주검 속에 삼촌이 포함되었을 것이라는 가족의 생각과 달리 할머니는 소경 점쟁이의 말마따나 돌아올 것이라 믿고 있다. 이러한 할머니의 믿음은 속신(俗信)의 사고이다. 속신적 사고를 통해 할머니의 갈등을 해결할 수 있기 때문에 삼촌의 귀향을 구렁이로 대체할 수 있는 것이다.

> 8) 장마철에 무성히 돋아난 죽순과 대나무 사이로 모습을 완전히 감추기까지 외할머니는 우물 곁에 서서 마지막 당부의 말로 구렁이를 배웅하고 있었다.(78~79쪽)

8)에서 장마로 인해 〈무성히 돋아난 죽순과 대나무〉를 묘사하고 있는데, 이는 장마를 비교적 긍정적으로 묘사한 대목이다. 전쟁으로 인해 겪게 된 가족과 마을의 상처를 장마로 표현할 때 부정적 표현이었다면, 인용 부분에서 보듯이 긍정적 표현을 썼다는 점을 주목할 필요가 있다. 이는 사건의 마무리가 긍정적으로 처리된다는 의미이다.

---

5) 구렁이를 애니미즘(animism)으로 볼 수 있을 것이다. 애니미즘은 좁은 의미로는 영혼 관념에 관한 이론이고, 넓은 의미로는 영적 존재 일체에 관한 이론이다.(지그문트 프로이트/ 김현조 역, 『토템과 금기』, 경진사, 1993, 111쪽).

외할머니가 구렁이에게 〈당부의 말〉을 하고 배웅한 데서 외할머니의 무속적 사고를 읽을 수 있다. 구렁이를 배웅한다는 점에서 삼촌이 돌아올 수 없다는 것을 암시하며, 동시에 무속적 사고에 젖은 외할머니의 모습을 볼 수 있다. 삼촌 대신에 구렁이가 나오게 되는데, 구렁이는 삼촌의 대체 자연물이다. 구렁이가 집 안으로 왔다가 나가게 만들 때, 외할머니는 할머니의 한 줌의 흰 머리카락과 도래소반 위에 간단한 음식 몇 가지를 차리고 감나무 앞에서 제(祭)를 지낸다. 이는 구렁이가 집밖을 나가게 하는 주술적 행위이다. 주술은 다양한 의도들에 의해 이용된다. 즉 "자연의 진행들을 인간의 의지에 복종시키고 개인을 적과 위험들로부터 보호하고, 그에게 힘을 주며, 그의 적들을 해치는데 쓰여져야 한다."6)는 점에서 볼 때, 구렁이라는 자연물의 움직임을 외할머니의 의지에 복종시키는 의미로 이해할 수 있을 것이다.

> 자네 오면 줄라고 노친께서 여러 날 들여 장만헌 것일세. 먹지는 못헐망정 눈요구라도 허고 가소. 다아 자네 노친 정성 아닌가. 내가 자네를 쫓을라고 이러는 건 아니네. 그것만은 자네도 알어야 되네. 냄새가 나드라도 너무 섭섭타 생각 말고, 집안 일일랑 아모 걱정 말고 머언 걸음 부데 펜안히 가소.(77쪽)

이 때 오랜 시간 감나무에 몸을 친친 감았던 구렁이가 서서히 움직여 숲이 우거진 대밭으로 사라진다. 구렁이를 움직인 것은 외할머니의 주술적 행위 때문이다.7)

---

6) 지그문트 프로이트/ 김현조 역, 『토템과 금기』, 경진사, 1993, 116쪽.
7) J. G. Frazer(장병길 역), 「제3장 共感呪術」, 『황금가지』(1), 삼성출판사, 1993.
    프레이저는 주술의 기초가 되는 사고의 원리를 두 갈래로 분석하였다. 이를 공감주술(共感呪術)이라 한다. 여기에는 유사법칙과 감염법칙이 있다. 유사법칙(동종주술):유사는 유사를 낳는다. 혹은 결과는 그것의 원인을 닮는다. 예)비가 오기를 기원할 때, 항아리에 물을 붓는 행위.

머리카락은 할머니의 분신이므로 삼촌의 어머니인 셈이다. 이는 프레이저가 말하는 접촉 법칙(감염 주술)으로 설명할 수 있다. 감염 주술은 한번 서로 접촉한 것은 그 접촉이 떨어진 후에도 계속 서로 작용하는 것을 말한다.8) 무속적 세계관을 통해 할머니의 고통은 삼촌의 미귀향인데, 이를 대신해 온 구렁이에게 할머니의 말을 외할머니가 전해 준다. 그리고 구렁이는 집 밖을 나가게 된다. 외할머니가 무속적 사고로 사건을 중재함으로써 할머니와 외할머니의 갈등이 해결된다. 더불어 전쟁으로 빚어진 갈등이 치유된다. 이는 할머니와 외할머니의 갈등을 해결할 수 있는 공통 분모가 무속적 사고임을 알 수 있다.

4. 장마의 끝과 서술자

장마가 끝날 시점에 등장 인물들의 갈등이 해결을 보이고 있다. 물론 사건의 배경이 되는 전쟁도 끝이 났다. 이러한 전쟁이 장마 기간을 통해 등장인물들의 갈등을 조율하고 해결한다는 점에서 장마 끝 지점에서 등장 인물들을 살펴 볼 필요가 있다.

작품에 등장하는 중요 인물들을 정리해 보면, 서술자인 나는 어린이(동만)이고, 한 집안에 같이 살고 있는 할머니와 외할머니이다. 소설에서는 쪼코렛을 얻은 먹은 결과 겪게 되는 나의 갈등과 이념을 달리한 아들 때문에 겪게 되는 할머니(빨치산, 나의 삼촌, 사망)와 외할머니(국군 장교, 나의 외삼촌, 사망)의 갈등이 중심축을 이룬다. 할머니와 외할머니의 갈등을 부추킨 것은 나의 행동 때문이다. "내가 낯모르는 사람의 꼬임에 빠져 과자를 얻어먹은 일로 할머니의 분노를 사면서부터였다"(23쪽). 할머니의 분노는 나를 "짐승만도 못한, 과자 한 조각에 제 삼촌을 팔아먹은, 천하

---

8) 예)미운 사람을 저주할 때, 저주 대상의 신체 부분을 불에 태우는 행위.

에 무지막지한 사람 백정"(23쪽)이라는 말로 대신했다. 여기에 외할머니가 궁지에 몰린 나(외손자)를 감싸고 도는 바람에 더욱 갈등이 증폭된다. 여기에 외삼촌의 전사통지서를 받은 외할머니와 빨치산 아들을 둔 할머니의 맞대응이 한 원인 된다. 이런 갈등의 해결은 장마가 끝날 즈음에 마무리된다는 점에서 장마와 상관 관계를 맺는다. 그래서 장마 끝 부분과 관련하여 서술자의 태도를 유의해서 읽을 필요가 있다.

　　9) 정말 지루한 장마였다.(81쪽)

　소설의 마지막에 적힌 장마의 묘사이다. 악몽의 전란이 종식된 것을 서술자의 회상 시점으로 표현한 대목이다. 즉 소설의 결말에서 지루한 장마라고 표현한 이유이다.

　〈정말 지루한 장마〉는 서술자인 어린이 시점과도 관련시켜 볼 수 있다. 패거리로 골목 앞을 질주하며 은빛 비늘을 낚은 통발의 즐거움을 어린 나는 누리지 못한다. 서술자인 내가 뛰어 놀 수 없는 이유는 장마 때문이 아니다. 그것은 쪼코렛 때문에 고자질한 나의 태도 때문이다. 나는 삼촌의 고발 대가로 주어진 달콤한 쪼코렛의 유혹을 이길 수 없는 아이이기 때문이다. "어른의 비상한 수완을 나로서는 도저히 당해 낼 재간이 없다는 생각이 든 것은 바로 그 순간이었다. 그리고, 이 아저씨는 진짜로 삼촌의 친구일는 지도 모른다. 그렇게 생각하니 마음이 한결 가벼워졌다."(31쪽)는 것은 어린이의 시점으로 가능한 것이다. 이는 "소년의 배고픔을 철저히 이용하는 간교함이다. 이를 통해서 소년은 어른 세계와 전쟁이 가지고 있는 매수와 배신의 낙인과 같은 무서움을 깨닫게 되는 것이다."9) 이는 전쟁으로 인한 가족사 비극과 동심의 훼손을 의미한다.

　가족의 비극과 동심의 훼손이라는 주제를 부각시킬 때, 작가가 어린

---

9) 이재선, 앞의 책, 98쪽.

이 시점을 선택했다는 것은 의미가 있다. 그래서『장마』에서 갈등의 중심에 놓인 어린이 시점(1인칭 관찰자 시점)을 주목해야 한다. 서술자가 어린이 시점일 경우, 전쟁 상황에서 어떤 형태의 이데올로기를 부각시켜야 하는 부담은 없다. 왜냐하면 성인임에도 전쟁 상황에 대한 어떤 분명한 태도를 보여주지 못하고 도외시한다면, 이는 소설 구성의 문제점일 수 있기 때문이다. 그래서 어린이의 시점을 통해 남이든 북이든 이데올로기의 대립으로 상처를 받은 가족을 부각시킬 수 있는 것이다. 또 가족의 상처를 민족의 상처라는 개념으로 확대 인식할 수 있다.『광장』에서 주인공 이명준의 죽음은 두 이데올로기의 비판으로 볼 수 있지만,『장마』는 이 두 이데올로기로 인해 상처 받은 가족과 동심의 세계를 보여 주고 있다. 그래서『장마』는 이데올로기 비판보다는 가족의 상처라는 수용의 결과를 보여 준다. 이 수용은 나와 할머니, 외할머니 그리고 삼촌과 외삼촌은 이데올로기 이전, 혈육인 점을 바탕으로 하고 있다. 이데올로기보다는 혈육의 중요성 때문에 어린 시점을 취한 것이다.

5. 결론

지금까지 소설에서 배경이 갖는 상징적 의미를『장마』를 통해서 살펴보았다. 작품 전반에 중요한 배경이 된 장마가 사건의 변화와 주제를 암시한다는 점에서 살폈다. 그 결과를 정리하면 다음과 같다.

첫째, 장마가 시작됨과 동시에 전란의 혼란상이 가족과 마을 전체를 덮친 것으로 표현되었다.

둘째, 장마의 빗줄기가 약해지면서 혼란상이 수습 국면을 맞이한다. 마을은 조용해지며 가족의 갈등이 진정 국면으로 접어든다.

셋째, 구렁이의 등장과 사라짐은 장마의 끝과 동시에 가족 갈등 해결을 의미한다.

　넷째, 어린이를 서술자의 시점으로 잡은 것은 이데올로기의 중요성보다는 가족의 상처를 부각시키려는 의도 때문이다.

　끝으로 장마와 사건의 변화와 관련시켜 보면, 비극의 주기와도 일치함을 보인다. 이를 정리하면 다음과 같다.

장마의 시작	일시 정지 (구름 많음)	약해짐 (장마)	장마 끝
비극의 시작	비극의 극점	비극의 약화	비극의 끝
전란으로 인한 가족과 마을의 혼란상 묘사	외삼촌(국군)의 전사 예고/ 할머니와 외할머니의 갈등/ 쪼코렛의 유혹(빨치산 삼촌 고발)으로 나의 갈등	삼촌(빨치산)의 귀향 예정(희망에서 절망:미귀향)/ 갈등 해결의 매개체인 구렁이(삼촌의 현신, 샤머니즘적 사고) 등장	할머니와 외할머니의 갈등 해소/ 나의 갈등 해소

참고 문헌

김윤식, 『김윤식 교수의 소설 특강』, 한국문화사, 1997.

박종석, 『작가연구방법론』, 역락, 2002.

이재선, 『한국현대소설사』(1945-1990), 민음사, 1991.

롤랑부르뇌프·레알 월레 공저/ 김화영 편역, 『현대소설론』, 문학사상사, 1994.

미셸 제라파/ 이동렬 역, 『소설과 사회』, 문학과 지성사, 1973.

메리 에반스 외/ 김억환 편, 『루시앙 골드만』, 세계사, 1991.

지그문트 프로이트/ 김현조 역, 『토템과 금기』, 경진사, 1993.

J. G. Frazer/ 장병길 역, 「제3장 共感呪術」, 『황금가지』(1),삼성출판사, 1993.

L·골드만/ 조경숙 역, 『소설사회학을 위하여』, 청하, 1982.

6 전근대 의식과 근대 풍경 사이

『천변풍경』 편편(篇篇) 장장(章章) 구구(句句)에 흘러 감도는 중류이하 순 경알이
적 풍속 행동 언어는 여태껏 다른 작가가 감히 건드려 보지 못하던 난숙한 솜씨요
묘사다. 더욱이 그 순 경알이적 어휘에 있어서는 조선말의 수집하는 어학자로 앉았
서도 경이말의 노다지를 발견했다고 찬탄하여 당목(瞠目)치 않고는 못 배길 것이다.
이 점에 있어서는 태원은 확실히 대 춘원을 능가하고 서울 중류 가정 시어머니, 며
느리, 시뉘, 올케의 풍파를 잘 쓴다는 거벽 상섭(巨擘 尙燮)을 물릴 칠 수 있다.

— 박종화

■ 박태원의 『천변풍경』

1. 1930년대 문단 평가

서울특별시가 청계천 복원 공사를 통해 옛날의 모습을 되살리겠다는
보도가 있었다.[1] 이 때문에 세간의 관심이 청계천 복원에 쏠렸다. 1930
년대 청계천 주변의 모습을 형상화한 소설이 박태원[2]의 『천변풍경』(깊은
샘, 1996/ 개정판 4쇄)이다. 춘원은 『천변풍경』을 두고, "일생에 읽은 문학

---

1) 2003년 8월 13일 서울시가 청계천 복원 사업을 위해 청계 8가와 고산자로 사거리 사
  이 청계천 복개 도로를 철거하자 30여년 동안 암흑 속에 갇혀 있던 청계천이 모습을
  드러냈다. 청계천은 오물이 가득할 것이라는 예상과 달리 물리 흐르지 않았고 상류
  에서 떠내려 온 것으로 보이는 모래만이 가득했다.(≪동아일보≫, 2003년 8월 14일).
2) 1909년 1월 6일 서울 수중박골에서 태어났다. 1930년 ≪신생≫ 10월호에 단편 소설
  「수염」을 발표하면서 본격적인 작품 활동을 시작한 그는 1933년 이태준, 정지용, 김
  기림, 이상, 이효석 등과 함께 문학 친목 단체인 <九人會>에 가담하여 왕성한 창작
  활동을 전개하였다. 30년대 청계천변의 풍경을 묘사한 대표적 세태 소설 『천변풍경』
  과 소설 「구보씨의 1일」, 「성탄제」 등 주옥 같은 소설을 썼다. 또한 중국 소설의 번
  역에도 관심을 가져 우리나라 최초의 『수호전』, 『삼국지』를 번역 간행하였다. 월북
  후 주로 역사소설 집필에 주력하였는데 1965년 이후 건강 상태가 극도로 악화되어
  실명과 전신불수의 역경 속에서도 그의 필생의 역자인 『갑오농민전쟁』을 저술하여
  북한 최고의 역사 소설가라는 칭호도 얻었다. 1986년 7월 10일 오후 세상을 떠났다.
  (『천변풍경』 연보 참고).

중에 가장 인상 깊은 것 중의 하나"라고 했다. 또 1930년대 역사 소설가인 월탄 박종화는 근대 문학의 기초인 춘원과 사실주의 대표 작가인 횡보 염상섭의 문학에 앞선다고 극찬한 바 있다. 월탄이 『천변풍경』을 극찬한 내용을 인용하면 다음과 같다.

> 『천변풍경』편편(篇篇) 장장(章章) 구구(句句)에 흘러 감도는 중류이하 순 경알이적 풍속 행동 언어는 여태껏 다른 작가가 감히 건드려 보지 못하던 난숙한 솜씨요 묘사다. 더욱이 그 순 경알이적 어휘에 있어서는 조선말의 수집하는 어학자로 앉았서도 경이말의 노다지를 발견했다고 찬탄하여 당목(瞠目)치 않고는 못 배길 것이다. 이 점에 있어서는 태원은 확실히 대 춘원을 능가하고 서울 중류 가정 시어머니, 며느리, 시뉘, 올케의 풍파를 잘 쓴다는 거벽 상섭(巨擘 尙燮)을 물릴 칠 수 있다.(350쪽)

박태원이 1936년(당시 28세) ≪조광≫에 연재한 소설 『천변풍경』에 대해 비평가 임화는 "작가의 현실에 대한 태도나 품고 있는 사상이 세태 풍속의 세밀한 묘사를 통하여 자기를 발견하고 있는 그 문학 정신"(353쪽)을 높이 평가했다. 특히 "그의 작품이 문제되기 시작한 것은 최재서의 「리얼리즘의 확대와 심화」(1936)와 임화의 「세태소설론」(1938)이 발표되고부터다. 주지하다시피 이 두 글에서는 그의 장편 『천변풍경』이 심도 있게 거론되었는데, 문제의 핵심은 종래의 리얼리즘과 다른 면모를 띠고 나타났다"[3]는 데 있다. 그것은 등장 인물의 시점을 일원적으로 서술한 것이 아니라 다원적 시점을 잡았다거나(가령 민 주사, 여급 하나꼬, 창수와 재봉이의 시점 등) 청계천변을 다각도로 묘사함으로써 파노라마적 영화 기법을 차용한 점, 문장 사이의 휴지 등도 포함한 것이다. 이런 성과에 대한 기존 논의보다는 이 소설이 청계천변의 〈근대 풍경〉에 나타난 인물들의

---

3) 이강언, 「1930년대 한국 모더니즘 소설 연구」, 『한국 현대 소설의 전개』, 형설, 1992, 246쪽.

〈전근대 의식〉을 중심으로 살피고자 한다.

1930년대 소설가, 비평가들에게 두루 관심을 받은『천변풍경』을 필자는 세 관점으로 접근하고자 한다. 우선 청계천변 빨래터에서 일어나는 이야기 주인공들이 여성인 점에 주목하였다. 이는 1930년대 여성 의식을 추론할 수 있기 때문이다. 그리고 전근대 의식의 상징적 인물인 〈민주사〉의 행동과 의식을 통해 전근대 의식을 밝힐 수 있다. 또 하나는 청계천변의 풍경, 즉 이발소, 카페 등 근대 풍경 속에서 등장한 인물들의 살아가는 모습을 읽을 수 있다.

2. 전근대의 여성

청계천은 동네 아낙들의 빨래터이기도 하지만 "그곳에 빨래터보다도 오히려 서로 자기네들의 그 독특한 지식을 교환하기 위하여 모여드는"(89쪽) 곳이다. 청계천의 빨래터에서 시작되는 아낙네들의 세상 이야기는 짐짓 삶의 실제를 쏟아놓기 때문에 당시의 삶의 모습을 가식 없이 보여 준다. 그래서 빨래터는 바로 여자들의 속마음을 터놓는 곳이기도 하다. 빨래터는 정작 여성들의 세상 돌아가는 험담이나 악담을 늘어놓기에 알맞은 곳이다. 청계천변에서 엿듣게 되는 세상살이 이야기는 우리 이웃의 이야기이기에 궁금한 인간사에 대한 생각과 생생한 판단을 엿들을 수 있다. 이들 아낙들이 하는 이야기 가운데 중심을 이루는 것은 아무래도 여자들의 일생, 소위 팔자 타령이 많다. 서방한테 얻은 맞는 젊은 아낙네 이야기, 어려운 집 딸자식의 고된 시집살이를 해야 하는 기구한 팔자 타령, 그리고 청계천 주변의 남정네들의 놀음판 이야기가 화제다.

빨래터에서는 만돌이 아버지가 관철동에 첩을 둔 것이 화제다. 딴 계집을 얻었기 때문에 나가라고 구박할 때의 그 아픈 심정을 안고 약국의 행랑채로 온 만돌 어멈의 이야기다. 그렇게 구박하던 서방이 여기까지

쫓아올 줄 몰랐다. 그러나 서울살이가 편할 리 없지만 여전히 주먹질인 남편 때문에 더욱 힘든 것이 서울살이다. 일년 열두 달 골골 앓은 시어머니, 다섯 살 아래인 어린 남편과 시집 온 지 이년이 지나도록 처녀성을 유지해야 했던 금순이의 팔자가 등장한다. 앓아 누운 시어머니보다 시골에 계신 친정어머니가 먼저 가시고, 어린 남편마저 잃은 과부가 되어버린 금순이, 여기에다 빚에 시달린 아버지조차 소식을 알길 없어 불행해진 금순이의 팔자가 소설에 등장한다. 이런 금순이가 청계천에 올라 온 것이다. 여기서 여인의 운명이 쉽게 변할 리 없다는 점에서 1930년대 한국 여성상을 읽을 수 있다. 여성들의 인권과 개인 능력을 중시하는 오늘날과는 달리 전근대 속의 여성상은 가정내의 행복일 것이다. 남편의 폭력과 시집살이 속에서 구속받던 시대에 그래도 행복의 순간이 아이를 임신했을 때이다. 이런 점에서는 청계천변의 가장 행복한 사람은 한약국집 젊은 며느리이다. 왜냐하면 시집 보낸 딸이 임신하지 못해 소박맞고 친정으로 돌아가지 않기 때문에 친정 어머니의 고달픔을 면하는 것이요, 남편과 애정이 식지 않았다는 증거이기 때문에 한약국집 며느리는 행복한 것이다. 전근대 시대의 여성의 개성과 인권보다는 주변 인물과 관계가 지속된다는 점 때문에 젊은 며느리는 "오직 샘솟듯하는 행복감"(221쪽)에 젖어있다.

1930년대 전근대 의식은 여성에게만 나타나는 것이 아니라 남성에게도 나타난다. 그것은 비밀리에 이루어지는 축첩이 그 한 예이다. 축첩은 전근대 사회에서나 볼 수 있는 사회적 악습으로 경제적 여유와 함께 등장한다. 소설에서는 첩과 놀음판에 전전긍긍(戰戰兢兢)하는 민 주사 이야기가 등장한다. 이 가운데 정작 소설에서는 〈민 주사〉와 안성댁 사이에 일어나는 심리와 사건이 독자들의 눈을 사로잡는다.

3. 민 주사의 전근대 의식

청계천변은 25살의 작은 마누라를 둔 천명(天命)의 나이가 된 민 주사가 산다. 민 주사는 50살인데다가 우글쭈글 보기 싫은 주름살뿐만 아니라 하루가 멀다하고 마작을 하느라 날밤을 새우는 혈색이 좋지 않는 인물이다. 또 마작만 하는 것이 아니라 부회의원 선거전에서 당선되기를 바라며 부지런히 움직인다. 바쁜 선거 일정에도 관철동의 안성댁과 젊은 학생이 어울려 있는 모습을 떠올리면 무던이나 속상해 하는 인물이다. 민 주사는 낮에는 부회의원 선거 때문에 분망하고, 밤에는 안성댁 때문에 괴로워 얼마 동안 심신이 거의 쇠약해져 갔다.

선거에 낙선하자 민 주사는 병석에 앓아 누웠다. 앓아 누울 수밖에 없는 이유는 선거의 피로 누적, 선거 때문에 얻은 돈 이천 원의 빚, 안성댁의 문제가 겹친 것이다. 피로 누적이야 휴식이면 될 것이고, 선거 때문에 얻은 빚은 빚이지만, 안성댁이 젊은 학생과 어울린다는 것이 늙은 민 주사의 마음을 무겁게 한 것이다. 그래서 민 주사는 안성댁에 대한 애정과 감정을 정리하는 방법을 고민하게 된다. "계집에게 해주었던 금붙이를 빼앗아 올 욕심도 없고, 더구나 옷가지를 불에다 살라 버린다는 그럴 마음도 없다. 그것은 역시 점잖은 이의 할 일이 아닐 것이다. 민 주사는 계집을 내치는 것에 있어서도, 모든 것을 점잖게, 자연스럽게 하리라 마음 먹었다."(112쪽)는 데서 민 주사가 체면을 유지하려 한다는 것을 알 수 있다. 이는 체면을 유지하려는 민 주사의 전근대적 의식이라 할 수 있다. 또한 첩을 둔 것은 전근대적 사회에서나 용인될 수 있는 모습이다. 1930년대 삶의 모습을 상징적으로 보여 준 인물은 민 주사이다. 마작 노름으로 사오백 원을 날렸다. 이런 와중에 돌보아 준 관철동의 계집(안성댁)이 전문학교 학생과 지내는 것을 못마땅하게 생각하고 있다. 그러면서도 민

주사는 취옥이라는 여자와 놀아난다. 민 주사는 이중적 애정 행위를 통해 우스꽝스런 인물로 그려지고 있다. 그러나 자신의 체면 때문에 이들을 보복할 수 없음을 민 주사는 알고 있다. 체면을 생각하는 민 주사는 퇴락(頹落)한 인간상을 상징적으로 보여 준다. 즉 노름과 권력, 성욕이라는 인간이 가질 수 있는 욕망의 덩어리를 민 주사를 통해 보여주고 있다. 이런 기본 골격은 소설의 통속적 흥미를 가질 수 있는 요소이다.

민 주사는 전근대적 의식 소유자다. 그러나 그의 의식과는 달리 근대 지향의 겉치레를 흉내내고 있다. 체면을 의식하는 전근대적 의식과는 달리 중절모와 신식 양복을 걸치는 근대의 풍경 사이에서 그 간극을 볼 수 있다.4) 이는 우스꽝스런 인물을 풍자하고 비판한 것이다.

> 사실 민 주사의 복장은 경쾌하였다. 봄철에 우리가 볼 때같이 임바네스에 중절모를 쓴 그러한 민 주사가 아니다. 그에게 호의를 갖지 않는 사람들에게는 오직 비웃음을 더하게 할 뿐이었으나, 민 주사는 얼마를 망설거린 끝에 드디어 양복점 점원이 권하는 대로 니커보커즈라는 신식 양복을 채택한 것이다. 그것을 그는 자기 몸에 어울리거나 말거나 하여튼 입고서, 새벽에 일어나 남산 벙바위로 약물을 먹으러 다니기 이미 일주일이다. (124쪽)

박태원은 민 주사의 이와 같은 근대 문물의 외양을 강조하면서 근대 의식을 갖지 못하고 있음을 비판하고 있다.

> 봄철에나 젊은 여자들이 잠깐 둘러볼 뿐으로, 지금은 이미 장속 깊이 간수되어 있을 '스카프'라나 하는 것을, 제 딴에는 그것도 역시 모양이라고 어깨에다 슬쩍 걸친 것이라든지, 조금도 어울리지 않게 흰 장갑을 낀 손으로 한편에는 허름한 양산을 접어 들고, 또 한편에는 조그마한 바스켓을 들

---

4) 1930년대 모더니스트인 이상의 복장이 봉두난발의 모습과 양복, 지팡이를 잡은 모습을 떠올릴 수 있다.

고 그러한 꼴이, 누구의 눈에든 어색하기가 짝이 없다.(126쪽)

어린 재봉이 눈에 비친 한 여인의 모습이다. 여인의 모습을 본 재봉이의 생각은 "모멸하는 웃음"을 참는 것이다. 작가는 근대의 풍경을 "모멸하는 웃음"으로 파악한 것이다. 여기서 전근대적 의식과 근대 풍경 사이에서 갈등하는 시대 상황을 볼 수 있다.

4. 신기한 근대의 풍경

가평에서 올라 온 소년 창수는 청계천변의 주위를 신기하게 구경하고 있다. 어린 창수의 시선은 곧 작가의 시선이다. 이런 시선이 근대의 풍경을 본다는 점에서 도시화라는 모더니즘의 기법으로 설명될 수 있고, 이런 도시화의 배경 등장이 그를 모더니즘의 한 일원이라는 평가가 가능한 것이다. 사실 창수가 바라보는 서울이 신기롭기만 한 것이 아니다. 주인 영감이 창수에게 담배 심부름을 시켰을 때, 거스름돈의 셈이 잘못되어 담배 가게 주인 사이에서 쓰라린 경험을 맛보게 된다. 창수만 서울을 올라 온 것이 아니라 어린 만돌, 만수를 데리고 약국 안채에 식모살이를 들어온 만돌 어멈은 사연이 많다. 창수와 만돌 어멈의 사연은 이런 사회의 어두운 단면을 보여준다. 1930년대 근대의 풍경화인 청계천변의 외로움과 괴로움을 동시에 보여준다.

이발소에서 잔심부름을 하는 재봉이의 눈을 통해 작가는 천변을 비추고 있다. 재봉이의 눈은 청계천변에서도 매우 정확한 편이다. 왜냐하면 금순이가 서울로 올라오게 된 내력을 소상히 알고 있기 때문이다. 금순이에 대한 "그 지식 역시 재봉이의 것이 확실"(171쪽)한 것이다. 이발소의 재봉이, 이발소는 적어도 유교의 전통 사회의 공간은 아니다. 이는 단순한 이발의 공간이라기보다는 머리를 중시했던 전근대 사회와의 절연의 공간이다. 이 근대의 공간에서 어린 재봉이가 청계천변의 근대 풍경과 이들 속에 있는 전근대의 인물들을 보고 있는 것이다.

창수와 재봉의 시선은 세상을 새롭게 본다는 의미가 담겨 있다. 그래서 이들의 응시는 곧 근대 의식의 한 방법이다. 여기서 주목할 점은 약국에서 잔심부름하는 창수가 약국 주인 영감을 못마땅하게 생각한다는 점이다. 여기서 늙은 민 주사나 약국 주인 영감은 다 같이 기성세대이면서 전근대적 사고의 전형적 인물들이다. 따라서 작가는 이들 인물들을 비판하고 있다는 점에서 근대적 사고를 지향한다고 볼 수 있다.

> 참말이지 꼭두새벽에 눈 뜨기가 무섭게, 그저 이걸 해라 저걸 해라, 하루 왼종일을 남을 죽두룩 부려만 먹구…… 그것두 약국일 뿐이라면? 이건 툭허면 안심부름까지 골고루 시켜 가며…… 그러면서두 잘했다, 애썼다, 그런 말 한마디 허는 법 없지……그저 밤낮 잘못만 했다지, 툭 허면 겔르니, 꾀를 피느니, 버르쟁머리가 없느니…… 흥! 그것두 사람 대접이나 대접겉이 허구서 그런다면 또 몰라, 왜, 먼젓번 있던 돌석이두 오 원씩 받았다는데, 으째서, 나는 사 원을 주는게야?……(120쪽)

그러나 문제는 작가가 기성세대를 비판한다는 것이 고작 일상 생활일 뿐 사상이나 뚜렷한 의식 성향에 대한 비판은 아니다. 그래서 작가의 근대 성향이 약한 것이라 볼 수 있다.

청계천변의 근대 풍경은 전근대 의식과 근대 의식의 간극을 보여 준다. 근대 풍경을 통해 변화된 모습을 뚜렷하게 보여 준 인물은 창수다. 창수는 시골보다 서울에 올라와서 인간성이 뚜렷하게 변했다. "서울에 올라 온 지 반년이 채 못되어, 그렇게도 어리고 또 순진하던 열네 살 짜리 소년 창수는 이미 이만큼이나 자라고, 또 영리하여진 것이다."(192쪽)라고 작가 해설이 곁들어져 있다. 이외에도 부정적 근대 의식을 보여 준 인물들이 등장한다. 가령 금순이를 시골서 데려온 남자가 마작으로 잡혀 감옥살이한 이야기, 종로 금방의 젊은 주인이 금밀수를 하다 검거되었던 이야기도 다 같이 청계천변에서 일어난 사건들이다. 이러한 사건들을 통해서 1930년대 청계천변의 사회 현상을 상징적으로 읽을 수 있다.

5. 남는 문제

이 소설을 읽고 몇 가지 남는 문제를 정리하면 다음과 같다.

우선 소설 구성에서 일관성 혹은 통일성이 결여되었다는 점이다. 왜냐하면 소설은 단일한 사건이 아니라도 복합적 사건을 다루더라도 하나의 주제 구현을 위한 사건이 전개되어야 한다. 그러나 사건의 산발적인 구성으로 인해 소설 전반에 흐르는 중요한 갈등보다는 단순한 사건만의 서술이 주된 내용을 이룬다.

두 번째는 등장인물의 부류이다. 작가는 도심의 풍경을 기술하면서도 한결같이 하류층의 인물들을 등장시킨다. 까페의 여급 하나꼬, 기미꼬와 시골에서 상경한 박복(薄福)한 금순이 등은 소외 계층이다. 이들이 소외를 극복해 가는 방법으로 한데 어울려 삶을 꾸려가는 것은 가능하지만, 상류층과의 결합을 통한 소외 극복은 불가능하다. 하나꼬는 근사한 집안으로 새살림을 나지만 시어머니의 구박에 못이겨 괴롭게 지냈다는 점에서 소외를 극복했다고 볼 수 없다. 뿐만 아니라 남편의 애정이 딴 여자에게로 간 것과 전실 아내의 두 자식(명준이와 명숙이)이 자신의 말을 따라주지 않는 것도 하나꼬의 불행이다. 이는 하류층의 소외가 상류층과의 결합으로 극복될 수 없다는 것을 의미하는 것이다. 이도 1930년대 문학의 특징인 소외라는 징후로 볼 수 있다.

세 번째는 근대 풍경과 전근대 의식의 간극을 볼 수 있다. 전근대 시대에 근대의 풍경이 만들어지면서 전근대 의식을 가진 인물들이 등장하

여 1930년대 과도기적 현상을 보여 주고 있다. 즉 근대 풍경에서 갈등하
는 전근대 의식을 가진 인물들이 등장한다.

참고 문헌

강진호 외, 『박태원 소설 연구』, 깊은샘, 1995.

김윤식·정호웅, 『한국소설사』, 예하, 1993.

이강언, 「1930년대 한국 모더니즘 소설 연구」, 『한국 현대 소설의 전개』, 형설,
　　　1992.

이재선, 『한국현대소설사』, 홍성사, 1979.

조동일, 「어두운 시대의 상황과 소설」, 『한국문학통사』(5), 지식산업사, 1992.

7 | 과거와 현재 속의 상처, 그리고 성장

나를 포함한 제주민의 내면에는 4 · 3이 남겨 놓은 지울 수 없는 억압의 콤플렉스
가 있습니다. 거기에서 해방되지 않는 한, 나는 다른 어떤 일도 할 수 없고, 다른
어떤 글도 쓸 수 없을 것 같습니다. 그러니까 4 · 3은 나의 원죄인 것입니다.

■ 현기영의 『지상에 숟가락 하나』

1. 부 기능 상실과 성장 소설

1980년대의 민중/ 민족 문학론이 약화되면서 1990년대는 여류 작
가들이 대거 등장하여 여성 특유의 필치로 성장 소설이 대두하게 된다.
박완서를 필두로 하여 신경숙, 공지영, 공선옥, 배수아, 하성란 등등 문
단에서 중요한 위치를 점하게 된다. 성장 소설은 삶의 고난을 통해 성숙
한 모습으로 자란 일대기를 담은 이야기다. 그래서 소설의 특징인 허구
성보다는 작가의 진설성이 담겨 있기 때문에 독자에게 쉽게 전달될 수
있다는 장점이 있다. 1980년대 군사 정권, 노동 탄압, 사회 혼란과 같은
문제들이 문학 소재의 중심이었지만 1990년대 이후 자신의 문제를 성찰
한 작가들은 자아의 성장 소설에 눈을 돌리게 된다.

현기영1)의 『지상에 숟가락 하나』(실천문학사, 1999/ 2003 초판 16쇄)는

---

1) 1941년 제주 출생. 서울대 영어교육과를 졸업했으며, 1975년 ≪동아일보≫ 신춘문예
에 단편 「아버지」가 당선되어 문단에 나왔다. 『순이 삼촌』(1979), 『아스팔트』(1986),
『마지막 테우리』(1994) 등이 있다. 1986년 제5회 신동엽 창작 기금, 1990년 제5회 만
해문학상, 1994년 제2회 오영수문학상, 1999년 제 32회 한국일보문학상 수상.

여류 작가들의 성장 소설의 테두리와는 다른 남성이라는 대별점에서 성장 소설을 썼다는 점에서 주목을 요한다. 작가는 "애당초 이 글은 한 아이의 성장 내력에 대한 이야기"(76쪽)라고 전제하고 있다. 현재의 시점에서 과거 속의 상처, 그 상처 속에서 성장한 내력을 서술하기 때문에 회고조의 소설이다. 작가가 회고조의 성장 소설2)을 쓰게 된 근원은 제주 4·3 사건으로 인해 "가슴에 좀처럼 지울 수 없는 죽음의 어두운 이미지와 우울증" 때문이라고 했다. 1990년대의 회고조의 성장 소설을 쓴 작가들 가운데 임철우의 『등대 아래서 휘파람』(1993), 송기원의 『너에게 가마 나에게 오라』(1994), 최인훈의 『화두』, 이윤기의 『하늘의 문』(1994) 등을 꼽을 수 있다. 물론 이들 작가의 성장 소설의 서술 태도3)와는 사뭇 다른 지점에 현기영의 작품이 있기 때문에 일독을 할 필요가 있는 것이다.

성장 소설에 나타난 공통점 중 하나는 아버지의 기능 상실이라는 점이다. 최근에 나온 하성란의 『식사의 즐거움』에서도 아버지의 폭행으로 가정이 위태하면서 부 기능 상실이 서술되어 있다. 이러한 부 기능 상실은 여러 작품에서 찾을 수 있다. 『지상에 숟가락 하나』에서도 여지없이 아버지 기능 상실이라는 점이 뚜렷하게 서술되어 있다.

> 아버지는 어디서 무얼 하는지 여전히 종적이 묘연했다. 어쩌다 들러도 하루를 넘게 머무는 일이 없었다. 할아버지 몰래 할머니와 내가 들어 있는

---

2) 회고조의 성장소설이란 벌거숭이로 태어난 한 어린아이가 사회라는 옷을 입어가는 과정에 대한 성찰의 기록이다. 그러므로 여기에서 중요한 것은 서사 자체의 흥미가 아니라 그 옷을 입기 위해 어린아이가 겪어야했던 불의 시련들의 내용이다. 이런 뜻에서 보자면 우리 시대의 작가들은 성장 소설을 위한 매우 양질의 토양을 확보하고 있다고 할 수 있을 것이다. 우리 근대사 자체가 말 그대로 격동의 세기였으며, 일제 강점과 분단, 이데올로기 갈등의 상처로 말하자면 어느 한 집도 예외가 없을 것이기 때문이다.(서영채, 「환멸의 시대와 소설쓰기」, 『소설의 운명』, 문학동네, 1996, 298~299쪽)

3) 서영채, 「환멸의 시대와 소설쓰기」, 앞의 책, 1996, 299쪽.

방에만 불쑥 몸을 들이밀었다간 횡하니 사라지곤 했다. 아버지는 이렇게 불가사의한 존재여서 모처럼 만나도 반갑기는커녕 두려운 마음이 앞선다.
한번은 연을 들고 나타났는데, 반색해서 받아보니 웬걸, 어디서 연 싸움하다가 실 끊겨 떨어진 남의 연이 분명했다. 그 연을 밖에 나가 띄우다가 연 임자가 나타나면 그 무슨 낭패일까. 나는 정말 아버지가 실망스러웠다. 아버지란 집에 머물면서 어린 자식에게 연도 만들어주고 팽이도 깎아주는 사람이 아닌가. 왜 이제는 집에 머물기를 작정하고 친정에 가 있는 어머니를 데려올 생각을 못하는 걸까?(25쪽)

인용문에서 보듯이 자식과의 관계에서 아버지의 기능이 상실되어 있다. 자식과의 관계뿐만 아니라 부부 사이에서도 기능은 상실되어 있다.

아버지는 이번 경우에도 자신의 무력함을 그대로 드러내어 샛이모 구출에 별 도움이 되지 못했다. 잡혀간 지 열흘쯤 지나 샛이모는 모진 고문 끝에 풀려났는데, 이모부가 사살된 것이 그때 확인된 때문이었다.(53쪽)

인용문에서 보듯이 급박한 사회의 상황에서도 부 기능 상실이 여실히 드러난다. 즉 "무엇보다도 실망스러운 것은 아버지가 아무 힘도 없는 졸병(헌병중사)"(56쪽)이라는 점이다.

아버지 부재와 방횟불에 양식을 태워먹었기 때문에 우리 가족은 외가댁에서 양식을 축내야 할 형편이었다. 그래서 작가는 "의붓아이 밥 먹듯 늘 배가 고팠다. 배고픔도 서러웠지만, 집안의 무거운 분위기도 견디기 어려웠다. 절망과 두려움, 수군거리는 말소리와 함께 통해지는 탄식소리"(56쪽)로 어린 시절을 보냈다고 회상한다. 작가는 아버지의 존재에 무게를 두고 있다. 성장 소설는 아버지의 역할이 부재함으로써 시련을 겪게 되고, 그러한 시련은 성장의 상처로 남지만 성장 과정에서 필요한 전형적인 요소이다.

4·3 사건 뿐만 아니라 민족사의 비극에서 또 한 번 아버지의 부재가

드러난다. 바람처럼 홀연히 사라진 아버지의 존재는 6·25 전쟁통에 불쑥 섬에 나타난다. 6·25 전쟁 중 육지에서 징집한 장정들 인솔자로 섬에 들어 온 것이다. 그러나 며칠을 머물지 않지만, "무엇보다도 아버지가 그 사이에 권총을 찬 일등 상사로 진급한 것이 기뻤다......중략.... 그리고 선물도 있었다. 유리 구슬과 알사탕, 평소에 얼마나 탐했던 것"(131쪽)들을 주고 떠났다. 이것이 아버지가 남기고 간 부정(父情)의 신표로 작가에게 성장의 상처를 치유하는 방식이다. 그러나 이 방식은 지속되지 않았기 때문에 작가는 성장의 상처를 안게 된다.

2. 언어절(言語絶)의 참사

소설에는 성장의 상처만 있는 것은 아니다. 어린 날 작가가 자랐던 고향의 풍습과 풍물, 그리고 추억들을 가지런히 쏟아 놓아 추억의 무지개를 수놓고 있다. 그래서 "동무들과 함께 뛰놀던 대지 또한 성장의 요람"인 제주도에 담긴 추억들을 오롯이 담아 놓았지만, 이를 면밀하게 읽기보다는 훌쩍 뛰어 넘어 4·3 사건으로 간 것은 첨예한 작가 의식이 어떻게 작품으로 구현되었는가하는 점에서 주의 깊게 살필 필요가 있다.

작가는 "나의 과거에는 나의 개인적 과거뿐만 아니라 내 것이면서 동시에 공동체의 과거, 즉 역사도 들어 있다. 역사의 그 사건들이 나의 어린 의식에 큰 영향"(155쪽)을 끼쳤기 때문에 "과거의 편린들, 암흑 속에 아무렇게나 흩어져 있는 그 이미지 파편"(156쪽)들을 찾아서 기록한 것이다. 이 가운데 4·3 사건은 바로 작가의 뼈아픈 성장의 기록인 셈이다.

아버지 기능의 상실로 인해 작가는 성장 과정에서 실망과 어려운 처지에 놓이게 된다. 그것은 제주 4·3 사건에 기인한다. 이 사건은 가족뿐만 아니라 제주 도민의 상처까지 가져 온 것이다. 도민을 폭도로 규정하여 "잘린 목 그루터기에 살점이 너덜너덜한 머리통을 창 끝에 호박통 꿰듯 꿰어들고 혹은 머리칼을 움켜서 허리춤에 대롱대롱 매달고서 토벌대들이"(63쪽) 마을 읍내를 행진하는 모습으로 재현된다. 그 상처를 말로 표현할 수 없다고 하여 작가는 '언어절(言語絶)의 참사'라고 했다.

『지상에 숟가락 하나』에는 민족의 아픔이라는 거대한 슬픔이 자리하고 있다. 이 거대한 슬픔의 뿌리는 작가가 가진 성장의 큰 슬픔인 것이다. 작가는 이 사실을 다음과 같이 밝혔다.

> 제주 4·3과 보도연맹 사건은 역대 정치 권력의 폭거에 의해 망각을 강요당해 지금도 역사에서 누락된 사건들입니다. 나는 거의 20년 가까운 세월 동안 제주 4·3에 매달려왔습니다. 중략....내 고향의 그 슬픈 이야기는 아직도 역사의 장에 기록되어 있지 않기 때문입니다. 4·3은 나의 문학적 원죄이고, 그것을 회피한다는 것은 범죄 행위와 같기 때문입니다. 중략.....나를 포함한 제주민의 내면에는 4·3이 남겨 놓은 지울 수 없는 억압의 콤플렉스가 있습니다. 거기에서 해방되지 않는 한, 나는 다른 어떤 일도 할 수 없고, 다른 어떤 글도 쓸 수 없을 것 같습니다. 그러니까 4·3은 나의 원죄인 것입니다.
>
> -(「한라산의 레퀴엠」,『나의 문학 이야기』, 문학동네, 2001, 276쪽)

위의 인용에서 보듯이 작가의 슬픔은 제주 4·3에 매달려 있다. 작가는 이 작품보다 앞서 「순이 삼촌」(1978)을 발표했고, 이로 인해 군사 정권에 끌려가서 모진 고문을 받았다고 한다. 이후에는 1901년 제주도에서 발생했던 민란을 소재로 한 『변방에 우짖는 새』를 통해 4·3 사건을 비유적으로 표현하였다.4) 이 4·3 사건은 역사적 평가가 이루어지지 않은 상태이다.5) 다만 필자는 이 작품의 주제를 짚고자 할 때, 숟가락 하

---

4) 현기영, 「한라산의 레퀴엠」,『나의 문학 이야기』, 문학동네, 2001, 277쪽. 박광수 감독의 ≪이재수의 난≫으로 영화화되었다.

5) 그 동안 4·19혁명과 광주민주화 운동 등에 대해서는 명예 회복과 보상이 이뤄졌으나, 4·3 사건의 경우에는 남북간 이념 대결의 소산이라는 점에서 논의 자체가

나의 상징적 의미를 추출할 필요가 있다고 판단된다.

3. 숟가락 하나의 기표

제주 사건이 남긴 상처는 가족 내의 아버지 기능 상실과 함께 민족 차원의 큰 슬픔이 담겨 있다. 그 슬픔의 큰 축는 모든 것을 잃어버리고 나서 남는 숟가락 하나의 상징적 의미다. 작품에서 숟가락의 기표가 등장한 것은 4·3 사건 때 백성들 편에 서서 토벌대와 싸우다가 비참한 죽음(부하의 배신으로 아지트가 발각되어 교전 중 사망)을 맞이한 유격대 대장 이덕구의 시신 앞에 "집행인의 앞가슴 주머니에 일부러 꽂아놓은 숟가락 하나"(69쪽)이다. 물론 숟가락이 시신을 조롱하는 것이 아니라 부질없이 싸운 민간인의 삶을 조롱한 것이다. 작가는 어쩌면 조롱당하는 숟가락에 더욱 격분했는지도 모른다. 왜냐하면 4·3 사건으로 인해 민중의 지도자인 이덕구가 죽음으로써 단지 지상의 숟가락의 욕망을 몰살시켰기 때문이다. 숟가락은 토벌대와 민간인 입장에서 앞장서서 싸운 이덕구의 투쟁의 종막과 동시에 밥 먹을 수 있으리라는 현실적 기대감이 내포된 상징적 의미를 담고 있다.

숟가락 하나의 상징적 의미는 4·3 사건으로 인한 현실적 아픔과 배고픔을 치유할 수 있는 구원의 메시지인 것이다. 4·3 사건으로 인해 비록 양푼 하나에 밥을 놓고 먹을지라도 외가 덕으로 세 식구가 먹고 살았다. 이런 혼란기에 부모를 잃은 소년과 등에 업힌 동생이 양푼 하나에 담긴 밥을 보고, 〈밥! 밥!〉이라고 절규할 때, 어머니는 동생과 나의 숟가락

금기돼 왔다. 그러다가 93년 3월 제주도의회가 '4·3특위'를 구성함으로써 처음 공론화되었다. 그리고 15일 '제주 4·3사건 진상 규명 및 희생자 명예회복위원회'(위원장 고건, 국무총리)가 정부 차원의 진상조사보고서를 확정한 데 이어 이날 노 대통령의 사과로 10년 만에 논의가 매듭지어진 셈이다.(「정부차원서 반세기만에 재해석」, 《동아일보》, 2003년 11월 1일).

을 빼앗아 두 오누이에게 건넨다. 이것이 〈지상의 숟가락 하나〉가 갖는 상징적 의미다. 아픔과 배고픔을 치유할 수 있는 구원의 도구인 것이다.

이 작품은 서사 구조의 연결이 일관성을 유지하지 못한다는 점에서 다소 맥빠진다는 점을 지적하지 않을 수 없다. 특히 초등학교, 중학교 시절까지만 치밀하고 생생한 체험의 진솔성으로 감동을 줄 수 있지만, 고교 이후의 대학 생활, 서울 생활은 다소 맥빠진다는 점을 지적할 수 있다. 이는 본격 소설이기보다는 성장 소설, 특히 작가의 성장 과정에서 상처 깊은 곳을 서사 구조로 삼았다는 점에 근거한 것이다.

숟가락은 단순히 먹는 것만 의미하지는 않는다. 숟가락 하나에는 개인적 아픔으로부터 제주 도민의 슬픔, 나아가 민족의 아픔까지를 상징하는 하나의 기표인 것이다. 6·25 전쟁을 전후한 민족 이데올로기의 양극에서 빚어진 민족의 상처이기 때문에 한국문학사에서 중요하게 다루어야 할 명제인 것이다. 5·18 광주 민주화 사건이 문학사에서 중요하게 다루어진 것을 고려해 보면, 특정 지역인 제주도 4·3 사건도 한국문학사에서 중요하게 다루어야 할 것이다.

참고 문헌

류보선, 「두 개의 성장과 그 의미」, 『경이로운 차이들』, 문학동네, 2002.
서석준, 『현대소설의 아비상실』, 시학사, 1992.
서영채, 「환멸의 시대와 소설쓰기」, 『소설의 운명』, 문학동네, 1996.
현기영, 「한라산의 레퀴엠」, 『나의 문학 이야기』, 문학동네, 2001.

8 죽음 속에 감추어진 삶의 욕망

살려주자, 살게 하자, 살아서 돌아가게 하자…… 내 속에서 나 아닌 내가 그렇게 소리치고 있었다. 아베를 죽여서는 안 된다는 울음과 아베를 살려 두어서는 안 된다는 울음이 내 몸 속에서 양쪽 다 울어지지 않았다. 몸 속 깊은 곳에서 징징징 칼이 울었다. 가장 괴롭고 가장 선명한 길을 칼은 가리키고 있었다.

■ 김훈의 『칼의 노래』(상/하)

1. 허구의 정체성

역사적 진실은 있는가? 과거의 역사에 어떤 의미를 부여할 것인가? 이러한 물음은 역사학도에게는 무거운 주제일 터이다. 역사학도 못지 않게 역사를 고민하는 작가들이 있다. 역사를 소설화할 때, 작가는 그 진실과 허구 사이에서 갈등하게 된다. 그래서 역사적 사건에 대해서 어떤 판단을 할 지는 작가의 몫이다. 또한 관심있는 독자들은 소설 속의 내용들이 허구인지 진실인지를 갈등하게 된다. 왜냐하면 역사적 식견을 갖춘 독자가 아니라면 작품의 내용이 역사적 진실인지, 허구인지가 분명하지 않기 때문이다.

역사소설(歷史小說)이 역사적인 시대를 배경으로 특별한 역사적인 인물이나 사건을 재현 또는 재창조하는 소설이라는 점에서 보면,[1] 『칼의 노래』는 이 장르에 속한다. 특히 "역사 속의 실존적 인간 즉 역사적인 삶에서 착상된 인간의 경험과 삶에 밀착된다는 점"[2]을 역사소설의 특징으

---

1) 이재선, 「장편소설과 역사소설의 현상」, 『한국현대소설사』, 홍성사, 1979, 388쪽.

로 보면, 이 작품은 임난 당시의 이순신이라는 실존 인물의 삶과 죽음이라는 인간적 고뇌를 다룬다는 점에서 역사소설이라는 장르적 특징과 부합된다 하겠다.

1930년대는 역사소설류가 증식화(增殖化)되었지만,3) 근래에 와서는 작품들이 뚜렷하게 양산되지 않는 실정이다. 주지하다시피 1980년대는 민족/ 민중 문학론, 1990년대는 여류 작가들의 성장 소설론, 2000년대는 사이버 문학론의 대두로 1930년대와 같은 시대적 억압이나 도피적 경향이 역사소설의 창작 배경이 되지 못한 현실이다. 그래서 시대적 억압이나 도피적 경향이 아닌 지점에서 2001년『칼의 노래』를 분석해 볼 필요가 있다. 문학이 당대 현실과 밀접한 관련이 있다는 문예사회학적인 점과는 다소 거리가 있다.

2001년도 ≪동인 문학상≫ 수상작인 김훈의 『칼의 노래』는 임난 당시의 이순신 장군의 실존적 고뇌를 그린 소설이다. 소설의 도입부부터 일본과 조선 수군의 시체가 온 산천을 물들이는 장면으로 묘사되어 있다. 여기서 역사적 진실보다 소설 속에서 인간의 삶과 죽음의 문제에 대한 작가의 고뇌를 읽을 필요가 있다. 그래서 역사소설의 특징을 밝히는데 주력하기보다는 임난이라는 역사적 배경 속에서 한 인간의 실존적 고뇌를 밝히는 것이 의미 있다고 판단된다. 또 작가들은 정사보다는 단지 소설로만 읽혀지기를 바랄 것이다. 김훈은 책의 앞머리의 〈일러두기〉에서 이것을 명백히 밝히고 있다. 그래서 『칼의 노래』를 정사보다는 단지 역사 속에 던져진 한 인물의 고뇌를 읽어야 한다. 작품은 허구적이지만 그 속에 담긴 작가의 의도 즉, 인물의 정체성을 파악해야 할 것이다.

---

2) 이재선, 앞의 책, 389쪽.

3) 이광수의 「마의태자」, 「단종애사」, 「이순신」, 「이차돈의 사」, 「세조대왕」 등의 일련의 역사소설, 홍명희의 「임꺽정」, 김동인의 「젊은 그들」, 「운현궁의 봄」, 박종화의 「금삼의 피」, 「대춘부」, 「전야」, 「다정불심」, 윤백남의 「흑두건」, 「대도전」, 이태준의 「황진이」, 현진건의 「무영탑」, 「선화공주」 등이 모두 이 시기에 등장하게 된 역사소설들이다.(이재선, 앞의책, 389쪽).

2. 죽살이의 경계

『칼의 노래』는 계속해서 살육(殺戮)이 자행되고 있다. 적과 전쟁으로 인한 아군의 살육과 전쟁의 공포, 즉 죽음의 공포 속에서 수군이 이탈하면서 내부적으로 이루어지는 살육이 그것이다. 전쟁터에서 수군이 이탈하면서 자행되는 삶과 죽음의 경계는 이순신 장군이 결정하는 문제다. 이순신의 결정에는 엄한 군율(軍律)이 있다. 다만 군율로 처형되는 수군의 처자식과 부모 형제의 슬픔을 대신할 수 있는가는 생각해 볼 문제다. 여기에는 이순신 장군이 겪게 되는 삶과 죽음, 그리고 슬픔이라는 인간의 실존적 고뇌가 숨겨져 있다.

역사의 한 가운데에는 늘 인간이 존재하기 때문에 작가는 역사 속의 인간의 고뇌를 그린다. 인간 존재란 때로는 상황 속에 놓일 때 더욱 극명하게 표현된다. 전쟁 상황에서 인간 존재란 삶과 죽음을 목도(目睹)하는 순간 가장 극명하게 표현될 수 있다. 전란 중에 김덕룡의 죽음과 곽재우의 삶을 통해서 이순신의 실존적 고뇌를 읽을 수 있다. 김덕룡은 충청도 부여에서 일어난 이몽학 반란과 관련하여 누명을 쓰고 처형당하지만 곽재우는 혐의를 벗어 살아 남는다. 이들 장수의 죽음은 임금이 결정한다. 여기서 이순신은 임금에게 목숨을 내놓지 말아야 한다고 결심하면서 적들의 적으로부터 죽음을 각오한다. 이는 임금에 대한 불충의 의미가 아니라 장수로서 진정한 죽음의 가치를 적들과 싸움에 바치겠다는 의미다. 즉 "신의 몸이 죽지 않고 살아 있는 한에는 적들이 우리를 업신여기지 못할 것입니다."(83쪽)라는 문구가 이를 뒷받침하는 것이다.

이순신의 죽살이의 경계를 또 한 번 가늠할 수 있는 것은 정탐병인 아베를 놓고 고민을 하게 된다.

살려주자, 살게 하자, 살아서 돌아가게 하자…… 내 속에서 나 아닌 내가 그렇게 소리치고 있었다. 아베를 죽여서는 안 된다는 울음과 아베를 살려 두어서는 안 된다는 울음이 내 몸 속에서 양쪽 다 울어지지 않았다. 몸 속 깊은 곳에서 징징징 칼이 울었다. 가장 괴롭고 가장 선명한 길을 칼은 가리키고 있었다.(상권, 175쪽)

죽살이의 경계에서 결국은 아베를 칼로 베고 만다. 이순신의 죽살이의 경계는 감정이 아니라 전쟁 상황에서 내린 판단이다. 그러나 죽살이의 경계는 이순신의 몫이다. 군율을 어긴 아군을 죽일 때나 적군을 죽일 때나 거기에는 항상 인간의 고민과 슬픔이 묻어 있다. "아베를 죽여서는 안 된다는 울음과 아베를 살려두어서는 안 된다는 울음이 서로 끌어안고 울고"(177쪽) 있기 때문이다. 결국 아베를 죽임으로써 자신은 인간의 슬픔의 추를 국란(國亂)이라는 현실 앞에 놓는다. 작가는 극한 상황에 던져진 인간의 슬픔을 우리 현실 앞에 던져 놓은 것이다.

3. 삶의 욕망

전쟁에서 살아 남기 위한 본능적 몸부림은 수군들이 탈출하려는 모습에서 볼 수 있다. 왜 죽음을 각오하면서까지 끝없이 탈출의 대열에 수군들이 서성이는가? 탈출 시도는 곧 죽음인 줄 알면서도 수병들이 탈출하는 것은 본능적으로 살고 싶다는 욕망의 몸부림인 것이다. 여기에는 인간이 죽음으로부터 벗어나 삶을 영위하려는 욕망이 깔려 있는 것이다. 소설에서는 김옥천이라는 인물을 통해서 작가는 삶의 욕망을 설명하고 있다. 작가는 김옥천이 살고자 하는 욕망을 직설적으로, 당당하게 드러내고 있다. 직설적으로 당당하게 드러낸다는 의미는 죽음 앞에서 굴복의 자세가 아니라 현실적 삶에 대한 적극적인 대항 의지이다.

　　김옥천은 작년에는 무과 병과에 급제한 자였다. 스물두 살이었고, 태껸
과 활 솜씨가 좋았다. 묶여 있었으나 그의 얼굴에는 젊음의 힘이 빛났다.
콧날이 완강해 보였다.
　　－어디로 가려 하였느냐?
　　－나는 단지 살고 싶었소. 여기가 아닌, 먼 섬으로 가려고 했소.(50쪽)

　　김옥천이 살기 위해 달아나려다 잡혀와 이순신과 주고받는 대화다.
여기서 김옥천은 죽음이 떠도는 전쟁터를 떠나 살고 싶다고 항변한다.
전쟁터에서 살아남기 어려운 것을 알기 때문에 〈먼 섬〉으로 달아나려고
했던 것이다. 〈먼 섬〉은 고소설에서 흔히 볼 수 있는 낙원 의식을 표현한
『홍길동전』의 〈율도국〉과 『허생전』의 〈무인공도〉와 같은 곳이다.4) 그
러나 사회 개혁을 요구하는 방편으로 건설한 이상향 〈율도국〉과 〈무인공
도〉와 생사의 갈림길에서 삶의 욕망으로부터 시작된 〈먼 섬〉이라는 점에
서 다른 것이다. 김옥천은 가장 개인적인, 아니 현실적인 삶과 죽음의 경
계에서 삶의 욕망을 보여 준 인물이다.
　　김옥천과는 달리 주인공 이순신은 적의 적으로써 최후를 맞이하려고
한다. 여기서 소아(小我)는 자신의 안위를 생각하는 자이고, 나라의 안위
를 걱정하는 자를 대아(大我)라고 한다면, 국가를 위해 영광스럽게 죽음
을 맞이하려는 이순신은 대아(大我)인 것이다. 작가는 개인적인 삶과 대
아적(大我的) 삶에 놓인 인간의 갈등을 보여 주려 했던 것이다.
　　문학의 보편적 주제는 생과 사의 본질을 다루는 것이다. 이 소설은
죽음이 무엇인가를 추상적으로 고민하는 것이 아니라 구체적인 상황에서

---

4) 김종회, 『한국소설의 낙원 의식 연구』, 문학아카데미, 1990, 20쪽.
　　㉠ 근대 의식의 생성과 그 주의 주장이 문학 작품을 통해 부각되기 시작한 조선조
　중엽 이후－허균의 『홍길동전』, 박지원의 『허생전』, ㉡ 일본 제국주의의 통치가 민족
　정신의 발현을 극단적으로 억압하고 올바른 사회적 가치관의 정립이 불가능하던 식
　민지 시대－이상의 『날개』, 채만식의 『태평천하』, ㉢ 파란 많은 근세사의 질곡을 척
　결하지 못하고 그 연장선상에서 정신적 갈등과 위기를 겪고 있는 현세적 상황－이청
　준의 『이어도』, 『비화밀교』, 황석영의 『장길산』 등.

삶과 죽음의 의미를 처절하게 생각하게 한다. 그래서 이 소설을 통해서
죽음 속에 감추어진 삶의 의미를 생각해 볼 시간을 가질 수 있을 것이다.
또한 생사 본질의 문제를 고민하게 되고, 생사 앞에 놓인 슬픔의 추를 가
만히 들여다 볼 수 있는 것이다.

제3부

문학론과 비평의 채색

- 시론 검토
- 소설론 검토
- 문학과 비평의 단상

1 시론 검토

1930년대는 모더니즘 문단의 주조적인 흐름의 시대였다. 따라서 프로문학과의 차별점을 인식할 필요가 있다. 넘치는 감정을 제어하지 못하는 감상적 내지는 서정적 낭만주의와 문학을 수단화 내지는 도구화하는 프로문학을 모두 거부한 것이다. 여기에 모더니즘 문학이 위치한 것이다.

1. 신흥문예의 두 갈래

1) 서론

한국 근대 문학에서 신흥문예(新興文藝)라고 할 때, 그에 대한 기준을 어떻게 잡아야 할 것인가? 다분히 내용적인 측면에서 다룰 것인지, 형식적인 차원에서 다룰 것인지 아니면 이 둘을 기준으로 잡아야 하는지 모호한 것이 사실이다. 이 문제의 실마리를 제공한 것은1) 1918년 9월에 창간된 ≪泰西文藝新報≫(1918년 9월~1919년 2월, 16호로 종간)이다. ≪泰西文藝新報≫의 발간은 당시의 문학적인 인식의 토대가 마련되었다거나, 또는 당시의 필요에 의해 발간되었다고 볼 수 있다. 이 최초의 주간지의 주요 내용은 창작시2), 번역시, 창작소설, 외국문학과 문단 사정의 소개, 시론 등으로 특히, 시와 해외시의 수입, 소개를 겸한 이론이 실려있다.3)

---

1) 원명수, 『모더니즘 시연구』, 계명대 출판부, 1987, 55쪽.
2) 신흥문예는 기존의 춘원·육당의 시에서 보여준 형태만의 관심과 달리 ≪泰西文藝新報≫에 발표된 김억·황석우의 시들은 개성적인 서정을 바탕한 개성적인 운율의 창조를 보여 주었기 때문에 최초의 근대 문학의 출발로 파악할 수 있는 것이다.
3) ≪국어국문학자료사전≫, 한국사전연구사(下), 2993~2994쪽.

이 잡지의 내용으로 보아 서구 문예에 의한 국내 문예의 영향관계를 엿볼 수가 있다. 또한 잡지 내용은 문학 중심이지만 음악·미술까지를 포함한 예술 전반이었으므로, 1920~30년대 문학에 영향을 끼친 미래파·입체파와 다다(Dada)의 가능성을 볼 수 있다. 그래서 외래사조의 수입에 대한 검토와 그것에 의해 변형된 내용적인 것들을 함께 주목할 필요가 있는 것이다.

1920년대 주로 목적 의식화된 프로문학과 후반에 등장한 모더니즘의 현상과 궤를 같이 하기 때문에 신흥문예와 무관한 것이 아니다. 프로문학의 이론가였던 임화는 1926년 당시에 미래파, 표현주의, 다다이즘과 같은 전위적인 신흥예술에 관심을 가지고 있었다는 것이 그 증거다. 또한 이상과 김기림의 시에도 입체파의 영향을 볼 수 있다. 이는 바로 외래사조의 수입에 대한 검토 없이는 신흥문예의 새로운 태동이 어렵다는 것을 반증하는 것이다. 따라서 본고는 여기에 전제를 두고 특히 신흥문예와 입체파를 살펴 볼 것이다.

또 1920년대 전반기에 신흥문예라는 통칭으로 모더니즘이 개인적 차원의 본능적 반항 의식 또는 기성 사회의 봉건적 질서가 조직에 대한 부정, 파괴 의식으로 이해되어 수용되었음을 주목해야 한다. 사실 1923, 4년경부터 현실상황에 대한 이해가 깊어지자, 미학적인 모더니즘에 대한 관심은 이루어지게 되었다. 문학에 대한 새로움의 인식과 더불어 초기에 아방가르드 문학으로 이해되고 있던 신흥문예는 이해의 폭이 넓어지자, 다음 단계에서 개성의 인식이나 개인적 반항의 차원은 계속해서 다다이즘, 초현실주의 등을 의도적으로 수용하게 되어 한국현대시가 형성해 온 자유로운 개성 내지 기법에 대한 인식을 드러내게 되었고,4) 역사와 사회

---

4) 간호배, 『초현실주의 시 연구』, 한국문화사, 2002.
   박근영, 『한국 초현실주의 시의 비교문학적 연구』, 단국대학교 박사학위 논문, 1998.
   박인기, 「한국 문학의 다다이즘 수용 과정」, 《국어국문학》(86호), 1981.
   이순옥, 『한국 초현실주의 시의 특성 연구』, 영남대학교 박사학위 논문, 1986.

에 대한 인식은 구체적으로 아나키즘과 프로문학에 대한 이해를 확대시키며 한국현대시의 사회의식을 형성하게 되었다. 특히 신흥문예와 모더니즘에 관해서 언급함으로써 30년대의 신흥문예의 방향성을 검토할 수 있는 것이다.

2) 신흥문예와 입체파

한국현대문학사에서 미래파, 입체파, 다다이즘 등을 끌어들이는 것은 그것들이 정작 현대문학사에 나름의 뿌리를 내린 예가 없기 때문에 이것들에 대한 논의는 큰 의미가 없다고 보았다. 이 때문에 이에 대한 심도 있는 논의가 이루어지지 않았다. 그러나 이런 언급이 일변의 타당성을 지니고 있지만, 외래사조의 유입과 함께 새로운 시대의 문학이 무엇인지 파악해 보려는 작가들의 노력의 결과로 보여지는 면을 부인할 수는 없다. 그래서 이전 시대와 달라진 현대 문학에 대한 새로운 의식을 형성하려는 의도적인 노력을 파악해야 할 필요성이 있다.5) 이들에 논의 가운데 특히, 1930년대 대표적인 작가인 이상, 김기림과 관련하여 입체파(立體派)6)에 대한 논의를 간략히 살펴보겠다. 입체파에서 시의 영향은 재래의 음율(音律)을 무시하고 시를 조형화하는 데 있다. 미술적 효과를 기도하려는 입체파 시인들은 언어의 회화적 요소를 십분 이용한 실험시를 썼던 것이다.

---

5) 박인기, 『한국현대시의 모더니즘 연구』, 단대출판부, 1988, 65~66쪽.
6) 입체파(Cubism) : 20세기 전위예술의 한 양식인 입체파(立體派)를 지칭하는 말. 피카소가 시조로 되어 있는데 윈덤, 루이스 등이 이를 영국에 소개했다. 자연의 사물을 단순화시킨 화면과 선과 기하학적인 형을 써서 단색으로 그려, 동시에 여러 관점에서 표현하고자 하는 것을 말한다. 문학에서는 이미지의 괴상한 연합과 분리에 의해서 사물의 구조관계를 추상적으로 표현하고 몇 개의 관점을 동시에 환기함으로써 하나의 실체를 제시하고자 시도하는 기법을 말한다. 에즈라 파운드가 이미지즘에서 큐우비즘으로 관심을 바꾸어 간 것은 잘 알려진 일이다.

입체파는 본질적으로 19세기에 대한 반동으로 나타난 유파이기 때문에 상징주의적 서정의 리듬을 부정하였고, 19세기적 모순에 대한 혁신적 의지를 폭력적으로 표현하려 하였다. 동시에 자연을 기하학적 기본형에 환원시켜 언어 그 자체를 입체화하고 사물을 철저히 분석하여 재구성하려는 독특한 미학을 주장하였다. 입체파의 시학적 특징은7) ① 시의 조형화, 형식화 ② 사물의 분석, 분해의 재구성법 ③ 동시공존법 ④ 기하학적 추상법 등으로 대별할 수 있다. 1930년대의 대표적인 시인인 이상과 김기림의 작품이 접점을 이루게 된다. 시의 의미를 파악하기보다는 입체파의 시학적 특징과 관련하여 본다면 이상의 경우,

前後左右를除하는唯一의痕迹에있어서
翼殷不逝目不大覩
胖矮小形의神의眼前에我前落傷한故事를有함.

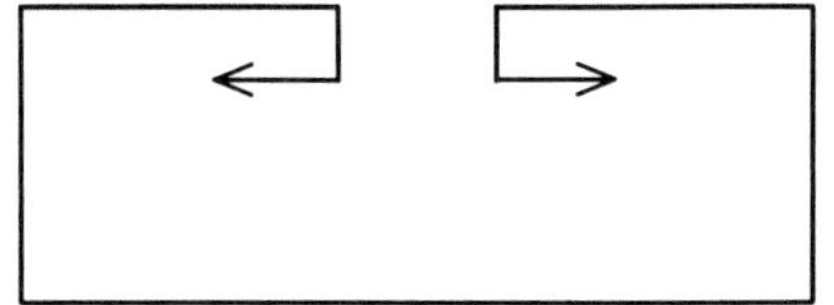

臟腑라는것은侵水된畜舍와區別될수있을는가
-李箱, 「烏瞰圖 詩第五號」의 전문

입체파 회화의 이론적 근거를 제공한 시인은 아뽈리네르였다. 아뽈리네르에서 볼 수 있는 그림의 시나 도식의 시, 활자 그림의 시에는 새로움과 놀라움을 보여주었던 것처럼 이상의 「烏瞰圖」에서도 이러한 ① 시의 조형화, 형식화를 통해 새로움을 발견할 수 있다.

1930년대 모더니스트 시인, 이론가인 김기림의 시에서도 입체파의 시학적 특징을 발견할 수 있다.

---

7) 구연식, 『한국시의 고현학적 연구』, 시문학사, 1986, 19~35쪽 참조.

月

火

水

木

金

土

하나 둘

하나 둘

일요일로 나가는 「엿둘」소리

-金起林,「日曜行進曲」의 1 부

경사진 계단을 내려오는 느낌(물론 시간적인 변화를 수반하면서)을 주는 활자 배열은 입체파의 시학적 특징인 ④ 기하학적 추상법을 보여준 작품이다. 이는 이전의 시문학에서 보여준 낭만주의와 리얼리즘의 테두리에서 신흥문예의 영역 확대를 가져온 외래사조의 영향에 의한 기교적인 측면인데, 이의 영향을 부정할 수는 없다.

3) 신흥문예와 모더니즘

1920년대의 신흥문예는 20년대 초기의 한국시를 강한 신(新)형식에의 욕구를 보여주면서, 문학 내용의 변화 없이 형식의 실험만 이루어내고 있다고 할 수 있다.[8] 내용적인 변화를 가져오지 못함으로써 또 다른 신(新)의 문제를 야기시켰다. 내용적인 면에서 신(新)의 문제는 1920년대 목적 의식의 프로 문학과 도시 문물, 언어의 세련성을 보여 준 모더니즘으로 나타났다고 볼 수 있다. 그렇다면 신흥문예로서 모더니즘의 관계를 어떻게 볼 것인가? 이는 문학사가 단절적인 것이 아니라 지속적인 면이 강조되기 때문에 20년대의 신흥문예가 30년대의 맥으로 변화 연결되

---

8) 강은교,「신흥문예 연구」, ≪국어국문학≫(11집), 동아대학교, 1992, 69쪽.

었다고 볼 수 있다. 즉 한국시의 두 개의 큰 흐름이라고 할 수 있는 20년대의 후반의 카프 문예와 1930년대의 모더니즘의 양면으로 흘러들어 간 것이다.9)

『廢墟』, 『白潮』의 탐미적이며, 퇴폐적이고 향락적인 색채를 지닌 문학에 반기를 든 새 기류의 문학은 이들의 문학이 생활에서 도피한 무기력하고 몽환적인 문학이라 전제하여 이에 맞서는 신흥문학이 나타나게 되었다. 이러한 시대적인 분위기 속에서 한국문단 최초로 신흥문예의 기운을 불어넣은 것은 김기진이었다. 그는 당시 일본 유학생으로 그 무렵 도쿄에서 유행한 민중예술론, 또는 사회주의적 문학이론에 매혹되었다.10) 그에 의하면 『白潮』파의 시는 도피적 영탄조의 것으로 인간의 생활 현장인 땅에 발을 붙이지 못한 문학이라는 것이었다. 『白潮』파의 시와 문학이 현실의 강렬한 열가(熱歌), 즉 힘의 예술이 되어야 한다는 게 그의 주장이었다. 김기진의 이와 같은 호소는 그 자체로 뚜렷한 행동 철학을 갖지 못한 『白潮』파 문인들에게 상당한 충격이 되었다. 1923년 9월 『白潮』(3호) 동인으로 참가한 김기진의 등장은 『白潮』 붕괴의 동기가 되었다. 『白潮』 붕괴는 1923년 무렵의 일본 및 한국 사회 현상이며, 김기진의 등장이 그 다른 하나이다.

실제적인 프롤레타리아 문학 운동은 동경유학생 김기진이 귀국, 『白潮』파를 붕괴시키며 박영희와 손잡고 『開闢』을 중심으로 활발한 활동을 전개함으로써 시작된다. 신경향파 문학을 국내에 도입한 사람은 김기진이었다.11) 물론 신경향파 문학은 단순히 『白潮』파에 대한 반동만이 아

---

9) 강은교, 앞의 책, 70쪽.

10) 김윤식, 『박영희 연구』, 열음사, 1989, 32쪽.
　　1920년대 일본 문단의 상황을 살펴보면, 19세기말 시대를 거쳐 자연주의 문학 시대를 지나서- 특히 일본 특유의 자연주의(Japanese Naturalism)는 구사상에 대한 저항, 현실 폭로의 특징- 자연주의 붕괴 뒤에 ① 탐미주의 ② 인도주의 ③ 계급주의로 나타남.

11) 기존 논의들은 일본에서 귀국한 김기진(金基鎭)이 ≪白潮≫ 3호(1923. 9)때부터 동

니라 당시의 문단 일반에 대한 비판문학으로서 등장한 것이다. 즉『開闢』지에 발표된 김기진의 평론은 부르조아 문학에 대한 비판과 아울러 신흥문학 제창으로 점철되어 있었다고 볼 수 있다.

카프의 경우 1935년에 탄압과 내부적인 갈등 속에서 해체를 선언하지만, 시대적인 요청에 의해서 만들어진 내용 중심의 〈力의 藝術〉인 점으로 본다면 신흥문예로서 그 몫이 있다고 할 것이다. 1910년대 형식 중심의 신흥문예에서 내용 중심의 신흥예술의 면모를 보여주었기 때문이다. 한편으로 카프에 대항하기 위해서 형성되었던 민족문학파(국민문학파)가 친일했고, 해외문학도 〈구인회〉도 친일활동을 했다는 점으로 비추어 본다면 문학정신적으로도 충분히 1930년대 신흥문예로서 위치에 서 있다고 하겠다.12)

모더니즘의 경우 김기림, 김광균, 정지용 등이 영미 이미지즘의 영향으로 인해서 신흥문예의 길을 걷게 되었고, 이상, 박태원, 최명익, 단층파 등의 작품은 초현실주의·다다·심리주의의 영향으로 새로운 문학의 길을 열었다. 물론 이들이 안고 있는 공통점은 특히, 김기림과 정지용의 경우 이론이 피상적인 이해로 인해 실패했다고 볼 수도 있다.13) 그럼에도 불구하고 한국현대 문학에서 차지하는 모더니즘의 비중을 간과해서는 안 된다. 즉 미적 가공 기술의 혁신과 언어의 세련성을 특징으로 삼는 모더니즘 문학이 한국문학의 발전을 가져온 공과가 그것이다.

4) 결론을 대신하여

인으로 가담하여 몇 편의 시와 그리고 수필「떠러지는 조각조각」에서, 도깨비같고 유령같은 조선의 생활이 지금보다 더 나은 생활로 만드는 것이 문학의 역할인데, 이러한 역할을 위해 예술가는 필요한 것이라고 역설하면서 예술가는 생활을 지도할 사람, 생활의 선각자가 되어야 한다고 주장한다. 이로써 ≪白潮≫ 동인들이 분열되고 신경향파가 출현되었다고 언급하고 있다.
12) 역사문제연구소,『카프문학운동 연구』, 역사비평사, 1994, 253쪽.
13) 송욱,「한국 모더니즘 비판」,『시학평전』, 일조각, 1963, 참고

신흥문예에 대한 논의를 검토하면서 우선 개념에 대한 모호성으로 인하여 논의의 처음을 잡는데 상당히 곤혹스러웠다. 왜냐하면 그것이 외래사조의 영향인지, 아니면 시대적인 상황에 따른 자생적인 것인지에 대한 기준에 주춤거릴 수밖에 없기 때문이다. 그럼에도 불구하고 이전의 문예와는 다른 새로운 형태를 지닌 문학이면 모두 신흥문예의 개념으로 확장하여 이해한다면 앞에서 논의한 대로 크게 모더니즘과 카프(KAPF) 영역으로 대별될 수 있지 않겠는가?14)

현대문학의 여러 경향 중에 전시대의 문학과 달리 특별히 전위적이고 실험적인 것만이 모더니즘과 관계가 있다는 논의는15) 신흥문예로 두고, 하위 개념으로 내용적 측면에서 신흥문예를 보여준 것이 카프문예로, 또한 면으로는 기법적(형식적) 측면에서 신흥문예를 보여준 모더니즘으로 본다면 무리인 것인가. 여기서 형식적 측면이라는 것은 입체파의 형태적인 영향 관계가 있는 김기림과 이상 시와는 다른 관점이다. 이는 외래사조와 영향 관계에 있는 신흥문예로 보아야 하기 때문이다.

지금까지 살펴 본 신흥문예의 입장에서 모더니즘과 카프의 경우를 간략히 정리하면서 좀더 깊은 논의를 위해 재검토의 전제가 남아 있다는 것을 밝혀 둔다.

영역 구분	모 더 니 즘	카프(「白潮」의 붕괴 후)
영 향	서 구	일 본
작 가	입체파 (김기림, 이상 등)	팔봉, 회월

---

14) 강은교는 1920년대를 중심으로 논의한 것으로, 카프문예도 모더니즘도 신흥문예를 '新' 형식의 전위예술로 수용했으며, 일정 부분 전개시켜갔다고 보았다.
15) 이상섭, 『문학비평용어사전』, 민음사, 1976, 63~64쪽.

차 이 점	① 외래 사조의 새로운 형식 ② 기존의 낭만주의에 대한 새로운 형식의 요구에 부응(프로의 편내용주의에 따른 변동으로 확대)	① 새로운 내용주의(力의 藝術) ② 퇴폐적, 탐미적, 향락적인 문학에 대한 반동
공 통 점	국내외의 시대 상황 속에서 문예 사조의 새로운 활로를 찾기 위한 민족적인 자각에서 출발한 신흥문예 운동.	

참고 문헌

강은교 외, 『한국 근대문학비평사 연구』, 세계사, 1989.

, 「신흥문예 연구」, 《국어국문학(11집)》, 동아대학교, 1992.

구연식, 『한국시의 고현학적 연구』, 시문학사, 1986.

김기림, 『길』, 깊은 샘, 1993.

, 『시론』, 앞선 책, 1994.

김경린, 『알기 쉬운 포스트 모더니즘과 그 주변 이야기』, 문학사상사, 1994.

김복희, 『아버지 팔봉 김기진과 나의 신앙』, 정우사, 1995.

김성기 外, 『모더니티란 무엇인가』, 민음사, 1989.

김윤식·정호웅, 『한국문학의 리얼리즘과 모더니즘』, 민음사, 1989.

김윤식, 『박영희 연구』, 열음사, 1989.

김용직, 『모더니즘 연구』, 자유세계, 1993.

김학동, 『김기림 연구』, 새문사, 1988.

문덕수, 『한국모더니즘시연구』, 시문학사, 1992.

박인기, 『한국현대시의 모더니즘연구』, 단대출판사, 1988.

박상천, 『한국현대시의 비평적 성찰』, 국학자료원, 1990.

백낙청, 『모더니즘과 리얼리즘』, 창작과 비평사, 1984.

서준섭, 『한국모더니즘 문학 연구』, 일지사, 1993.

송욱, 『시학 평전』, 일조각, 1963.

송현호, 『문학사기술방법론』, 새문사, 1991.

오세영, 『20세기 한국시연구』, 새문사, 1995.

이승훈, 『모더니즘 시론』, 문예출한사, 1995.

─────, 『포스트모더니즘 시론』, 세계사, 1993.

임규찬 엮음, 『일본 프로문학과 한국문학』, 연구사, 1990.

원명수, 『모더니즘시 연구』, 계명대학교 출판사, 1987.

전홍실, 『영미 모더니스트 시학』, 한신문화사, 1994.

최유찬, 『1950년대 남북한 문학 연구』, 평민사, 1991.

최혜실, 『한국 모더니즘 소설 연구』, 민지사, 1992 .

유진 런, 김병익 옮김, 『마르크시즘과 모더니즘』, 문학과 지성사, 1993.

찰스 젱크스, 신 수현 옮김, 『포스트 모더니즘』, 열화당, 1993.

Chris Weedon, 이화 영미문학회 옮김, 『포스트 구조주의와 페미니즘 비평』, 한신
　　　　문화사, 1994.

M. 칼리니스쿠, 이 영욱 外 옮김, 『모더니티의 다섯 얼굴』, 시각과 언어, 1993.

2. 1930년대 시 비평의 양상

1) 서론

1930년대 한국 비평 문학사의 전개 양상은 한 마디로 '잡다한 백화점식 문학 이론의 나열'시대였다.[1] 왜냐하면 다양한 문학 논의가 논쟁 형식을 띠고 구체적 작품에 대한 분석이 부족한 탓이기 때문이다. 이러한 논쟁 형식의 한국비평문학사를 비교적 잘 정리한 저서는 임헌영·홍정선 편의 『한국근대비평사의 쟁점』(동성사, 1986)과 김영민의 『한국문학비평논쟁사』(한길사, 1992)이다. 이 두 저서 역시 1930년대 비평사를 논쟁 형식으로 정리하고 있다. 그리고 한국 비평 문학사에서 중요한 역할을 담당한 백철, 조연현, 김윤식 등은 1930년대 비평사를 다음과 같이 정리하고 있다.[2]

　　가) 백철[3] 『조선신문학사조사』(백양당, 1949): 30년대 전반기를 파

---

1) 임환모, 「제2장 1930년대 한국문학비평 개관」, 『문학적 이념과 비평적 지성』, 태학사, 1993, 34쪽.
　　우선 대표적인 문학론과 논의 시기, 주요 논객을 몇 가지만 정리하면, 「대중화론과 변증법적 사실주의론」(1929~1931:임화, 김남천 등), 「전향론」(1934: 박영희, 백철, 김기진), 「지성론과 주지주의 문학론」(1934~1938: 최재서, 김기림 등) 등이다. (인환모, 앞의 책, 34~35쪽 참고)
2) 임헌영, 「1930년대 비평 개관」, 『1930년대 민족 문학의 인식』, 한길사, 535쪽.
3) 본명은 백세철(白世哲, 1908-1985). 백철은 1930년대 초 카프의 비평가로서 문단에 등장한 이후 그이 비평의 핵심이라 할 수 있는 인간탐구론, 휴머니즘론을 제기하면서 카프를 탈퇴한다. 전향 후 그는 문단의 중요한 쟁점에 논쟁적으로 참가하였고, 해방 이후에도 신윤리 문학론, 신세대론, 뉴 크리티시즘의 소개, 전통계승론, 민족민학론 등 줄곧 문제 제기적 혹은 논책적 평문을 발표하여 문단의 주목을 이끌어내왔다. 백철 비평의 끊임없는 변모와 그 문단 주도 지향적 특징은 결국 그의 성격과 새로움을 향한 모색의 열정이 그 뒷받침이 되었다고 할 수 있다.(이주형, 「백철론-새로움을 향한 모색의 도정」, 『한국현대비평가연구』, 강, 1996, 56쪽)

시즘의 대두로 보면서 현대문학사조의 분화기로 분류한다. 문학적 상황을 불안 문학으로 보면서 구인회와 예술파의 등장에 따른 기교파·모더니즘·행동주의·휴머니즘 등을 주요 사조로 꼽았다. 30년대 후반기는 주조 상실과 문학지 시대로 평가하면서 풍자·농촌취재·복고주의 등을 거론했다.

나) 조연현4) 『한국현대문학사』(성문각, 1969): 동인지 문단 시대에서 사회적 문단 시대로, 순문학과 대중문학의 분리, 근대문학적 성격에서 현대문학적 성격으로 변모했다고 보면서 이 연대를 순수문학의 형성기로 평가했다. 순수문학의 주체로는 해외문학, 구인회, 시문학파를, 그 주요 사조로는 주지주의와 신심리주의를 들었다.

다) 김윤식 『한국근대문예비평사』(일지사, 1976): 〈전형기의 비평〉으로 평가하면서 파시즘과 인민 전선의 대립과 갈등을 문학 창조의 중요 요인으로 기술했다. 휴머니즘·지성·포즈-고발-모럴·예술주의·고전론(1933-1939)과 동양 문화·세대론·신체제론(1940년 전후) 등을 비평 문학의 주요 쟁점으로 부각시켰다.

이처럼 1930년대는 다양한 문학론이 전개되었음을 알 수 있다. 특히 1930년대 비평 문학의 전개에서 국제 상황-청일전쟁(1894), 노일전쟁(1904), 만주사변(1931), 중국침략전쟁(1937)과 1차대전(1914), 2차대전(1939), 태평양전쟁(1940) 등, 일제 파시즘이 몰고 온 파장을 고려해야 한다. 왜냐하면 국제 상황과 일제 파시즘으로 카프 문학이 성립·퇴조하면서 문학 비평의 방향이 전환되면서 다양한 비평 형식이 전개되었기 때문이다.

본고에서는 첫째, 1930년대 카프 문학의 해산과 이를 둘러싼 논쟁이

---

4) 그는 '면도칼'이라는 별명이 붙을 정도로 해방 공간의 비평계에서 활발한 평론 활동을 감행한 바 있다. 평론집 『문학과 사상』(1949)은 김동리 평론집 『문학과 인간』(1952)과 더불어 뚜렷한 비평사적 업적에 해당되는 것이다.(김윤식, 「조연현론-근대와 반근대」, 『한국현대비평가연구』, 121쪽)

성했던 시기이다. 따라서 "30년대 비평 문학은 카프의 해산(1935년 5월 21일)5)과 이를 전후한 이론적 대응관계를 그 첫째 조건으로 검토해야 될 것이다."6) 이 때 카프의 중요한 역할을 한 회월 박영희와 팔봉 김기진의 논쟁을 알아 둘 필요성이 있다.

둘째, 1930년대는 다양한 문학론 주장의 시대였다. 특히 모더니즘 문학에 대한 공과를 알아 둘 필요가 있다. 여기에는 정지용, 김기림, 그리고 〈구인회〉에 대해서도 알아 둘 필요가 있다.

2) 카프(KAPF) 문학의 양상

일본에서 귀국한 김기진(金基鎭)이 ≪白潮≫3호(1923. 9)에 동인으로 가담하여 발표한 몇 편의 시와 그리고 수필 「떠러지는 조각조각」에서, 도깨비같고 유령같은 조선의 생활이 지금보다 더 나은 생활로 만드는 것이 문학의 역할인데, 이러한 역할을 위해 예술가는 필요하다는 것이다. 여기서 예술가는 생활을 지도할 사람, 생활의 선각자가 되어야 한다고 주장함으로써, 영탄(詠歎)과 애수(哀愁), 한(恨)의 로만주의 문학 세계의 중심인≪白潮≫(1922년 1월 창간-홍사용, 박종화, 박영희 등) 동인들이 분열되었다. 그리고 종래의 로만주의에 대해 신경향인 '新傾向派'(박영희)의 출현이 이루어지게 된다.7)

---

5) 임화·김기진·김남천이 경기도 경찰부에 해산계를 제출함(김윤식, 「제1장 프로문학의 성립」, 『한국근대문예비평사연구』, 일지사, 1973, 37쪽)

6) 임헌영, 앞의 책, 536쪽.

7) ≪국어문학자료사전≫, 한국사전연구사편, 1804쪽.
　≪白潮≫의 붕괴는 1920년대 한국 문학의 가장 중요한 사건 중의 하나라 할 수 있다. ≪白潮≫파는 시인적 기질의 집합이었음에도, 문제는 이 파 속의 중심분자인 월탄, 회월, 상화가 정작 ≪白潮≫를 붕괴케 하는 역할을 하게 되는 데 있는 것이다. 1923년 ≪白潮≫3호 (9월) 동인으로 김팔봉의 등장은 ≪白潮≫ 붕괴의 직접적인 동기가 되었다고 볼 수 있다. ≪白潮≫ 붕괴는 두 가지 관점에서 고찰할 수 있다. 그 하나는 1923년 무렵의 일본 및 한국 사회 현상이며, 김기진의 등장이 그 다른 하나

실제적인 프롤레타리아 문학 운동은 동경유학생 김기진이 귀국(1923년 7월 「프로므나드 상티망탈」을 발표), 백조파를 붕괴시키며 박영희와 손잡고 ≪개벽≫을 중심으로 활발한 활동을 전개함으로써 시작된다. 박영희의 여러 기록에서도 알 수 있듯이 신경향파 문학을 국내에 도입한 사람은 김기진이었다. 물론 신경향파 문학은 단순히 『白潮』파에 대한 반동만이 아니라 당시의 문단 일반에 대한 비판 문학으로서 등장한 것이다. 즉 ≪개벽≫지에 발표된 김기진의 평론은 부르조아 문학에 대한 비판과 아울러 신흥문학 활동의 제창으로 이루어졌다고 볼 수 있다.

여기서 한 가지 짚고 가야 할 문제는 근대 비평 문학사에서 중요하게 다루어지는 회월과 팔봉의 〈내용·형식〉 논쟁이다. 팔봉의 〈문학건축론〉은 문학이 무엇인가의 문제이고, 회월은 문학의 역할(문학의 기능/ 태도)에 관한 문제였다. 박영희는 프로문학가로 변모한 뒤, 1925년부터 1926년 사이 2년 동안 왕성한 작품 활동을 시작한다. 첫 번째 소설 「전투」(≪개벽≫, 1925년 1월)를 발표하는데, 이 작품은 작품의 사건, 구성 원리보다는 구호와 연설의 형식, 작가의 사상 전달이라는 목적성이 두드러진 작품이다. 그 해 4월 발표한 「사냥개」에서도 반복된다. 또 「지옥순례」(≪조선지광≫, 1926년 11월), 「철야」(≪별건곤≫, 1926년 11월)도 박영희의 소설 작법을 그대로 드러낸다. 이런 박영희의 소설에 대해 김기진은 계급의식과 목적이 뚜렷함은 인정되지만 소설화 과정에서 실패했다고 비판한다.8) 이러한 김기진의 평가에 대해 박영희는 프로 문예 비평가는 작품에 나타난 사회적 의식이 기준이어야 한다는 주장이었다.

카프의 경우, 1935년에 일제의 탄압과 내부적인 갈등 속에서 해체를 선언하지만, 시대적인 요청에 의해서 만들어진 내용 중심의 '力의 藝術

이다. 이 후자는 한 촉매작용이 되었던 것, 즉 부차적 의미를 띤 것으로 보아야 될 것이다.

8) "소설이란 한 개의 건축이다. 기둥도 서까래도 없이, 붉은 지붕만 입히어 놓은 건축이 있는가?"(김기진, 「문예월평」, ≪조선지광≫ 26호, 1926. 12)

(박종화)인 점으로 본다면 신흥문예로서 그 몫이 있다고 할 것이다. 더구나 카프에 대항하기 위해서 형성되었던 민족문학파(국민문학파)가 친일했고, ≪해외문학≫도 ≪九人會≫도 친일 활동을 했다는 점으로 비추어 본다면 문학정신사적으로도 충분히 1930년대 신흥문예로서 위치에 서 있었다고 하겠다.9)

3) 문학 논쟁과 모더니즘(Modernism) 문학의 양상

1920~30년대 국내 문단 상황은, 첫째로 국민문학파(육당,춘원, 노산, 가람 등, 프롤레타리아 논쟁, 시조 부흥 운동), 둘째로 프로문학파(팔봉, 회월 등), 셋째는 해외문학파(海外文學派-김진섭, 이헌구, 함대훈 등, 프로문학계열로부터 한국 현실에 맞지 않는 부르조아문학이라는 비판), 넷째는 시문학파(詩文學派-김영랑, 정지용, 박용철, 수주 등 서정시 본위)의 활동으로 나누어 볼 수 있다. 여기에서 카프는 국민문학파·해외문학파와 문학관의 차이를 보인다.10)

특히 1930년대는 모더니즘 문단의 주조적인 흐름의 시대였다. 따라서 프로문학와의 차별점을 인식할 필요가 있다. 1920년대 후기는 전대에서부터 계속되어 흐르던 감상적 내지는 서정적 낭만주의와 프로문학이 횡행하던 시대였다. 이러한 상황에서 모더니즘 계열의 시인들은 1920년대의 두 가지 문학 운동을 모두 부정하면서 문학 활동을 했다. 넘치는 감

---

9) 역사문제연구소, 『카프문학운동 연구』, 역사비평사, 1994, 253쪽.

10) 해외문학파-해외문학파라는 명칭은 조직이 아닌데, 카프의 맹원이었던 宋影·林和 등이 가상적으로 지었다. 鄭寅燮은 프로문학이 일본의 철저한 모방, 追隨主義임을 비판한다. 이에 비해 홰외문학파는 "문학주의의 일체를 내포하고 객관적 견지에서 외국 것을 한국화하고 한국 것을 외국화하는데 그 종합적 명제의 초점과 목표" 가 있기 때문에 정인섭의 비판은 타당성이 있다(김윤식, 「제4장 해외문학파」, 『한국근대문예비평사연구』, 일지사, 1976, 143쪽).
조선주의(양주동)를 바탕한 국민문학파(1925~1930년 후반)와 카프 논쟁도 참고. 국민문학의 핵심은 조선주의라고 보고, 조선 민족 정신의 발현으로서 고전의 부활로 향토성·민족성을 강조했지만 팔봉은 국수주의라고 비판(124~125쪽).

정을 제어하지 못하는 감상적 내지는 서정적 낭만주의와 문학을 수단화 내지는 도구화하는 프로문학을 모두 거부한 것이다. 여기에 모더니즘 문학이 위치한 것이다. 논의할 수 있는 작가는 정지용, 김기림, 《九人會》를 들 수 있다.

정지용의 경우, 모더니즘의 제반 문제와 현대시의 기점에 대한 최근의 논의들을 살펴보면, 대개가 모더니즘과 현대시의 기점을 1926년으로 설정하여 논의를 전개하고 있다. 이는 정지용의 시로부터(1926, 《學潮》 창간호에 「카페-프란스」, 「슬픈 印象畵」, 「爬虫類 動物」 등을 발표) 논의되어야 하기 때문이다.11) 그의 문학적 경향은 대체로 다음과 같다.

정지용은 두 권의 시집과 두 권의 산문집이 있다. 『정지용시집』(시문학사, 1935,건설출판사, 1946)과 『백록담』(문장사, 1941) 그리고 『지용문학독본』(박문출판사, 1948, 49)과 『산문』(동지사, 1949) 등이 그것이다. 이러한 발표된 작품과 산문을 통해서 그의 문학관을 개략해 보면, ① 순수시적 태도 ② 언어예술의 자각 ③ 감상주의 배제 ④ 시의 사상성 ⑤ 고전

---

11) 그러나 과연 이는 타당한 논의인가? 부정적인 견해는 크게 두 가지로 논의할 수 있다. 하나는 모더니즘의 선두주자인 정지용이 1922경에 모더니즘 시를 창작 발표했기 때문에 모더니즘의 기점을 1926년으로 잡는 것은 문제가 있다는 것이며, 또 하나는 정지용의 시와 주요한의 시가 매우 유사하기 때문에 그들의 시를 연속관계에서 파악할 수 있으며, 이 때문에 모더니즘의 기점을 훨씬 앞당길 수 있다는 것이다. 물론 이러한 견해는 일면 타당성이 있는 것으로 보인다. 그러나 정지용의 시가 1922년에 창작되었느냐, 아니면 1926년에 창작되었느냐 하는 문제는 구체적인 자료를 토대로 실증적인 작업에 의해서 검증되어야 하겠는데, 1922년에 창간되었다는 〈搖籃〉지가 정작 유실된 현재의 상황에서는 당대의 시대적 상황과 시적 특성 그리고 몇몇 사람들의 회고를 참작하여 고증할 수밖에 없는 실정이다. 그리고 〈搖籃〉지가 지닌 성격 등을 분석하여 그러한 고증의 합리성을 입증할 수밖에 없다. 그런데 실은 〈搖籃〉지가 등사판 회람잡지로서 몇몇 문학도들끼리 작품을 발표하여 돌려보았다는 점에서, 설령 이 시기의 작품들이 창작 발표되었다고 할지라도 문단 데뷔 이전의 습작기에 해당되는 이 시기의 작품 발표연대를 공식적인 발표연대로서 상정할 수 있을 것인지에 대해서는 다소 회의적이라고 하지 않을 수 없으며, 회고기를 쓴 사람조차도 〈搖籃〉지를 지니지 못했고 기억이 희미하다는 말을 자주 쓴 점으로 보아 〈搖籃〉지의 의의는 물론 정지용의 작품들이 실렸을 것인지에 대해서는 다소 의문시된다고 하지 않을 수 없다.

정신 등으로 파악된다.(오탁번)

 김기림의 경우, 1930년대 한국 모더니즘 운동에 있어 창작과 비평의 양면을 통해서 가장 광범위하게 활약한 사람은 김기림이다. 문명비판적인 창작시집 『氣象圖』(창문사, 1936, 산호장, 1948)와 『태양의 풍속』을 위시해서 『문학개론』, 『시론』, 『시의 이해』 등의 문학이론서와 비평집, 그리고 『바다와 육체』와 같은 수필집을 내기도 했던 김기림은 19세기를 변호할 수 있는 아무런 말도 알지 못한다고 말하면서 새로운 시대의 시를 제창했다. 그가 새로운 시대의 시라고 생각했고, 한국문학사에 기여하려고 시도했던 것은 낭만주의적인 시를 배제하고 주지주의적인 시 세계를 형성하는 것이었다. 시는 "넘치는 감정의 자연발생적 폭발"이라는 주정적인 문학관을 거부하고 주지적인 시 세계를 형성하려 한 것이다. 이러한 문학관은 문명비판적인 시를 쓰게 하고, 새로운 수법의 시를 시도하도록 했는데 영미의 이지지즘과 엘리어트의 영향 하에서 이루어진 것으로 알려져 있다.

 김기림이 첫 번째로 낸 시집은 『氣象圖』인데, 문명비판을 주제로 작품으로 알려져 있다. 김우창 등에 의해 한국의 현실인식과 역사의식이 결여된 작품으로 비난받고 있지만, 김기림은 한국의 문제는 세계 문제의 일부분이라는 사고방식에서 쓴 것이다. 그리고 세계문제를 다루듯이 간접적이고 우회적인 수법으로 한국의 현실을 비판한 작품이라 할 수 있다.

 《九人會》의 경우, 30년대 모더니즘은 1933년 《九人會》의 조직과 함께 이를 매개로 한 본격적인 운동기에 접어든다. 이 문학 단체가 조직되기 전에도 다다이즘에서 벗어나 서정성을 가미한 모더니즘풍의 시를 쓰고 있었던 김화산, 박팔양의 활동, 《시문학》(1930), 《가톨릭청년》(1933.6)지를 중심으로 한 정지용·신석정·장서언·이상 등과 비평가 김기림의 새로운 감각의 시작 활동이 있었고, 박태원·이태준 등의 새로운 스타일의 소설이 시도되고 있었다. 그러나 이들 중에서 역량있는 시인 소설가들이 대거 ≪九人會≫ 회원으로 참가하고, 그들이 중심이 되어 그 새로운 문학에 대한 이론을 체계화하는 한편 이를 적극적으로 실천하면서 모더니즘은 동시대 문단의 중심적인 문학 양식의 하나로 부각, 문학 운동적인 성격을 획득하게 된다. 이는 ≪九人會≫가 모더니즘의 중심적 단체임을 뜻하는 것이다. 모더니즘이 외면적인 뚜렷한 조직이나 선언서, 그리고 이렇다 할 기관지도 없이 문단에 그 위치를 정립시키고, 창작 방법론적인 면에서 이후, 신진 시인(작가)들에게 상당한 영향력을 행사할 수 있게 된 것은 이 ≪九人會≫의 결성과 그 매개적 역할 때문이다.

4) 결론

첫째, 1920년대 ≪白潮≫ 중심의 감상주의의 문학에 대항하기 위하여 새로운 형태의 문학이 양산되었는데, 이 때 카프의 단체가 대두되었다. 팔봉과 회월의 논쟁을 축으로 감상 비평 수준을 넘어선 일정한 비평 틀을 가지고 있었지만 도식주의에 빠진 것이 맹점이다.

둘째, 한국 모더니즘의 기점을 1926년으로 본다. 이는 영미 모더니즘의 도입과 소개로 1926년부터 시작되어 1930년대 중반기에 이르러 절정을 이루게 된다. 이에 대표적인 시인으로는 정지용, 김기림, ≪九人會≫ 회원들로 볼 수 있다. 따라서 제한적이기는 하지만 이들의 활동을 통해서 1930년대의 모더니즘의 성격을 어느 정도 규명할 수 있다고 보여진다. 정지용의 경우, 그의 문학에 있어서 언어예술의 자각과 감상주의 배제를 들 수 있다. 김기림의 경우, 1930년대 창작과 비평의 왕성한 활동을 했던 작가이다. 그의 문학에 있어서 문명비판적인 시 세계는 낭만주의적인 시 세계를 배격하고 주지적 시 세계를 주창했다. ≪九人會≫의 경우, 이들 구성원이 창작 기술의 혁신과 문학 형식의 변화를 추구하는 모더니즘 문학의 본격적인 활동을 한 단체이다. 이들 구성원의 집단적 성격을 일별하기는 힘들지마는 대체로 1933년에 결성하면서 도시적 소재와 근대문명을 다루고 있었음을 알 수 있다.

이상에서 살펴보았듯이 1930년대 문학 비평론은 카프의 중간 과정과 해체, 또 이 과정에서 빚어진 국민문학파·해외문학파 논쟁, 모더니즘 문학론으로 요약할 수 있다.

표 1

구분	성립	과정	해체/변화	비평사적 의의
프로문학	① 1923년, 신경향파로 시작 ② 김기진, 박영희 중심	① 1927년, 목적의식론(방향전환) ② KAPF로 명칭 변경(조직화됨)	① 1935년 카프 해체	① 해외문학파와 대립 ② 감상주의 벗어난 비평틀(과학주의-도식주의 맹점)
모더니즘	① 1926년, 정지용, 김기림, 〈구인회〉 중심	① 1930년 문단의 흐름 주도	① 지속성	① 외래 문학 이론(영미 이미지즘)의 큰 영향. ② 전후 시대의 모더니즘과의 연장선(김수영과 신동엽-도시풍, 참여적 성격, 언어 유희/송욱-지적 언어 실험/김지하-이데올로기와 카프 관계/박남철, 황지우-언어 실험과 비판 정신의 계보를 상정

표 2

구분	카프(≪백조≫붕괴 이후)	모더니즘
영향	일본	서구
작가	팔봉, 회월	입체파(김기림, 이상 등)
차이점	① 새로운 내용 주의 (力의 藝術:박종화) ② 퇴폐적, 탐미적, 향락적인 문학에 대한 반동	① 외래사조의 새로운 형식 ② 기존 낭만주의에 대한 새로운 형식의 요구에 부응 (프로의 편내용주의에 따른 변동으로 확대)
공통점	국내외의 시대 상황 속에서 문예사조의 새로운 활로를 찾기 위한 민족적인 자각에서 출발한 문학 비평 양상	

참고 문헌

· 김경린, 『알기 쉬운 포스트 모더니즘과 그 주변 이야기』, 문학사상사, 1994.
· 김성기 外, 『모더니티란 무엇인가』, 민음사, 1989.
· 김윤식. 정 호웅, 『한국문학의 리얼리즘과 모더니즘』, 민음사, 1989.
· 김용직, 『모더니즘 연구』, 자유세계, 1993.
· 김학동, 『김기림 연구』, 새문사, 1988.
· 문덕수, 『한국모더니즘시연구』, 시문학사, 1992.
· 박인기, 『한국현대시의 모더니즘연구』, 단대출판사, 1988.
· 박상천, 『한국현대시의 비평적 성찰』, 국학자료원, 1990.
· 서준섭, 『한국모더니즘 문학 연구』, 일지사, 1993.
· 송현호, 『문학사기술방법론』, 새문사, 1991.
· 신진, 『정지용 시의 상징성 연구』, 성균관대 대학원 박사학위,
· 오세영, 『20세기 한국시연구』, 새문사, 1991.
· 이승훈, 『모더니즘 시론』, 문예출판사, 1995.
· ———— , 『포스트 모더니즘 시론』, 세계사, 1993.
· ———— , 『모더니즘시론사』,

· 임규찬 엮음, 『일본 프로문학과 한국문학』, 연구사, 1990.
· 원명수, 『모더니즘시 연구, 계명대학교 출판부, 1987.
· 전홍실, 『영미 모더니스트 시학』, 한신문화사, 1994.
· 최유찬, 『1950년대 비평연구(1)』, 〈1950년대 남북한 문학 연구〉, 평민사,
　　　1991.
· Chris Weedon, 이화 영미문학회 옮김, 『포스트 구조주의와 페미니즘 비평』,
　　　한신문화사, 1994.
· 찰스 젱크스, 신수현 옮김, 『포스트 모더니즘』, 열화당, 1993.
· M. 칼리니스쿠, 이영욱 外 옮김, 『모더니티의 다섯 얼굴』, 시각과 언어, 1993.
· 유진 런, 김병익, 『마르크시즘과 모더니즘』, 문학과 지성사, 1993.

3. 문학 연구의 과학적 접근-구조주의의 이해

1) 서론

문학비평이 주관적인가 객관적인가를 두고 논쟁한 것은 어제 오늘의
일이 아니다. 그 논쟁의 양축이 이론적 근거를 가지고 줄기차게 이어져
왔다. 역사주의 비평과 구조주의 비평이 그 대표적인 이론적 근거이다.
비평이나 연구의 객관성과 과학적 인식을 바탕으로 한다면 구조주의의
유혹을 저버릴 수 없다. 그래서 구조주의에 대한 이론적 토대를 살펴볼
필요가 있다. 구조주의(構造主義)가 60년대에 출현하여 세계에 던진 충격
은 45년 세계대전을 끝내고 실존주의가 던진 사상적 충격만큼 파문을 일
으켰다. 그래서 구조주의는 문학뿐만 아니라 다른 여러 부분에도 영향을
끼쳤다. 세기에 영향을 끼친 구조주의는 무엇인가? 그 어원부터 살펴보
고, 시대적·학문적 발생 배경을 검토한 다음 언어학과 문학의 관계를
살피고, 구조주의가 갖는 한계에 대해서도 살펴보겠다.

구조주의는 같은 명명자에게 있어서도 지나치게 많은 형태로 사용되
는 까닭에 그것의 정의는 어려운 일에 속한다.[1] 구조는 structure(영),

---

1) 쟝 빠아제 외, 김태수 엮음, 『구조주의의 이론』, 인간사랑, 1990, 187~188쪽.
　구조의 유사개념 중 가장 중요한 것은 체계이다. 이는 구조주의의 창시자로 여겨
지는 소쉬르가 구조라는 용어보다는 체계(『일반언어학 강의』, 1916)라는 용어를 사
용했기 때문이다.
　먼저 체계라는 용어는 버탈란피(Ludwig von Bertalanffy)에 의해 처음으로 1930
년대부터 쓰이기 시작하여 1950년대부터는 공식적으로 쓰이게 되었다. 그러한 체계
는 "통일체나 유기적 전체를 구성하기 위해 서로 관계되거나 연관된 사물들의 집합
또는 배열"로 정의될 수 있다. 이 체계의 속성은 ① 부분의 포괄성(parts) ② 관계성
(relation) ③ 환경 유관성(environment) ④ 긴장(tension)과 형태유지(morphosta
sis) 및 형태발생성(morphogenesis) ⑤ 환류(feedback) 및 목적성(purposiveness)으
로 대략 정리해 볼 수 있다. 이렇게 볼 때 체제의 속성은 구조의 그것과 매우 유사
하다. 따라서 많은 경우 이 두 가지 용어를 교호적으로 사용한다.

structure(불), structura(라)로 '구축한다(to bulid)', '쌓거나 배열한다 (to heap together, arrange)'의 뜻이다. 구조주의에 대한 용어 설정에 있어서 예외없이 받아들여지는 것이 심리학자 쟝 삐아제(Jean Piaget)의 이론이다. 그래서 본 글에서도 쟝 삐아제가 제시하는 구조주의의 속성에 대해서 검토하도록 하겠다.2)

구조와 개념은 세 가지 핵심적인 용어로 이루어진다. 즉 전체성(totality), 변형(transformation), 자율통제(self-reguration)이다. 구조의 속성에서 전체성이 결정적인 요소인데, 구조화된 전체의 성격이 구성의 법칙에 의해 결정되어진다. 예를 들면 장난감의 경우 블록 하나 하나가 기차로 구조를 형성하는 요소가 되고, 집을 만들면 집의 창문 역할도 하게 되는 것이다.3)

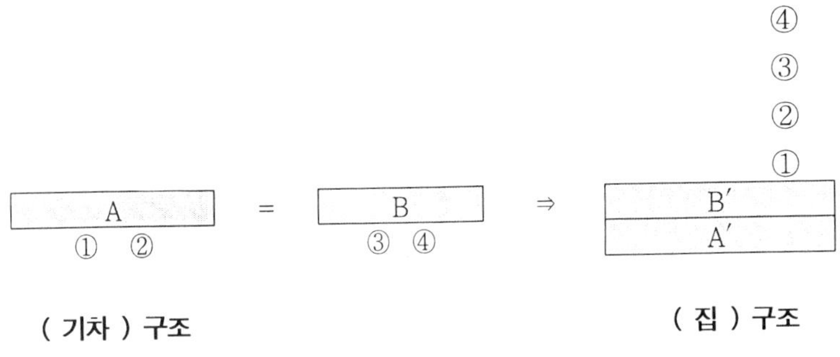

두 개념 간의 차이에 대해 샤프(Adam Schaff)는 구조란 요소 간 관계의 전체인 체계의 내부에서 그러한 요소들이 서로 연관되는 방법이고, 체계란 한 요소의 변화가 다른 나머지 요소의 변화를 초래할 정도의 관계를 갖는 밀접한 요소들의 총체 (whole)라 한다.

2) 쟝 삐아제 외, 김태수 엮음, 앞의 책, 19~30, 186쪽 참고.
  · 김형효, 구조주의의 사유체계와 사상, 인간사랑, 88~90쪽 참고.
  · 테렌스 · 호옥스 지음, 오원교 옮김, 신아사, 1988, 17~21쪽 참고.
  · M. 마렌 그리제바하, 장영태 옮김, 「구조주의적 방법」, 『문학연구 방법론』, 기리원, 1989, 195~217쪽 참고.
      의미 ① : 구조는 규구칙에 따라 질서에 옮겨진 연관(질서화된 관계)
      의미 ② : 추상화, 일반성, 모형 model의 사상으로 특징화
      의미 ③ : 내용에 의해 관련, 향수 및 비역사적 법칙성
3) 김치수, 「構造主義와 文學研究」, 『구조주의』, 고려원, 14~15쪽.

위의 도식에서와 같이 단순한 집합과 다르다. 구성요소들이 구조 안에 있을 때와 동일한 모양으로는 그 구조 밖에서 진정 독립해서 존재하지 않는다는 것이다.

두번째 속성으로 변형(transformation)인데, 위와 같이 기차에서 바퀴는 집에 있어서 굴뚝이 되는 것처럼 구조화되면서 변형을 이룬다. 그래서 구조주의 속성은 구조가 자율통제(self-reguration)이고 자기 유지적이며 자기 폐쇄적이라는 것이다. 즉 추가되는 것은 구조 내재적 변형이 체제의 경계를 넘어서는 것이 아니라 항상 체제 내적인 요소에 작용하며 체제 법칙에 따른다는 점이다.4)

구조주의의 발생을 시대적 배경과 학문적 배경으로 나누어 살펴보자.

구조주의가 본격적으로 시작된 분야는 언어·기호학의 분야인데, 그 대표적인 것이 프라하학파와 소쉬르이다. 즉 19세기 후반이었다. 야콥슨(R. Jakobson)의 영향을 받아 사회인류학의 영역에서 레비-스트로스가 구조주의를 체계화시킨 것은 20세기 초·중기이며, 알뛰쎄, 바르트, 라깡, 골드만 등에 전승되어 1960년대에 프랑스의 학문적 배경이 되었고 전유럽·미국 등에 파급되었다. 그렇다면 왜 프랑스를 중심으로 하여 1960년대에 구조주의가 전면에 나타났는가?

1960년대는 드골의 집권기로 독재가 성공을 하고 있었다. 이때 우익 보수 진영에 반대하는 전유럽의 학생시위 사태가 일어났지만, 프랑스에서는 신좌익보다는 학생, 지식인, 예술가, 노동자 등이 1968년 5월의 혁명을 주도했다. 이때는 프랑스를 위시한 전유럽의 사회적 격동기였으며 이런 일련의 사태에 대하여 새로운 철학이 요구되었다. 이러한 요구에 대해 부응한 것이 바로 구조주의이다. 즉 표면적 갈등, 이면의 구조적 모순의 존재, 역사주의와 정통 맑시즘을 대체하는 새로운 학문, 실존주

---

4) 쟝 삐아제 외, 김태수 엮음, 앞의 책, 28쪽.

의적 사고의 한계 등을 지적하면서 사회과학으로서 구조주의가 등장한다.

1960년대 학문적 주류는 프랑스를 중심으로 유럽의 인간 중심 학문인 실존주의(existentialism)와 미국중심의 형태주의(behaviorism)였다. 이러한 학문이 프랑스 혼란을 수습할 능력이 없었다. 따라서 새로운 학문의 요청이 바로 구조주의의 등장 배경이다. 구조주의는 당시의 반과학적인 학문 전통인 실존주의 계열에 대해 과학성을 추구했으며 지나친 과학주의를 견지하는 미국식 경험주의도 반대했다.(관찰 가능한 것만을 과학이라 하고 심층구조를 무시하는 전형적 과학주의에 반대: 알뛰쎄)

2) 본론

구조주의는 문학·예술뿐만 아니라 자연과학과 인문과학 등 거의 모든 과학에서 사용되고 있다. 문학비평의 한 방법으로서 구조주의(김현 : 문학적 구조주의)는 소쉬르와 야콥슨의 언어학과 레비-스트로스의 인류학을 그 원천으로 하고 있다. 종래의 역사주의적 방법과 달리 구조주의는 문학 자체의 법칙성, 즉 문학 작품의 '문학성'을 밝히는 데 주력한다.

구조주의란 문학 연구의 경우 내재적 접근법 가운데 하나로 수용된다. 내재적 접근법 가운데 하나라고 말하는 것은 문학 작품을 문학 작품 자체로 연구한다는 점에서는 러시아 형식주의, 미국의 신비평 혹은 다소 다른 관점에서이긴 해도 신화 비평이나 원형 비평들도 여기에 포함될 수 있다.5)

구조주의가 언어학과 문학에 어떻게 수용되었는지를 살펴보겠다.

문학에 있어서 구조주의와 언어학을 살필 때 적어도 구조언어학의 효시가 된 소쉬르(Ferdinand de Saussure)와 예술 작품을 언어와 동일시할

---

5) 이승훈, 『한국시의 구조분석』, 종로서적, 1987, 13쪽.

때, 모든 예술 작품은 현실을 반영하지 않고, 오히려 모호한 현실을 분별함으로써 현실에 의미를 부여한다. 이러한 의미를 생산하는 것을 언어의 기능으로 설정한 야콥슨을 이해할 필요가 있다.6)

소쉬르는 언어에 대한 개념을 기호성, 임의성, 변별성, 체계성으로 기술하고 있다.7) 소쉬르의 언어학적 기본 개념을 이해하기 위해서는 다섯 쌍의 이원적 대립 개념을 파악해야 한다.8) 즉, ① langue / parole ② signifiant / signifie 기표 / 기의 ③ form / substance 형식 / 실체 ④ rapport associatif / rapport sytagmatigue 연합관계 / 통합관계 ⑤ Synchronique / diachronique 공시적 / 통시적이다. 랑그와 빠롤의 경우, 인간 언어의 총체적 현상 중에서 언어학 연구 대상으로의 측면을 분리시켜 '랑그'라 하고, 직접 경험·관찰할 수 있는 연구 재료로서의 언어현상의 차원을 '빠롤'이라 했다.

기표와 기의의 경우 '기표'와 '기의'는 〈의미하다〉라는 불어동사 signihier에서 파생되었다. '기표'는 동사의 현재분사가 명사화되어 〈의미하는 것, signifiant〉, '기의'는 과거분사가 명사화되어 〈의미하는 바의 것, signifie〉이다. 그러나 이 둘의 개념이 반드시 일치하는 것이 아니다. 이를 소쉬르는 자의성(恣意性, arbitraire)이라 한다.

형식과 실체의 경우, 인간의 말소리라는 음향적 실체를 이용하여 의사 소통을 하지만, 물리적 실체로서의 구체적인 말소리가 언어의 요소는 아니다. 즉 언어란 실체의 지탱을 받아 실체를 통해 실현되는 추상적 형

---

6) 캐롤 샌더스, 김현권, 목정수 옮김. 『소쉬르의 일반언어학 강의』, 한불문화출판, 1992.
　　·F. de. 소쉬르, 최승언 옮김, 『일반언어학 강의』, 민음사, 1992.
　　·이정민 외, 『언어과학이란 무엇인가』, 문학과 지성사, 1991.
　　·로만 야콥슨, 신문수 편역, 『문학 속의 언어학』, 문학과 지성사, 1989.
7) 이승훈, 앞의 책, 23~25쪽.
8) 홍재성, 「소쉬르 언어학의 몇 가지 개념」, 『언어과학이란 무엇인가』, 문학과 지성사, 1991.

식이다.9) **연합관계와 통합관계의 경우, 소쉬르는 언어 체계를 결정짓는** 언어 요소간의 관계로 두 가지를 설정했다. 즉 '연합관계'와 '통합관계'이다.10)

공시태와 통시태의 경우, 언어 연구에 있어 언어체계 분석으로서 공시언어학의 이론적 기틀을 확고히 다진 개념이다.

야콥슨은 의사 전달을 가능케 하는 여섯 가지 요소를 설정한 다음 어떤 요소를 강조하느냐에 따라 언어의 여섯 가지 기능이 드러남을 밝힌 바 있다. 그에 의하면 언어는 여섯 가지 요소로 구성된다.

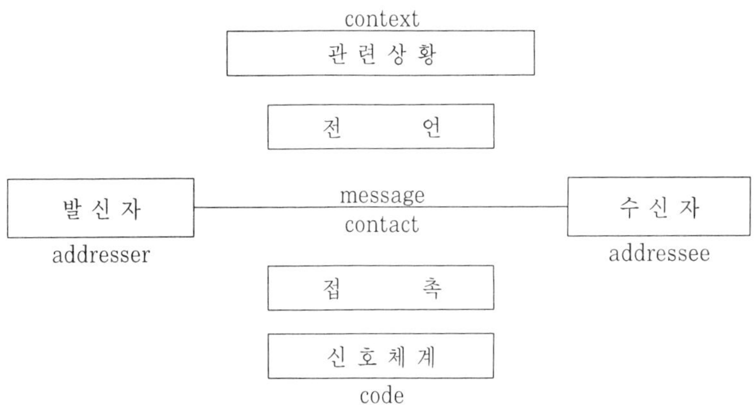

모든 언어 전달 행위는 이상 여섯 가지 요소에 의하여 성립되기 때문이다. 발신자가 수신자에게 전언을 보내며, 전언이 전언으로서 발동되기 위해서는 관련 상황, 곧 지시물이 필요하며, 관련 상황은 반드시 언어 형식, 곧 신호 체계로 나타나야 한다. 뿐만 아니라 언어 전달 행위에 있어서는 신호 체계가 발신자와 수신자 사이에 개시되고 지속되는 것을 확인

---

9) 종종 인용되는 장기 놀이를 예로 들면, 구체적인 장기판이나 장기말 등 물리적 실체 (음성언어 ?)가 반드시 필요하지만 장기놀이에서 장기말의 기능, 가치, 규칙 등을 나타내는 형식이라 할 수 있는 경기규칙(문법 ?)이 중요하다.

10) 개(돼지, 소 , …등 : 계열관계)는 가축이다.(통합관계)

할 필요가 있다. 접촉이란 발신자와 수신자 사이의 물리적 회로 및 심리적 연결로서 의사 전달을 시작하고 지속케 한다. 이상 여섯 가지 요소는 언어 전달 행위에 섞여 나타난다. 그러나 이렇게 섞여 나타난다고는 해도, 그들 사이에는 위계적 순서가 존재한다. 다시 말하면 어떤 요소가 지배적인가에 따라 언어 구조는 달라지며, 따라서 언어의 기능도 달라진다.11)

특히 언어학과 시학의 관련성을 논할 때 종종 언급되는 전언에 대해 살펴보자. 발언이 전언을 지향하면 언어는 시적 기능을 나타낸다. 여기서 시적 기능이라고 하는 것은 광의로는 예술적 기능에 해당된다. 결국 예술 작품이 예술적 기능을 나타낼 수 있는 것은 발언, 혹은 예술 행위가 발신자·수신자·관련 상황·접촉·신호 체계를 배경에 두고 발언 행위 자체, 예술 행위 자체를 전경에 둘 때 가능하다. 야콥슨은 그것을 기호의 명료성에 대한 지각이라고 했지만 러시아 형식주의자들은 "낯설게 만들기(ostrarenie)", 체코 구조주의자들은 "전경화(foregrounding)"라는 용어로 해명했다.

소쉬르가 주목한 언어의 특성인 계열관계와 통합관계가 바로 야콥슨이 말하는 전언(message)이 예술 작품과 어떤 관련이 있는지 주목할 필요성이 있다. 야콥슨은 선택의 축을 은유, 결합의 축을 환유의 개념으로 정리했다. 은유의 원리는 상사성 혹은 등가성, 환유의 원리는 접촉성이다. 결국 그에 의하면 모든 시는 등가성의 원리를 선택의 축에서 결합의

---

11) 로만 야콥슨, 신문수 편역, 앞의 책, 61쪽.

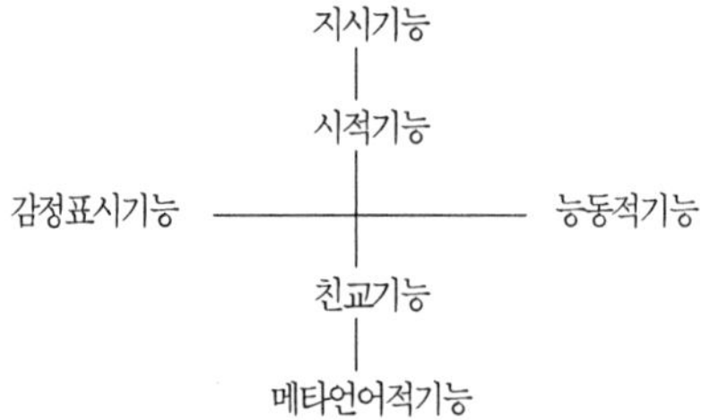

축으로 투사한다고 한다. 등가성의 원리는 모든 시를 전개하는 수법이 된다. 곧 시인들이 낱말을 결합시키는 방법은 환유의 원리가 아니라 은유의 원리라고 할 수 있다. 따라서 시에서는 계열적 관계와 통합적 관계가 융합되고 치환된다는 것을 알 수 있다.

여기서 분명히 밝혀두고 혼동해서는 안되는 문제가 바로 일상적인 발언과 시적 기능에 있어서 계열과 연합, 즉 선택(selection, 유사관계), 결합(combination, 인접관계)이다.12) 이 문제에 대해서 이승훈은 하나의 보기를 제시하여 설명하고 있다. 모든 일상적인 발언은 계열적 관계와 통합적 관계가 서로 넘나들지 않을 때 가능하다. 그러나 시적 발언은 그렇지 않다. 계열적 관계인 선택의 축, 통합적 관계인 결합의 축이 헝클어질 때 시적 발언이 태어난다. 예컨대

(1) 나는 꽃을 꺾었다.

(2) 꽃처럼 붉은 울음을 밤새 울었다.

라는 두 개의 문장을 선택과 결합 관계의 도형으로 나타내면 다음과 같다.

---

12) 로만 야곱슨, 신문수 편역, 앞의 책, 61쪽.
　　*화자는 어린이 child, 아이 kid, 젊은애 youngster, 꼬마 tot 등에서 한 단어를 선택하여 이 단어를 설명할 수 있는 단어 즉, 자다 sleeps 졸다 dozes 끄덕끄덕 졸다 nods, 낮잠자다 naps 중에서 선택하여 결합됨으로써 발화가 이루어진다.
　　예) 배회하다 / 거닐다 / 돌아다니다...... 등에서
　　*인접관계는 하나의 문장이나 텍스트에서 단어들을 의미론적으로 정확하게 결합하는 것을 가능하게 함.(181쪽 참고).

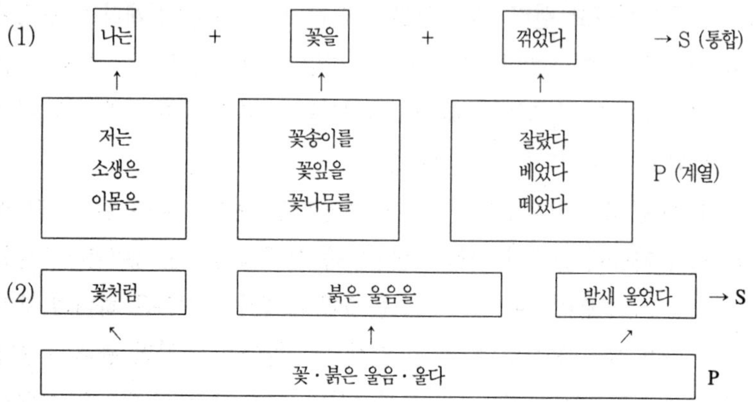

　(1)의 경우는 일상적인 언어의 발화 현상인데 반하여 (2)는 표면적으로는 계열체에서 세 개의 기호를 선택하는 것 같지만 기호들이 하나의 계열체에서 선택되고 있는 것이다. 선택의 축이 결합의 축으로 투사되었다고 할 수 있다.13)

　이러한 구조적인 선택과 결합이 바로 구조주의와 언어학에 대한 관계를 잘 보여주는 것이다.

3. 결론-구조주의의 비판

　구조주의는 '질서의 학(學)'이다. 그래서 과학적인 사유 방식을 토대로 하기 때문에 객관성과 체계성을 갖추었다는 평가를 받는다. 그러나 이와 같은 긍정적인 평가와는 달리 맹점을 지적하는 학자들도 있다. 그 대표적인 학자가 뽈 리꾀르이다. 뽈 리꾀르는 구조주의에 대한 비판은 먼저 그 구조주의에 대한 업적의 인정에서부터 시작한다. 그는 자기가 아는

---

13) 로만 야콥슨은 「시적 기능은 등가의 원리를 선택의 축에서 결합의 축으로 투사한다」고 했다.(The poetic function projects the principle of equivalence from the axis of selection into the axis of combination).

한에서 지능의 수준에서 구조주의를 능가할 만한 엄밀성과 사고의 풍성함을 지닌 과학은 없다는 것이다. 그런데 그 구조주의는 어디까지나 과학이지 철학은 아니라는 것이다.

리꾀르가 구조주의는 과학이지 철학이 아니라고 말하는 근거는 세 가지 관점에서 파악되고 있다. 첫째로 구조주의는 말하는 주체로부터 분리되어, 언어는 기호의 체계로만 다루어진다는 점이다. 철학은 특히, 해석학은 말의 의미를 다져 나가는데, 구조주의는 말의 의미보다 기호체계가 상호간 어떤 차이가 나는 것만을 바라본다. 그래서 의미는 두 번째 서열로 밀려난다. 둘째로 동시성을 언제나 통시성보다 앞서 생각하는 것이 구조주의의 특징이다. 그런 경우 해석학과 철학은 어떤 의미의 역사성을 매우 귀하게 여기는데 구조주의에서 역사성은 증발한다. 셋째로 구조주의는 무의식의 체계만을 고려하기에 주체의 반성적 사유 기능이 제자리를 차지하지 못한다. 이 무의식적 사유는 자연과 동의어로 여겨지기에, 철학이 자리잡아 왔던 반성은 설 땅이 없다.

이에 덧붙여 일반적으로 논의되는 구조주의의 비판에 대해서 간략히 서술하면 다음과 같다.14)

첫째로 지적될 수 있는 것은 구조 내부에 있는 주체의 주관적 의미를 지나치게 경시했다는 점이다. 이 비판은 역으로 구조주의의 탄생 배경이 된 실존주의 계열에서 나온 것으로 이해되며, 이 계열과 해석학, 현상학, 인간주의 맑시스트는 항상 역사 주체로서의 인간을 중시해 왔다.

둘째도 첫째와 연관이 있는데, 구조란 일반적으로 그것을 창조하거나 구성하는 인간에 의해 형성되었다는 사실이 간과되고 있다.

---

14) 쟝 삐아제 외, 김태수 엮음, 앞의 책, 221~223쪽.
　　M. 마렌 그리제바하, 장영태 옮김, 『문학연구의 방법론』, 기린원, 1989, 217~222쪽. 부수적인 비판의 대상이 되고 있는 몇 가지 결점을 ① 비역사성 ② 공허한 보편성 ③ 이중적 사고를 통한 제약 ④ 복수적 중립 ⑤ 탈(脫)사물화 등으로 파악하고 있다.

셋째, 구조주의가 사용하는 개념은 경험주의 — 알뛰쎄르가 말하는 의미 —를 반대하기 때문에 다분히 선험적이라는 데 문제가 있다.

넷째, 사유와 현실 사이의 괴리가 있다는 점이다. 이점 역시 세 번째의 문제점과 연관되어 있다.

다섯째, 개체를 전체에 종속시키는 전체주의(totalitarianism)를 고수한다. 개인적 경험이나 노력은 경시한 채 그것을 포괄하는 전체에 의해 설명하는 방식이다.

여섯째, 보편적인 법칙과 구조, 체계, 변형, 주체 등의 개념을 중시함으로써 그들이 배격하는 경직성의 과학주의에 스스로 빠지고 말았다. 이러한 그들의 노력은 인간을 해방시키는 것이 아니라 인간을 규격화·조직화·패턴화하는 위협적 작업이 된다.

일곱째, 구조주의는 역사를 무시하는 반역사적 태도를 견지한다. 소쉬르 이후의 모든 구조주의자는 과거를 현재의 일부로 보아 공시태적 연구를 주장해 왔다.

여덟째, 주로 미국식 기능주의와 행태주의의 비판이긴 하지만 구조주의는 어떤 문제에 대한 처방을 제시하지 못한다. 즉 설명에 치중하여 설명력은 높였지만 총체적 구조 파괴의 혁명 전략 이외에는 그 어떤 처방도 나올 수 없는 것이다.

구조주의를 비판했던 뽈 리꾀르는 "자신이 아는 한 지능의 수준에서 구조주의를 능가할 만한 엄밀성과 사고의 풍성함을 지닌 과학이 없다."는 점을 들어서 구조주의가 인류에게 기여한 바를 인정했다. 문학 연구에 있어 엄밀성과 풍성함을 지닌 '문학적 구조주의'가 문학 연구의 과학화를 가져왔다는 점을 높이 평가해 왔다. 이러한 과학화는 바로 문학 연구의 주관적, 인상적 이해를 객관화시키는 중요한 지렛대 역할을 했음을 간과해서는 안 된다. 다만 인간 경험과 주체적 사유 체계를 받아들이지 않는다는 단점을 어떻게 극복할 것인가가 큰 문제점으로 지적된다.

참고 문헌

김경용, 『기호학이란 무엇인가』, 민음사, 1993.

김준오 외 지음, 『구조주의』, 고려원, 1992.

김형효 저, 『구조주의의 사유체계와 사상』, 인간사상, 1994.

윤호병 외 지음, 『후기구조주의』, 고려원, 1992.

이정민 외 편, 『언어과학이란 무엇인가』, 문학과 지성사, 1991.

정효구 저, 『현대시와 기호학』, 느티나무, 1989.

로버트 쇼울, 위미숙 옮김, 『문학과 구조주의』, 새문사, 1992.

로만 야콥슨, 신문수 편역, 『문학속의 언어학, 문학과 지성사, 1989.

미카엘 리파떼르 지음, 유재천 옮김, 『詩의 기호학』, 민음사, 1989.

베르나르 투쌩, 윤학로 옮김, 『기호학이란 무엇인가』, 청하, 1989.

움베르토 에코, 서우석·전지호 옮김, 『기호학과 언어철학』, 청하, 1987.

아니카 르메르 지음, 이미선 옮김, 『자크 라캉』, 문예출판사, 1994.

유리 로트만, 유재천 역, 『詩 텍스트의 분석 : 詩의 구조』, 가나, 1987.

유리 로트만, 유재천 옮김, 『예술 텍스트의 구조』, 고려원, 1991.

유진 런 외, 김병익 옮김, 『마르크스주의』, 고려원, 1991.

프레드릭 제임슨, 윤지관 옮김, 『언어의 감옥』, 까치, 1988.

에디츠 쿠르츠웨일 지음, 이광래 옮김, 『구조주의의 시대』, 종로서적, 1993.

쟝 삐아제 외 원저, 김태수 엮음, 『구조주의의 이론』, 인간사랑, 1990.

테렌스·호옥스 지음, 오원교 옮김, 『구조주의와 기호학』, 신아사, 1988.

츠베탕 토도로브, 곽광수 역, 『구조시학』, 문화과 지성사, 1983.

M. 마렌 그리제바하, 장영태 옮김, 『문학연구의 방법론』, 기린원, 1989.

J. 꾸르떼 저, 오원교 역, 『기호학 입문』, 신아사, 1986.

J. B. 파즈 저, 소두영 역, 『구조주의의 이해』, 숙명여자대학교 출판부, 1981.

위르겐 링크 지음, 『후기 구조주의』, 고려원, 1992.

2 │ 소설론 검토

대체로 서구의 소설 이론을 옮겨와 한국 소설 이론에 적용하는 경우를 볼 수 있
다. 이는 이론의 보편성이라는 측면을 염두에 둔 것이다.

1. 「작중인물」론

1) 서론

소설에 등장하는 인물에 대한 명칭은 여러 가지이다. 우리나라 문예
학에서는 일반적인 의미의 인물과 구별하기 위하여 흔히 작중인물이라
부른다.[1] 김화영 편역 『현대소설론』에서는 등장인물로 명명하지만, 대
개의 논저들은 작중인물로 취급하고 있다. 따라서 본 글을 기술하는데는
작중인물이라는 용어로 통일하였다. 작중인물은 여러 요소로 형성되는데
그 가운데 성격의 요소가 가장 중시되어 성격이란 말이 아예 작중인물의
대명사가 되었다. 에이브럼즈(M · H · Abrams)는 "작중인물(character)은
극적인 혹은 설화체의 작품 속에 등장하는 사람들로서 그들은 독자에 의
해 그들이 말하는 대화와 그들이 움직이는 행동으로 표현되는 도덕적이
고 기질적인 특징을 부여받은 것으로 해석"했다.[2]

인물이 없는 소설은 존재할 수 없다. 사건은 모두 인물을 통해서 나

---

1) 김천혜, 『소설 구조의 이론』, 문학과 지성사, 1994, 179쪽.
2) M. H.Abrams, 장영규외 공역, 『문학용어 해설집』, 대구대출판부, 1985, 40쪽.

타나고 있다. 소설을 대하는 대다수의 이론가·독자들은 인물 분석, 인물의 성격 분석을 가장 흥미 있는 대상으로 꼽는다. 그러니만큼 인물은 바로 소설을 이루는 기본적인 핵이라고 해도 과언은 아닐 것이다. 작중인물은 어떤 주어진 상황 속에서의 접촉을 통해서만이 개성적 인물이 만들어진다. 그러나 이러한 작중인물도 전형적으로 변해 버리고 말기 때문에 작중인물은 개성의 창조를 지속적으로 요구하게 된다.

프라이(Northrop Frye)는 그의 『*Anatomy of Criticism*』(1959)에서, 심지어 살아 있는 듯한 작중인물들도 다소 개성화되어 있기는 하지만 이미 존재하고 있는 문학 장르에서 내려온 흔해빠진 유형과 동일시될 수 있는 변형들이라고 주장했다.[3] 어쨌던 작중인물은 작품 속에서 개성적 성격 창조를 구현하는 중요한 소설적 장치라는 데는 이견이 없다.

소설의 인물은 영화, 연극의 인물과 마찬가지로 그가 속해 있는 허구적 세계, 즉 다른 인물들 및 사물들과 뗄 수 없는 관계를 맺고 있다. 따라서 작중인물에 대한 소설적 이해는 단독적인 것이 아니라 종합적인 검토가 필요하리라 여겨진다. 따라서 본 글에서는 1) 작중인물의 유형을 검토하여 일반적인 작중인물의 특징을 살피고 특히, 작품 속에 주동적인 역할을 하는 주인공에 대해서는 2) 주인공의 유형을 살피고 작중인물들이 소설에서 어떤 기능을 하는 지를 정리하고, 작중인물들이 작품 속에서 어떻게 3) 묘사되는 지를, 그리고 작중인물이 허구적인 환경과 어떤 관계가 있는 지를 4)작중인물과 환경에 대한 이해를 기술하고자 한다.

2) 본론

(1) 작중인물의 유형

---

3) M. H. Abrams, 장영규 외 공역, 앞의 책, 41쪽.

작중인물을 분류하는 방법이나 각도는 많다. 작품에 등장하는 인간유형은 실제 인물을 작품 속에 투영한 것에 불과하다. 그렇기 때문에 작중인물을 이해하는 방법으로써 이미 인간에 대한 학문적 성과를 이룩한 여러 학문과 밀접한 관련이 있는 것이다. 심리학의 용어를 빌려 작중인물의 기질을 나누어서 분석할 수도 있고, 정신분석학의 콤플렉스 용어를 이용해서 작중인물의 유형을 나눌 수도 있고, 또한 사회학적 안목으로 작중인물을 사회와 관계 속에서 살필 수도 있다.

본 글은 조남현, 김천혜, 구인환·구창환의 〈소설 인물론〉을 중심으로 살펴보겠다.4)

조남현은 포스터, 프라이, 프로프의 견해를 소개하고 있다. 포스터의 이론을 먼저 살펴보자. 포스터가 작중인물을 평면적 인물(flat character)과 입체적 인물(round character)로 나눈 것은 널리 알려진 사실이다. 그렇다면 입체적 인물과 평면적 인물을 한번에 가를 수 있는 기준은 무엇인가? 이에 대해 포스터는 「경이감」을 주느냐 못 주느냐에 따라 그 인물은 입체적 혹은 평면적 인물로 판가름난다고 한다. 이어서 그는 만일 작중인물이 신뢰감을 주지 못하면 그런 인물은 입체적인 척하는 평면적 인물이라고 결론지었다. 이처럼 포스터는 작중인물을 다양성(입체적 인물)과 단일성(평면적 인물), 심각성(입체적 인물)과 피상성(평면적 인물) 등의 기준에 비추어 대별하고 있는데 물론 이러한 기준만 가지고 작중인물의 여러 경우를 전부 다 설명할 수 있다고 보기는 힘들다. 그러나 그의 분류법은 작중인물론에 관한 한 거의 고전이라고 평가 받았다. 평면적 인물은 쉽게 인지되고 또 독자가 비교적 오래 기억할 수 있다는 이점이 있지만, 상황에 따른 인물의 발전이란 거의 없다는 한계를 지닌다. 포스터는 평면적 인물은 희극적인 분위기의 소설에서는 효과적이나 진지하면서도 비극

---

4) 조남현, 『소설원론』, 고려원, 1995, 149~155쪽.
　김천혜, 앞의 책, 180~184쪽.
　구인환·구창환, 『신고 문학개론』, 삼지원, 1989, 351~355쪽.

적인 분위기 속에 놓이는 경우 독자들에게 싫증을 주기 쉽다고 하였다.

다음은 등장인물의 설정에 있어 나름의 독자적인 방법론을 내세운 프라이의 태도를 살펴보자. 프라이는 작중인물을 순전히 소설 내부의 기준으로 산정(算定)하였다. 원형비평의 입안자답게 그는 고대 희극과 비극에서 오늘날 소설의 작중인물에 대한 원형을 찾아내려 하였다. 우선 그는 『*Tractatus Coislinianus*』라는 책자를 원용하여 당대 희극에 보편화되기까지 했던 세 가지 유형의 인물을 제시하고 나서 거기다가 아리스토텔레스가 『시학』에서 제시한 한 가지 유형을 추가시켰다. 간단히 요약하면 다음과 같다.

> ① alazon(사기꾼, inposter) : 화를 잘 내고 남에게 공갈·협박을 잘하는 인물형.
> ② eiron(자기비하자, self-deprecator) : 주인공의 승리를 가져오기 위해 음모를 꿈꾸는 플롯에서 볼 수 있는 인물형(방자형인물).
> ③ bomolchoi(익살꾼, buffon) : 작품 전체의 구성과는 별 관계없이 즐거움의 분위기만을 돋우어 주려 함(팔푼이, 광대).
> ④ agroikos(촌놈, churls) : 아리스토텔레스의 『시학』에서 제시한 유형을 원용한 인물.

위와 같은 인물 유형 외에 프라이가 특별히 애착을 갖고 상정한 pharmakos란 인물유형은 비극적인 색채를 아주 짙게 드러내고 있다. pharmakos는 속죄양 또는 대체우(代替牛, scape goat)로 번역되는 것으로 이는 상황에 대한 무지로 말미암아 결국 희생물로 전락되어 버리는 경우를 뜻한다. pharmakos는 주로 가정비극에서 많이 나타나는데 서양에서는 오늘날의 소설에까지 이런 유형의 인물이 계속해서 중요한 의미를 지니면서 등장하고 있다. 그러나 pharmakos는 서양소설에서만 있는 특유한 개념은 아니다.

　프라이의 이론의 정교함은 다음과 같은 비극적인 인간유형을 제시한 부분에서 더욱더 실감나게 찾아 볼 수 있다. 그는 비극적인 인간들의 유형을 다음과 같이 여러 신화에서 유도하고 있다.

> ① 아담형 : 인간은 언젠가는 죽어야 할 존재라는 것을 자각함. 너무나 인간적이기 때문에 신의 세계로부터 추방당한 존재.
> ② 그리스도형 : 너무나 인간적이면서 완전무결하게 순수했기 때문에 인간 사회로부터 추방당한 존재.
> ③ 프로메테우스형 : 신성과 인간성을 조화시킨 형태.
> ④ 욥형 : 신적인 요소와 인간적인 요소 사이의 변증법적 조화를 꾀함. 스스로를 신의 제물로 정당화하고 또 그러면서 프로메테우스적인 인물로 자임했으나 끝내 실패한 존재.

　그는 비극적 상황을 「피할 수 없이 아이러닉한 것」(inevitably ironic)과 「어울리지 않게 아이러닉한 것」(incongruously ironic)으로 구별했는데 전자의 원형으로 아담을, 후자의 원형으로 그리스도를 생각했던 것이다.

　끝으로 프로프의 견해를 살펴보겠다. 『民譚의 形態論』(Morphology of the folktale)에서 많은 민담을 분석하고 난 끝에 프로프는 모든 민담은 구조적으로 동질성을 지닌다는 결론에 도달했다. 그는 「작중인물의 기능」이란 측면에서 민담을 31가지로 나누어 볼 수 있다고 했고, 이것은 다시 7가지 유형의 인물로 압축이 가능하다고 했다.5)

　그 인물 유형을 들면 다음과 같다.

---

5) 조정래·나병철 지음, 『소설이란 무엇인가』, 평민사, 1992, 37쪽.
　형식주의나 구조주의 쪽에서는, 인물을 이야기의 목적으로서보다는 수단으로 간주하는 경향이 있다. 특히, 독일의 프로프(V.J.Propp)는 러시아 민담을 분석한 결과, 작중인물의 31개 기능으로 분류할 수 있는 행동영역을 수행할 뿐이다. 그에게 작중인물이 어떤 관심을 가지는지, 생활환경이 어떠한지, 사회적인 지위가 무엇인지 등은 그다지 중요하지 않다. 다만 인물이 이야기 속에서 어떤 역할을 수행할지가 중요하다.

① 악한(the villain)   ② 기증자(the doner, provider)
③ 조력자(the helpera)   ④ 공주와 그녀의 아버지
⑤ 발송자(the dispatcher)   ⑥ 영웅(the hero)
⑦ 가짜 영웅(the false hero)

설화의 주인공 유형이 소설에 그대로 대입될 수 있으리라고 보는 건 무리겠지만, 설화의 주인공 유형이 소설의 주인공의 유형론에 많은 참고가 될 수 있음은 부인할 수 없다. 프로프도 프라이와 같이 작품 분석에 충실한 끝에 결론을 얻는, 말하자면 귀납적 방법을 보였다고 할 수 있다.

김천혜의 경우 작중인물의 유형으로 protagonist와 antagonist(그리스 비극에서 유래된 말)로 구별하였다. 그리고 포스터의 인물론과 페린의 이론(L. Perine, 『*Story and Structure*』)을 소개하고 있다. 본 글에서는 페린의 인물론을 살펴보자.

정적 인물(static character)	동적 인물(dynamic character)
·성격이 변하지 않는 인물 (포스터의 평면적 인물) ·단편소설의 대부분 ·부인물이 대부분	·성격이 다소간에 변화를 일으키는 인물(포스터의 입체적 인물) ·장편소설의 대부분

구인환·구창환은 디히트리히와 선델의 이론(R.F.Dietrich R.M. Sundell, 『*The Art of Fiction*』)에서 평면적 인물과 입체적 인물을 위시하여 전형적 인물과 개성적 인물, 정적 인물과 발전적 인물, 주인공과 패배자, 주동 인물과 반동 인물로 나누어 설명하고 있다.

본 글에서는 전형적 인물(typical character)과 개성적 인물(particular character)를 대조시켜 살펴보자. 전형적인 성격이란 것은 사회의 어떤 집단이나 계층을 대표하는 캐릭터를 말하는데, 이것은 성격의 공시적인

보편성을 뜻한다. 즉 사회와 집단과 계층을 대표할 수 있는 공통적인 성격을 지닌다. 그러나 어느 시대와 사회에 속해 있는 일원이라 할지라도 특정 작품안에서 그 사람만이 지닌 개성(personality)과 특이성(particularity)을 지니지 않을 수 없다. 여기에 개성적인 인물이 있는 것이다.

(2) 작중인물의 기능

작중인물은 소설가가 창조한 허구적 세계 속에서 여러 가지 다양한 기능들을 행사할 수가 있다. 작품 속에서 허구적으로 등장하여 작가의 세계관을 대변하는 인물이다. 작가의 인물에 대한 관심은 시대에 따라 다르다. 일반적으로 17C에서 20C초까지 소설에는 작중인물이 중요한 역할을 했다. 그러나 인물을 중요시하지 않는 현대 소설로는 누보 로망이 있다.6) 로브-그리예(A. Robbe-Grillet)는 「몇가지 낡은 개념에 관하여」라는 글에서 "작중인물로 이루어져 있는 소설은 분명히 과거의 것이다. 그러한 소설은 한 시대, 즉 개인의 전성기를 기록했던 시대를 특징짓고 있다"고 말하면서 누보 로망에서 인물이 부차적인 역할 밖에 하고 있지 않음을 분명히 했다. 그렇다면 어찌해서 옛날처럼 한 인물의 고정된 자아를 찾는 것이 어렵게 되어 버렸는가? 이에 대한 답은 버나드 베르곤지(Bernard Bergonzi, 『*The situation of the novel*』)가 파악한 몇 가지 변화의 논리에서 구해 볼 수 있을 것이다.7)

> ① 현실의 실체가 이미 변해버렸다는 데 대한 느낌이 이제 막 나타나기 시작했다.
> ② 현실인식 내지 현실관의 변화는 종교적이거나 형이상학적인 확실성의 쇠퇴에서 비롯된 것이다.
> ③ 현대 심리학의 심화 및 확대 작용이 두드러지게 나타나고 있다.

6) 로브-그리예, 김치수 역, 『누보 로망을 위하여』, 문학과 지성사, 1992, 36~37쪽.
7) 조남현, 앞의 책, 156~157쪽에서 인용.

④ 20세기에 와서 범죄가 늘어가는 추세에 있고 외상(外傷, trauma)
을 간직한 사람들이 급격히 증가하고 있다.

이처럼 한 개인을 에워싸고 있는 삶의 조건이 복잡해졌으며, 또 한
개인을 비인간·반인간의 방향으로 몰아가려는 요인이 더욱더 뚜렷하게
나타나고 있다는 것이다. 한 개인을 의미 짓고 설명해 주었던 과거의 여
러 기준들이 이제 더 이상 효력을 유지할 수가 없게 되었다는 암시가 위
에서 제시한 배경론에 깃들어 있는 것이다. 베르곤지가 제시한 현대소설
의 배경론은 현대사회 속에서 일정한 자아를 형성하는 일이 얼마나 어려
운 것인지를 강조하는 데에 그 초점이 있는 것이다.

(3) 작중인물의 묘사

여기에서는 수용자 측면에서 인물이 어떻게 제시되는 지를 살펴보고
(김화영), 텍스트의 창조자 측면에서 어떻게 인물을 묘사하는 지(J. 피츠제
럴드, R. 메레히트)를 살펴보자. 작중인물 묘사의 장·단점(조남현)에 대해
서도 정리해 보겠다.

우선 자기 인식과 자기 표현(자기 자신에 의해서)에 의한 방법이 있다.
인물이 자기 자신을 소개하는 방식은 애초부터 자기인식이라는 문제를
제기한다. 인간은 과연 자기 자신을 알고 동시에 자신에 대한 앎을 타인
에게 전달할 수 있는 것일까라는 문제가 그것이다. 자기 자신 이외에는
그 누구도 한 인간의 삶을 글로 적을 수 없다. 그의 내면적 존재 방식, 그
의 참다운 삶은 오직 자신만이 안다. 그러나 그것을 글로 쓰면서 그는 그
것을 가장한다. 자기 삶의 이름 아래 그는 자신을 변호한다. 그는 실제로
의 자기가 아니라 자기가 그렇게 보이고 싶어하는 자신의 모습을 나타내
보인다.(일기, 서한체 소설, 회고록, 내적 독백 등).

그리고 타자(他者)에 의한 인물 소개 방법도 있다. 다른 사람에 의해

서 작중인물이 소개되는 경우는 ① 나레이터를 통해서, ② 대화, ③ 편지를 통해서이다. 나레이터의 경우는 작중인물 스스로 자기 자신의 모습을 그려 보이는 이른바 자화상의 수법에는 한계가 있고 어려움이 많다. 그래서 작중인물에 관한 타자의 증언이 그러한 한계와 어려움을 메워줄 수 있을 것으로 여겨진다. 증인은 시선을 자신의 밖에 있는 인물 쪽으로 돌리고 있는 까닭에 자화상을 그리고자 하는 인물처럼 자신의 내면성에 가려서 정신이 흐려져 있는 존재가 아닌 것이다. 증인 경험의 도움을 받아 상대방을 하나의 주체로서 속속들이 꿰뚫어볼 수가 있는 것이다. 어떤 인물에 대해서 직접 간접으로 알도록 해주는 것은 무엇보다도 대화이다. 왜냐하면 말은 행동과 마찬가지로 타자에게 투사된 이미지에 대한 하나의 응답이기 때문이다. 편지도 그것이 어떤 타인에게 보내는 것이건 타인에 관한 것이건 대화가 지닌 몇 가지 속성들을 갖고 있다.

그리고 이야기 밖에 있는 나레이터에 의한 인물 소개로 카메라의 기법이 있다. 카메라처럼 자신의 앞에서 벌어지고 있는 일을 단순히 기록만 하는 방법이다. 나레이터는 일체의 요약이나 일반화나 판단이나 인물의 의식 속으로 뚫고 들어가서 개입하는 일을 삼가고 겉모습을 보이는 대로만 그리고 인물의 몸짓과 말을 받아서 기록하는 것에 그친다. 또 혼합된 소개 방식으로도 인물을 소개하기도 한다.

R. 피츠제럴드와 R. 메레히트는 작중인물을 묘사하는 방법에서 작가가 작중인물을 묘사하는 데 실패했던 이유를 설명하면서[8] 프로 작가의 성격 묘사법을 16가지로 제시하였다.[9]

---

8) J. 피츠제럴드·R. 메레히트, 김경화 옮김, 『소설작법』, 청하, 1993, 133쪽. ① 작중인물들이 입체적이 아니다 ② 작중인물들이 제대로 발전되지 않았다 ③ 주요 작중인물들의 모든 성격 부면이 나타나지 않았다 ④ 주요 작중인물들이 일차원적이다.

9) (1) 환경과 갈등은 성격을 드러내 준다. (2) 성격의 참된 면모는 행동에 의해서만 드러난다. 동시에 독자는 그 행동이 취해지기 이전에 작중인물의 정신적 반응에 대해 알고 있어야 한다. (3) 자아 발전과 자아 각성은 성격을 드러내 준다. (4) 동기가 부

소설에서 성격을 묘사할 때, 밀도 있고 꽉 짜인 형태로써 행동이 서술보다 더 많이 사용되는 경향이 있는데, 왜냐하면 단순한 성격의 윤곽보다는 그 세부점을 독자에게 알리는 것이 중요하기 때문이다. 순수하게 해설, 묘사, 서술 및 행동만 나오는 경우는 드물고 대개는 이들이 섞여서 표현된다.

끝으로 작중인물 묘사의 장·단점에 대해 살펴보자. 작중인물의 묘사(characterization)에는 두 가지 방법이 있다. 하나는 직접적 제시(direct presentation)이고(19C 이전의 소설), 또 하나는 간접적 제시(indirect presentation)이다(20C 이후의 소설). 직접적 제시는 간단 명료하게 작중인물의 성격을 독자가 파악할 수 있도록 하는 이점이 있기 때문에 경제적이다. 그러나 대화·독백, 내적 독백의 서술, 행동과 심리의 묘사 같은 간접적 제시가 병행되지 않을 때는 독자를 확신시킬 수가 없다는 단점이 있다. 간접적 제시는 독자가 인물의 성격을 파악하는 데 시간과 노력을 필요로 한다. 그런 점에서 비경제적이다. 그러나 작가가 설정하는 테두리에 얽매이지 않고 독자 스스로 작중인물의 성격을 판단할 수 있는 장점이 있기 때문에 독자의 참여와 역할을 중요시하는 수용미학(受容美學) 입장에서 아주 긍정적인 측면이 있다.

(4) 인물과 환경

여된 행동은 성격을 드러내 준다. (5) 작중인물의 성격을 첨보(添補, Character tags)하면 성격 묘사에 도움이 된다. (6) 주변 인물의 두드러진 특성을 한 가지만 강조하면 성격 묘사에 도움이 된다. (7) 작중인물을 서로 대조하면 성격 묘사에 도움이 된다 : 작중인물을 대조함으로 작가는 강조하려는 특성을 강화할 수 있다. (8) 이름은 성격 묘사에 도움을 준다. (9) 갈등은 성격을 드러내 준다. (10) 진리의 순간(moments of truth)은 성격을 드러내 준다. (11) 고백은 성격을 드러내 준다. (12) 작중인물에게 선택권을 부여하면 성격을 드러낼 수 있다. (13) 해설을 사용하여 성격을 밝히라. (14) 묘사를 사용하여 성격을 밝히라. (15) 서술을 사용하여 성격을 밝히라. (16) 행동을 사용하여 성격을 밝히라.

작중인물은 소설 속에서 환경에 따라 민감하게 반응한다. 인물과 환경의 관계를 살펴보자.10)

   ○ **환경과 밀착도가 옅은 인물**
    ① 인물이 환경보다 우위.
    ② 인물이 환경에 일방적으로 지배당함.
   ○ **환경과 밀착도가 강한 인물**
    ③ 인물이 환경의 악화를 드러내되 개인화된 경우.
    ④ 인물과 환경의 서로 대립하면서 상호 영향력을 미치는 경우.

인물과 환경의 관계를 등장인물을 중심으로 도표화시킨 내용을 인용하면 다음과 같다.

인 물 유 형	환 경 과 의 관 계	양 식 적 분 류
① 초월적 인물	인물 ⋯→ 환경	신화, 설화
② 보편적 인물	인물 ←⋯ 환경	고소설
③ 개별적 인물	인물)—(환경	모더니즘 소설
	인물 ← 환경	자연주의 소설
④ 전형적인 인물	인물 ⇌ 환경	비판적 리얼리즘
		사회주의 리얼리즘

   *화살표 방향은 작품의 의미화에 어느 쪽이 더 주도적으로 기능하는지를 나타낸다. 예를 들어, (인물 → 환경)의 경우, 인물이 주가 되고 환경이 부수적임을 나타낸다.
   *환경과의 관계에서 점선은 심각도가 옅음을, 실선은 관계의 심각도가 짙음을 의미한다.

초월적 인물은 신화나 영웅소설에서 흔히 볼 수 있다. 신화나 영웅소

---

10) 나병철·조정래 지음, 『소설이란 무엇인가』, 평민사, 1992, 41~62쪽.

설의 주인공은 신이거나, 천상계의 도움을 받아서 어떤 환경도 극복하도록 미리 결정되어 있는 인물이다. 이러한 작중인물들은 그를 억압하는 자연적·사회적 환경 때문에 약간의 고난을 겪기는 하지만, 근본적으로 그 환경을 초월하는 능력을 부여받아서 환경을 지배한다. 이러한 인물을 우리는 〈초월적 인물〉이라 부르기도 한다(『주몽신화』, 『홍길동전』). 보편적 인물은 인물이 환경에 종속되는 경우는 고소설이나 신소설에서 쉽게 찾을 수 있다. 이런 경우, 작중인물은 특별한 힘을 갖지 못하고 보편적인 질서에 편입되어 있어, 인물이 환경과 대립하는 양태는 보이지 않는다. 인물은 환경과의 투쟁에서 성취를 추구하지 않고, 사회적 질서나 집단적 이데올로기를 인정하면서 특정한 가치를 추구한다. 그렇기 때문에 작품에서는 환경이 크게 문제시되지 않는다. 중요한 것은 어떠한 환경에서도 인간이 존중할 수 있는 성격이나 가치관을 찾는 일이다. 이런 인물은 이미 환경의 힘에 종속되어 있다. 그는 환경 때문에 크게 변화되지도 않지만, 환경에 대립하여 투쟁하거나 비판할 능력도 의지도 없다.

근대화 이후 인간의 삶을 결정짓는 자연적 환경은 크게 약화되었다. 경제적·정치적 상황들이 더 중요하게 작용하게 되어서, 인간은 결정적인 환경의 요인으로부터 사회적인 환경의 요인에 더 크게 영향받게 되었다. 그런 점에서 인물과 환경의 관계가 훨씬 긴밀성을 지니게 되었다. 따라서 여기서의 환경이란 용어는 사회적·정치적·경제적인 의미로서 더욱 구체화된 개념으로 받아들여야 한다. 개별적 인물은 이런 상황에서 등장한 인물이다. 전형적 인물의 경우는 두 가지로 나눈다. 소극적 인물은 환경과 대립하는 환경이 지나치게 악화되어 있고, 인물이 그것에 대처할 능력이 부족하거나 그럴 만한 정황이 되지 못하는 상황에서 나타나는 인물형이다. 이런 경우, 인물은 소극적이며 현실에 대면하기는 하나 환경에 억눌리기 쉽다. 그러나 이 인물이 타협하는 인물과 다른 것은 쉽게 현실에 안주하거나 도덕적으로 타락하지 않는다는 점이다. 또 적극적

인물은 자신의 운명을 스스로 개척하려는 의지를 가진 인간이다. 나아가 역사와 사회를 개혁하고 자신의 신념을 실천하는 인물이다.

3) 결론

작가의 인물 창조는 작품의 성패를 좌우하는 주요한 작업이다. 물론 독자의 입장에서도 작품을 대할 때, 인물의 성격 창조에 따라 감동 여부를 결정지을 만큼 중요하다. 따라서 작중 인물에 대한 검토 작업은 소설의 가치를, 아니 작가의 세계관을 정확하게 들여다 볼 수 있는 계기가 된다. 또한 작중인물에 대한 탐구는 감동의 순간만을 탐닉한 독서 행위보다 이론적, 체계적으로 소설의 주제를 이해할 수 있는 틀을 제공한다는 점에서 중요한 것이다.

2. 「시점」론

1) 가면의 위치

도대체 작가는 왜 가면(persona)를 쓰고 작품(works)에 등장하는가? 가면을 쓰지 않고 등장하기도 하지만 꼭 그렇지만 않다. 대개는 가면을 쓰고 등장하는 것이 아닌가. 그렇다면 작품 속에 등장하는 가면을 어떻게 이해해야 하는가? 가면을 쓰고 등장하면 가면을 쓴 작가는 인물·사물·사건·상황 가운데 어느 위치에 서 있는가?

특히 가면을 쓴 작가가 인물·사물·사건·상황에 대해서 어느 일정한(혹은 다양한) 위치에 자신의 이야기를 이끌고 있는가 하는 물음이 곧 시점(the point of view)이다. 물론 가면을 쓴 작가는 화자(narrator)이다. 이에 대한 명확한 해답을 얻기 위해 하나의 모형을 이용하자.1)

---

1) 김천혜, 『소설 구조의 이론』, 문학과 지성사, 1994, 202쪽과 211쪽을 참고하여 도식을 만들었음.

표 1

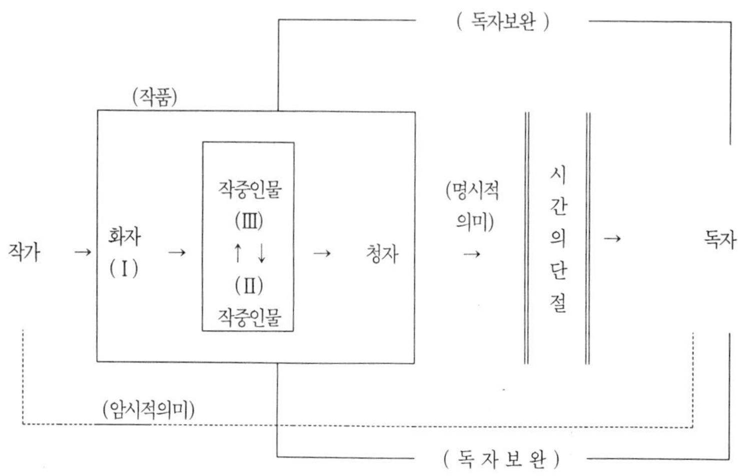

(소설 커뮤니케이션의 모형)

위의 모형에서 보여 주는 바와 같이 화자가 등장 인물·사물·사건·
상황을 어떻게 타당성 있게 다루느냐 하는 문제가 소설에서 시점이다.
작가가 가면을 쓰고 화자로 등장하여 자신의 이야기를 서술할 수도 있고,
자신이 만들어낸 작중인물에 대해서 이야기를, 사건을 서술할 수도 있고,
자신이 만들어낸 작중인물로 하여금 작중인물과 대화하도록 만들 수도
있다.(작중인물이 어떠한 태도를 보이는지는 인물에 관한 문제이므로 다음에 살피도
록 하겠다.)

소설 이론 중에서 비교적 타당성 있게 논의가 된 것이 시점에 관한
이론이다. 역사적으로 시점에 대한 문제를 제기했던 사람은 헨리 제임스
(Henry James)였다. 그리고 처음 이론적 체계를 세웠던 사람은 퍼시·러
보크였다. 영미 계통과 독일 계통, 프랑스에서 이루어진 시점이론을 개
괄적으로 살펴보고,2) 이 세 가지가 보여 주는 시점 이론을 대비하여 보

겠다. 그리고 한국에서의 소설 시점 이론도 검토하고자 한다.

2) 시점 이론

(1) 각국의 시점 이론

1) 영미의 시점 이론 : 이론적 체계를 세웠던 퍼시·러보크는 주제와 결부시켜 문학 작품을 분석하는 방법론을 제시한 공적이 있다.[3] 그 후에 토마스 어젤(「설화 기술」)이 시점 유형을 분류하여 오늘날의 분류와 거의 동일시되는 이론을 전개했다.

토마스 어젤의 시점 분류를 살펴보자.

- 全知的 視點(omniscient viewpoint) : 신의 위치, 3인칭 서술 가능.
- 主人物 視點(major charactor viewpoint) : 작가가 주인물의 입장에서 서술함. 1인칭과 3인칭 두 형태.
- 副人物 視點(minor charactor viewpoint) : 부인물 중의 한 사람의 입장에서 주인물의 이야기를 서술. 1인칭과 3인칭의 두 형태.
- 客觀的 視點(objective viewpoint) : 외부에서 동작·표현·대화만을 기록.

토마스 어젤의 시점 분류는 화자가 작중인물의 마음속에 들어가기 (entering the mind)에 기준하였고, 크게 6가지로 시점(視點)을 구분하였다. 그리고 영미 시점 이론에서 대표적인 것은 바네트·버먼·버토의 이론인데 이를 살펴보자.

---

2) 김천혜, 앞의 책, 100~109쪽 참고.
3) 퍼시 러보크 저, 송욱 역, 『소설기술론』, 일조각, 1992, 120~149쪽.
   ┌ 1인칭 作中話者 : 劇化法의 初段階.
   └ 3인칭 作中話者 : 心理의 劇化와 書翰體 小說.

Ⅰ. 참여자 시점(participant, 1인칭)
  a) 주인공이 화자인 시점(Narrator as major charactor)
  b) 부인물이 화자인 시점(Narrator as a major charactor)
Ⅱ. 비참여자 시점(Non - participant, 비참여자)
  a) 전지적 시점(Omniscient)
  b) 선택적 전지 시점(Selective Omniscient)
  c) 객관적 시점 Objective

화자가 서술되고 있는 사건의 참여 여부에 따라 1인칭과 3인칭으로 나누었다.

위의 토마스 어젤과 바네트·버먼·버토의 이론적 근거를 비교해 보자.

이론가	토마스 어젤 Narrative Technique	바네트·버먼·버토·An Introduction literature
기 준	화자가 작중인물의 마음속에 들어가느냐 들어가지 않느냐	화자의 사건 참여 여부
구 분	1) 全知的 시점	Ⅱ의 a) 全知的 시점 〔 b) 選擇的 全知 시점 - 작중인물 가운데 한 사람만을 선택함 〕
	2) 主人的 시점 3) 副人物 시점 4) 客觀的 시점	Ⅰ의 a) 주인공이 화자인 시점 Ⅰ의 b) 부인물이 화자인 시점 Ⅱ의 c) 객관적 시점

위에서 검토해 본 결과, Ⅱ의 b)에 나타난 선택적 전지 시점의 경우를 제외하고는 이들의 시점 분류 방법은 대동소이하다 하겠다. 물론 바네트 등의 이론이 세분화되어 있음을 알 수 있다.

2) 프랑스의 시점 이론: 프랑스에서 대표적인 장 푸이용과 츠베당 토도로프의 견해를 살펴보자. 장 푸이용은 영미 이론과 동일한데 비교해

보면 다음과 같다.

> ·뒤로부터의 시점: 전지적 시점
> ·동반적 시점(同伴的 視點): 한 작중인물의 눈을 통해서 사물 인식하
> 　는 시점
> 　화자가 작중인물과 함께 사물을 인식하거나(3인칭 경우), 화자 자신
> 　이 바로 작중인물인 경우(1인칭)가 있다.
> ·밖으로부터의 시점 : 객관적 시점

츠베당 토도로프는 화자가 작중인물과 비교하여 사건에 대하여 알고 있는 정도에 따라 시점을 구분하였다. 이를 장 푸이용과 비교해 보자.

이론가	장 푸이용	토도로프
기　준	영미 이론과 동일	화자와 작중인물의 사건에 대한 이해 정도
구　분	1) 뒤로부터의 시점 2) 동반적 시점 3) 밖으로부터의 시점	1) 화자 〉 작중인물 2) 화자 = 작중인물 3) 화자 〈 작중인물(속마음을 모름)

　여기에 한 가지 덧붙인다면 제라르 즈네뜨는 '등장인물들' 가운데 한 사람이 이야기하는 형식을 취하느냐(동종이야기), 아니면 스토리의 바깥에서 서술자가 이야기하는 스토리 형식을 취하느냐(이종이야기) 따라 시점을 나누었다.

　3) 독일의 시점 이론 : 영문학자 프란츠 슈탄첼에서부터 시점 이론이 정립되었다. 그에 의하면 ① 기록자적 시점　② 1인칭 시점　③ 인물적 시점으로 구분하였지만 영미의 이론만큼 세분화되지는 못했다. 슈탄첼의

시점 이론은 독자가 화자(이야기꾼의 존재)를 느끼느냐, 느끼지 않느냐, 느끼면 어떤 종류냐에 따라 시점을 구분하였다. 그래서 화자의 성격을 밝혀주는 장점이 있다.

각국의 시점 이론에 있어서 영미 계통이 대체로 화자의 시각 문제인 시점(point of view)에 관심을 가졌다면, 독일 계통은 화자의 본질 문제에 관심을 갖고, 화자의 성격에 기반을 두는 시점 이론을 개발했다면, 프랑스에서는 화자의 시각 문제를 주로 다루면서 영미 계통과는 다른 시점 이론을 개발했다. 그렇다면 한국에서의 시점에 관한 이론은 어떤지 살펴보자.

(2) 한국의 시점 이론

구인환은 시점을 분류하는 데 있어서 브룩스와 웨렌의 『소설의 이해』의 4가지 분류법4)을 따르고 있다. 그리고 이에 대한 작품과 거리의 연관성을 구체적 작품으로 설명하고 있다.

1) 1인칭 시점과 "나" : 독자와 거리가 매우 가까우며 독자에게 신뢰감과 친근감을 줄 수 있다. 바네트 등은 독자는 처음부터 소설이 허구라는 것을 알고 읽기 때문에 1인칭이라 해서 3인칭보다 친근감이나 신뢰감을 더 줄 수 없다고 반대 견해를 표명한다(김유정, 「봄 봄」- 나와 점순이)

2) 1인칭 관찰자 시점과 부주인공 : 소설에 참여하는 부수적인 인물이 주인공의 이야기를 서술하는 기법.(주요섭, 「사랑 손님과 어머니」)

---

4) 구인환, 『소설 쓰는 법』, 동원출판사, 1985, 145쪽.

	사건의 내면적 분석	사건의 외적 관찰
스토리의 등장인물로서의 話者	① 주인공이 그 자신의 이야기를 말함(1인칭 시점)	② 부주인공이 주인공의 이야기를 말함 (1인칭 관찰자 시점)
스토리의 등장인물이 아닌 話者	④ 분석적이고 전지적인 작가가 사상과 감정속에 들어가 이야기를 말함(전지적 작가)	③ 작가가 외부관찰자로서 이야기를 말함 (작가 관찰자)

3) 작가 관찰자 시점과 관찰자 : 작가가 외부의 관찰자의 위치에서 작품을 서술하는 방법. 인물의 초점을 등장인물에 고정하느냐, A-B-C처럼 이동하느냐(이동서술법, moving narration)로 나눌 수 있다.(황순원의 「소나기」, 정한숙의 「소나기」)

4) 전지적 작가 시점과 서술자 : 심오한 작가의 사상을 붙이거나 코멘트를 할 수 있다. 장편소설의 수법으로 널리 쓰인다. 작가가 전지적 재량을 마음껏 발휘하여 직접적으로 인물에 대하여 논평하는 논증적 전지의 시점(채만식,『太平天下』)과 전지적 서술에 바탕을 두되, 비교적 객관적 서술에 충실하려고 하는 객관적 전지시점(염상섭,『三代』) 등으로 나누었다.

결국 구인환의 시점 분류는 하위로 구분하여 6가지로 나누었다. 한가지 덧붙인다면, 2인칭 시점 같은 것을 생각할 수 있고, 시도되기도 했다. 그러나 이러한 시점은 성공을 거두지 못하고 있다.5)

조남현은 시점의 종류에 대해서 이론가들마다 조금씩 다른 견해가 있다고 보고 있다. 하지만 시점의 종류는 곧 나레이터 혹은 나레이션의 유형과 거의 일치가 된다는 점을 대전제로 삼아서 R. C 메레히트와 J. D. 피츠제럴드가 제시한 8가지 유형을 소개하고 있다.6) 피츠제럴드와 메레디트가 쓴『소설작법(Structuring Your Novel)』에서는 올바른 관점을 선택하는 방법에서 작가가 직면한 가장 중요한 문제 중 첫째가 바로 제한된 전지적 권한(全知的 權限, Omniscient power)을 사용하느냐 혹은 비제한된 전지적 권한을 사용하느냐에 따라 8가지 유형의 장단점을 기술하였다.7) 조남현은 시점에 있어서 나레이터의 유형으로, J. 피츠제럴드와

---

5) 구인환 저, 앞의 책, 155쪽.
6) 조남현,『소설원론』, 고려원, 1995, 216~225쪽.
  J. 피츠제럴드 · R. 메레디트 · 김경화 옮김,『소설작법』, 청하, 1992, 63~81쪽.
7) 조남현, 앞의 책, 216~225쪽에서 정리함.
  ①1인칭 주인공 화자   ② 3인칭 주인공 화자   ③ 1인칭 조역화자   ④ 3인칭 조역 화자
  ⑤ 1인칭 端役화자   ⑥ 3인칭 단역 화자   ⑦ 관점의 이동을 보여주는 1인칭 형태의
    화자들   ⑧ 관점의 이동을 보여주는 3인칭 형태의 화자들

R. 메레디트는 전지적 권한의 관점에서 차이를 보이고 있다.

김천혜는 영미 이론의 바탕 위에 두 가지 기준에 근거하여 시점을 분류하고 있다. 두 가지 근거란, 하나는 1인칭이냐 3인칭이냐 하는 인칭의 기준에 따른 것이고, 또 하나는 화자가 객관적이냐 전지적이냐 하는 화자의 성격 기준이다. 김천혜의 시점 이론을 간략히 살펴보자.8)

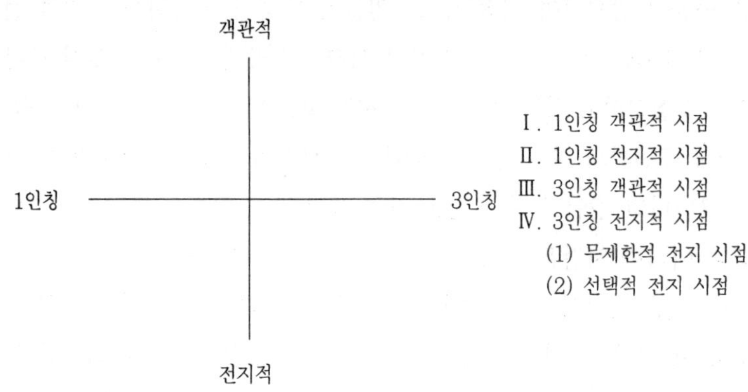

화자가 실체를 가지고 소설 세계에 참여하고 있을 때는 1인칭 소설이고, 그렇지 않을 때는 3인칭 소설로 간주한다. 또한 화자가 객관적이냐 전지적이냐 하는 것은 화자가 인간적이냐 신적이냐 하는 말과 같다. 특히 김천혜는 Ⅱ의 1인칭 전지적 시점이 자신의 견해로 주장한다.9)

---

8) 김천혜, 앞의 책, 109~123쪽.
9) 구인환, 앞의 책, 109~123쪽.
　　그러나 필자는 이에 대한 견해를 새롭게 제기 하고자 한다. 왜냐하면 구인환의 '(3) 작가 관찰자 시점과 관찰자'에서 「이동 서술법」에 따르면 1인칭 전지적 시점에 대한 견해가 있다. 본 글에서 주요 대목만을 인용하면 다음과 같다.
　　"~ 전략 ~ 이심전심이었을까? 이 절 주지만은 오늘날까지 내가 화필을 잡지 못한 까닭을 알고 있었구나(정한숙, 「금당벽화」 중에서 점선 부분 인용) 예술이냐, 조국이냐의 갈등을 시종 전지적 작가가 분석, 묘사, 서술하고 있는 이 작품에서 위 점선 찍은 부분은 인물의 의식 속의 대화, 즉 독백인데 우리는 작자 자신의 전지적 시점이 작중인물의 1인칭 시점으로 옮겨진 이동식 시점으로 볼 수 있다."

3) 결론

지금까지 각국의 시점과 한국의 시점 이론을 정리해 보았다. 대체로 서구의 소설 시점 이론을 옮겨 와 한국 소설의 시점 이론에 적용하는 경우를 볼 수 있다. 이는 이론의 보편성이라는 측면으로 이해될 수 있을 것이다.

모든 시점에 있어 각각의 장단점을 갖고 있기 때문에 어느 특정 시점을 선택하느냐에 따라 달라질 수 있다. 작가가 어느 시점을 선택하느냐 하는 것이 의도하는 주제와 다루는 소재에 가장 적합한가하는 것에서 결정되어야 한다. 다만 시점의 변화에 있어 뚜렷한 이유가 없는 한 소설에 통일성과 안정감을 주기 위하여 시점을 일관되게 유지하는 것이 좋다.

3 | 문학과 비평 단상

확신과 원칙, 그리고 지식과 경험을 가진 비평가여야 비평 철학을 갖춘 비평가이다. 문학 비평가는 비평 철학을 가져야 한다. 문학 비평을 한다는 것은 비평 철학을 가져야 한다는 의미이다.

1. 뉴 미디어 시대와 문학

1) 뉴 미디어 시대

오늘날을 뉴 미디어 시대라고 한다.

뉴 미디어 시대가 도래하면서 과연 문자 매체 시대 혹은 인쇄 매체의 시대는 갔는가? 좀더 구체적으로 이야기하자면 소설의 시대는 갔는가? 이 문제는 문학의 위기와 깊은 연관성이 있는 것이다. 더구나 문학을 창작하거나 문학을 연구하는 이들에게는 한 번쯤 심각하게 고민해 보지 않을 수 없는 문제다. 더불어 문학 애호가들이나 독자층의 변화도 함께 동행한다는 점을 생각해야 한다.

문학사를 들추어보면 향가(鄕歌)가 소멸되면서 속요(俗謠)의 등장이 있었듯이, 물론 그 속요도 이제는 완전히 소멸한 상태이다. 마찬가지로 한문소설이 소멸되면서 한글소설이 등장했다. 그렇다면 현대 문학의 생성과 소멸이라는 문학사의 변화에 소설이라고 하여 예외라고 할 수 없지 않겠느냐는 생각까지 들게 된다. 그러나 아직 소설의 장르는 큰 변화를 보이지 않고 있다. 고소설, 근대소설, 현대 소설로 발전해 왔지만 소멸된 상태는 아니다. 장르 변화가 시대 상황과 대중들 사이의 욕구에 의해 소멸된다고 볼 때, 소설도 시대 상황과 대중화라는 다리를 지나치지 않으면 안 될 것이다. 이와 같은 이유로 문학의 소멸과 변화가 일어나면 현대에 와서는 뉴 미디어의 발달로 인해 소설의 변화가 왔음을 생각하지 않을 수 없다.

현대 문학이 변화하기 시작한 것은 텔레비젼, 영화, 비디오 등과 같은 뉴 미디어의 발달과 깊은 관련이 있다고 할 수 있을 것이다. 이는 과학 기술의 발달이 전제된 상황에서, 특히 1980년 컬러 방송 시대에 더욱 가속화되었다고 볼 수 있다. 뉴 미디어의 발달로 인해 영상 매체가 발달하면서 문자 매체가 위축되고 이로 인해 새로운 영역인 통신 문학(cyber - literature)이라는 새로운 영역이 태동한 것도 주목할 일이다.

뉴 미디어 시대가 발달하기 전에는 문학이 정보와 오락의 기능을 상당 부분 담당했지만, 뉴 미디어 시대에는 문학의 이런 기능이 다소 축소되었다. 적어도 한 편의 소설을 읽으려면 많은 시간과 공간적 제약이 따른다. 그러나 뉴 미디어는 동시에 대량 방영되기 때문에 시공의 제약을 벗어날 수 있다는 장점 때문에 시간과 공간의 제약이 뒤따르는 문학이 위축된다는 것이다.[1]

또 작품을 읽는 향유층은 어느 정도 교육 정도가 있어야 했지만 뉴 미디어 시대는 향유층이 교육 정도가 낮은 이에게도 정보, 오락 기능이 강화되었기 때문에 문학의 역할은 점점 멀어질 수밖에 없다. 이제 작가

---

[1] 시간과 공간의 제약 때문에 문학이 위축된다는 것은 사실이지만 이도 독자들의 독서 욕구가 얼마나 큰가에 따라 달라질 수 있을 것이다. 가령 뉴 미디어에 여가 시간을 할애할 것이 아니라 독서에 할애한다면 문학은 나름대로 생명력을 가질 수 있을 것이다. 한국 사람들의 여가 활용 시간을 조사한 것을 참고하면 다음과 같다. "우리나라 사람들의 여가 시간은 평일 4시간 6분, 토요일 5시간 28분, 일요일 6시간 36분으로 나타났다. 이 여가 시간 중 텔레비젼을 시청하는 데 사용된 시간은 평일 3시간 22분, 토요일 4시간 20분, 일요일은 5시간이나 되는 것으로 드러났다. 우리나라 사람들은 여가 시간의 평균 78% 정도를 텔레비젼을 시청하며 소비하는 것이다."(장소원 외, 「제1장 TV, 라디오 속의 언어」, 『말의 세상, 세상의 말』, 월인, 2002, 17쪽).

들도 원고지 대신에 수정과 편집이 수월한 컴퓨터 앞에 앉아 있는 실정이다. 한국의 대표 작가라 할 수 있는 이문열도 컴퓨터에 소설을 연재한다고 한다. 이처럼 작가들 스스로 변화하려는 모습을 보이고 있다. 따라서 뉴 미디어 시대에 문학의 변화를 생각하지 않을 수 없다.

2) 작가와 출판사

뉴 미디어 시대에 먼저 변화를 일으킨 것은 아무래도 소설가와 출판사들이다. 이들의 변화 양상을 몇 가지로 나누어 살펴보자.

첫째 소설 장르의 변화를 들 수 있다. 뉴 미디어 시대가 도래하면서 문학이 담당했던 정보와 오락 기능이 약화되는 것을 보완하기 위해서 소설 장르가 변화하게 되었다. 그래서 신속한 정보와 오락을 줄 수 있는 소설이 등장했는데, 이것이 엽편 소설(葉片小說)이다.2) 이 엽편 소설에 최성각의 『택시 드라이버』와 전은강의 『섹스박물관』을 들 수 있다. 이는 콩트 혹은 장편소설(掌篇小說)로 원고지 3~5장 정도로 쓰거나 30장 이내의 분량으로 씌어진 소설이다. 이처럼 짧은 형식의 서사 구조를 가진 소설을 중견 작가들이 대거 창작하게 되었다. 이러한 변화의 양상이 문학 잡지에서 민감한 반응을 보였는데, 가령 ≪문예중앙≫(1997) 가을호에 〈특집1〉에는 박완서, 박범신, 김성동, 복거일, 현길언 등 중견 작가들의 가벼운 소품들이 실려 있다. 그리고 〈특집 2〉라고 하여 〈우화의 참모습〉을 소개하고 있다. 이 뿐 아니라 ≪문학사상≫(1997. 8호)에는 〈한 여름 밤을 식혀 줄 엽편소설 7 편〉을 편성하여 박완서, 이승우, 김지원, 원재길, 하재봉, 송경아, 이상희 등과 같은 중견, 신진 작가들의 작품을 소개하고 있다. 이 외에도 장르의 혼합 양상으로 시와 소설의 결합 형태의 작품집도 나왔다. 이외수와 하창수가 공저한 『껄껄』(가서원, 1997)을 발

---

2) 김경수, 「엽편 소설의 새로운 가능성」, 『현대소설의 유형』, 솔, 1997.

표했다. 줄곧 인생에 대해 철학적 문제를 다룬 이외수까지도 가벼운 장르 변화를 수용하는 창작 태도를 보여 주고 있다.

소설 장르 변화 가운데 주목할 만한 것은 소설 장르의 확산이 이루어졌다는 점이다. 이는 문학 장르의 절대적 개념이 와해되었다는 의미이기도 하다. 이러한 예견은 이미 1960년대 비평가 테리 이글턴과 로브 그리예가 예고한 바 있다. 김수경의 『ᄌ유종』은 신문기사, 일기, 편지, 시, 희곡 등의 장르를 뒤섞어 창작한 작품으로 장르의 혼합이냐 새로운 장르냐라는 문제를 안고 있는 작품이다. 가령 이해조의 『ᄌ유종』은 여권신장, 미신타파, 우연성, 여주인공만 등장하는 토론체 소설이다.3) 이는 1910년 이해조의 『ᄌ유종』을 패러디했기 때문에 고소설의 장르인 신소설을 신신소설이라는 새로운 장르로 볼 수 있다. 또 이 소설은 1970년대의 배경으로 1980년대 한국의 억압 사회 구조를 형식의 자유화를 통해 실현하고자 했다는 평가를 하기도 한다.

둘째, 작가 의식에도 변화를 보여 주고 있다. 1980년대 조정래의 『태백산맥』과 같은 이데올로기 문제를 다룬 무거운 주제를 다루지 않는 점도 눈에 띈다. 대신에 여성 작가들의 1인칭 신변 소설이 대거 등장하게 되었다. 본격적인 여성 운동 및 여성 문학론이 논의된 80년대 이전까지는 여성 작가(시인)에 대한 관심이 저조했다. 그래서 여성 문제의 인식이나 여성 작가 및 시인의 작품에 대한 작품 분석이 계속해서 남성 중심적 편견 아래 이루어지고 있는 실정이다. 그러나 1990년대 이후에는 신경숙, 박완서, 은희경, 공지영, 김이소와 같은 신진 여성 작가들이 대거 등장한다. 이는 이데올로기 문제가 상실하면서 여성 문학의 특수성이 두드러지게 되었다. 남성 작가들이 외발적인 주제로서 사상성 및 사회성을 중시하는데 비하여 여성 작가들은 내적 주제라고 할 수 있는 여성 리얼

---

3) 전광용, 「이해조 연구」, 『신소설 연구』, 새문사, 1986.
　　최원식, 『자유종』, 창작과 비평사, 1996.

리즘(female realism)이나 개인 사생활을 강조한다든가 남성원리를 비판하는 경우가 많다는 주장이다.4)

1980년대 군사 독재 정권이 붕괴되면서 사회역사적 변혁기를 다룬 이데올로기 주제가 소멸되면서 각자 개인의 삶을 되돌아보게 되었다. 이에 작가들도 자신의 모습을 돌아보면서 소설을 쓰게 되는데, 이때 내적 성찰의 소설 형식을 띠게 되는 것이다. 그래서 개인주의 팽배와 내면 성찰의 문학이 성행하게 되었다.

셋째, 작가 의식과 작가의 창작 태도의 변화 못지 않게 출판사의 상업적 전략도 바뀌었다.

앞에서도 언급했듯이 1990년대의 여성 작가들이 대거 주목을 받았다. 이들의 소설은 성장 소설로 주로 1 인칭 시점의 소설들이 대거 등장하게 되었다.5) 그 대표 작가 가운데 박완서를 필두로 하여 신경숙 등을 들 수 있다. 그런데 이들의 책자들을 한결 같이 두껍게 호화 장정본의 낱권으로 잘 포장된 책자들이다. 가령 신경숙의 『외딴방 1』, 『외딴방 2』와 박완서의 『엄마의 말뚝 1』, 『엄마의 말뚝 2』 등이다. 이는 상업 출판을 목적으로 하여 출판사의 정신의 전도사라는 본래의 목적이 상실하면서 현실과 가까워졌다는 의미이다. 그리하여 인기 작가들의 작품이 팔릴 것이라는 상업주의 전략으로 판매하여 수익성에 깊은 관심을 보여 주고 있다. 그래서 주목받은 작가들의 작품만이 낱권으로 출판되는 현상을 낳게 되었다. 이러한 예는 박상륭의 『죽음에 관한 한 연구』(문학과 지성사, 1986)를 통해서도 볼 수 있다. 처음 출판될 때에는 작은 글씨체에 행간이 좁아 읽기에 불편했지만 소비자들이 자주 찾게 됨으로써 출판사의 판매 전략이 깔려 낱권으로 출판한 것이다.

---

4) 이재선, 「여성 문학의 특수성」, 『한국 현대소설사』, 홍성사, 1980, 430쪽.
5) 1990년대 성장 소설이라는 관점에서 신경숙의 『외딴 방』과 은희경의 『새의 선물』을 검토한 류보선의 「두 개의 성장과 그 의미-신경숙의 『외딴 방』과 은희경의 『새의 선물』에 대한 단상」를 참고(『경이로운 차이들』, 문학동네, 2002, 17~37쪽).

3) 작가 정신의 소멸

뉴 미디어 시대에 부정적 영향을 고려하지 않을 수 없다. 가령 스피디(SPEED)한 인간의 욕망 때문에 인간이 갖추어야 할 인내심이 부족하게 된다. 또 출판사의 상품화 전략으로 휴머니즘이 소멸하게 된다. 뿐만 아니라 생활고 때문에 작가 정신의 소멸을 가져올 수도 있다. 또 문화를 사치하는 작가들이 많이(?) 등장하게 될 것이다. 이렇게 된다면 유모서사문학이 양산되지만 순수문학의 독자층들이 점점 줄어들 것이다. 그리고 수필 문학이 팽창하면서 전문적이 아니라 누구나 작가의 욕망을 실현시켜 주는 현실이 도래한다. 문학의 확산이라는 긍정적인 면도 있지만 문학이 갖는 본래의 순수성이 다소 소멸되지 않는가라는 의구심이 들 수밖에 없다. 문학의 순수성이라는 것은 결국 치열한 작가 정신이 투영된 작품의 수준으로 가늠하는 것이다.

1997년도 〈오늘의 작가상〉 수상작인 김호경의 『낯선천국』은 현대소설의 장르 변화라는 긍정적 측면이 있지만, 새로운 기법을 보여 주지 못했다는 점에서 문제거리가 아닐 수 없다. 뿐만 아니라 기법면에서 과연 수상작의 가치가 있는가라는 설전(舌戰)이 오고 갈 정도의 작품이다. 꽁트의 연작이라 이 소설의 첫 부분을 보면, 우선 꽁트의 연작으로 가벼운 주제와 가벼운 주변의 이야기를 다루고 있다. 가령 〈1. 김, 택시를 타다〉의 경우는 신문의 삽입을 구성하고 있고, 〈2. 이, 아르바이트를 시작하다〉는 자료를 정리 형태로 구성하고 있다. 이런 점 때문에 과연 훌륭한 작품인가라고 하여 ≪현대문학≫과 ≪세계의 문학≫ 사이에 시비가 붙었다. 앞에서 언급한 이해조의 『자유종』, 김수경의 『즈유종』과 김호경의 『낯선천국』의 형식적 구성에 대해 문제를 검토해 본다면 이를 알 수 있을 것이다.

또 소설가의 등단 장치에도 변화가 있었다. 그래서 요즘 작가의 정체성에 대한 논란이 제기되고 있는 것이다. 예를 들면 통신문학(cyber-literature)의 대표적 작가인 김도현의 『로그인』을 들 수 있다. 이러한 문학 장르의 변화는 뉴 미디어 시대와 상관 관계를 맺고 있다. 물론 전통적인 방법으로 작가가 등단하는 것이 좋은가에 대해 특별한 준거는 없다. 다만 작가 정신이 문제라는 것을 염두에 둘 필요는 있는 것이다. 이는 세계 문학 속의 한국 문학의 위상을 어떻게 자리매김할 것인가를 염두에 둘 때, 심각하게 고려해 볼 문제이다.

4) 작가와 독자 사이의 초인종

필자는 뉴 미디어 시대에 문학의 독자성을 지키는 방법을 생각해 보았다. 문학은 당연히 작가, 독자와 밀접한 관련이 있다. 그래서 문학과 관련한 작가 정신, 독자의 올바른 태도, 문학과 관련한 제반 상황의 문제를 짚어 볼 필요가 있다. 서둘러 결론을 말하자면, 작가 정신이 살아 있는 작가가 필요한 시대이면서 독자 의식이 살아 있는 시대가 되어야만 문학의 시대는 지속될 수 있다는 주장이다. 문학 정신과 독자 의식이 살아 있는 문학 시대는 사라진 것일까? 여기에 하나의 텍스트는 문제의 실마리를 제공해 준다. 이런 문제의 한 해답을 찾는데 필자는 조성기의 「우리 시대의 소설가」(『우리 시대의 소설가』, 문학사상사, 1991)에서 찾을 수 있다고 판단한다. 조성기는 『우리 시대의 무당』, 『우리 시대의 법정』, 『우리 시대의 사랑』 등 일련의 작품을 통해서 우리 시대의 문제를 1인칭 시점으로 하는 반성 문학을 발표하고 있다.

소설의 주인공 강만우는 소위 말해서 인기 있는 중견 작가이다. 그래서 각종 문학 교실에 나가 지도하기도 하고, 일간지에 소설을 연재하는 지명도가 있는 작가이다. 어느 날 민준규라는 독자로부터 전화를 받게 되는데, 내용인즉 주인공 강만우가 쓴 소설이 독자 자신의 정신을 오염

시켰다고 혹평하면서 소설 책값을 물려 달라는 것이다. 여기에 강만우는 어이없어 한다. 왜냐하면 물건을 구입하고 난 뒤에 잘못된 것은 교환이 가능하지만 책 내용이 독자 마음에 들지 않는다고 해서 책값을 물려 달라는 것은 한국 출판 시장에서는 매우 드문 경우이기 때문이다. 이 소설에서 주목할 대목의 첫머리는 바로 여기에 있다. 즉 독자 의식의 문제를 제기한 것이다. 필자를 비롯해 독자들은 작품의 수준과 관계없이 그냥 구입하는 동시에 교환은 불가능하다고 생각하고 있다. 그러나 민준규의 전화 한 통은 곧 주인공 강만우로 하여금 여러 가지 작가로서 지녀야 할 자세, 즉 작가 정신과 관련한 내적 갈등을 겪도록 한다는 데 의미가 있는 것이다.

강만우는 단순히 3,500원의 문제가 아니라 작가 의식, 작가 정신이라는 본질적 문제를 고민하게 된 것이다. 독자를 만나 작가 정신을 보여 주고, 독자의 수준을 가늠하기 위해 만나러 가지만 정작 주인공과 독자가 만났을 때, 작가 자신은 자신의 작품 내용뿐 아니라 작품 제목이 『염소의 배꼽』인지 『염소의 노래』인지조차도 잃어버린다. 그래서 진정한 작가 정신, 좋은 작품(교훈적 기능만 중시하는 것이 아니라), 좋은 독자의 자세를 생각하게 하는 소설이다. 작가 자신을 한 번 되돌아보면서 작가 정신이 어떠해야 하는가를 고민하게 한 것이다. 마치 박남철의 「독자놈들 길들이기」의 제목과 내용을 바꾸어 보면 「작가놈들 길들이기」라는 사실을 인용해 볼 수 있을 것이다. 이 소설의 주인공인 강만우의 태도를 1980년대 시인인 박남철의 「독자놈들 길들이기」를 통해 음미해 볼 필요가 있다.

> 내 시(詩)에 대하여 의아해하는 구시대의 독자 놈들에게―〉차
> 렷, 열중쉬엇, 차렷,
>
> 이 좆만한 놈들이……
> 차렷, 열중쉬엇, 차렷, 열중쉬엇, 정신차렷, ㅇㅇ.

차렷, 헤쳐모엿!

이 좆만한 놈들이……
헤쳐모엿,

(야 이 좆만한 놈들아, 느네들이 정말 그 따위로들밖에 정신
못 차리겠어, 엉?)

차렷, 열중쉬엇, 차렷, 열중쉬엇, 차렷……
　-박남철의 「독자놈들 길들이기」(『지상의 인간』, 문학과 지성사, 1984)

　이 소설의 마지막에는 독자 민준규가 주인공 강만우의 집 앞에서 계속해서 초인종을 누르는 장면이 나온다. 초인종 앞에서 서로 맞대고 있는 작가, 독자를 통해 한국 문학의 갈 길이 보이는 것이다. 그래서 주인공은 "청동의 문체를 구사하려면(열하일기, 한문) 청동의 눈, 청동의 심장을 가져야 한다. 환불을 요구하는 독자 하나쯤 한방에 때려눕히는 청동의 팔을 지녀야 한다."는 반성문을 쓰게 된 것이다. 여기에 아마도 이 시대에 진정한 작가 정신을 되돌아보게 하는 반성이 들어 있고, 올바른 독자 정신을 요구하는 메시지가 담겨 있는 것이다.

참고 문헌

권택영, 『영화와 소설 속의 욕망이론』, 민음사, 1990.
김성곤, 『뉴 미디어 시대의 문학』, 민음사, 1996.
김욱동, 『문학의 위기』, 민음사, 1995.
김준오, 『현대시의 환유성과 메타성』, 살림, 1997.
류현주, 『하이퍼텍스트문학』, 김영사, 2003.
배식한, 『인터넷, 하이퍼텍스트 그리고 책의 종말』, 책세상, 2000.
이용욱, 『사이버문학의 도전』, 토마토, 1996.
임헌영, 『문학의 시대는 갔는가』, 평민서당, 1988.
정과리, 「컴퓨터와 문학」, 『문학의 새로운 이해』, 문학과 지성사, 1998.
홍성태 엮음, 『사이버 공간 사이버 문화』, 문화과학사, 1996.
《문학사상》, 「특집- 사이버문학의 현주소와 미래를 전망한다」, 1997. 6.
《문학사상》, 「 - 장르 해체 시대의 문학과 영화」, 1997. 9.
롤랑 바르트, 『문학은 어디로 가고 있는가?』, 강, 1998.
세리 터클, 최유식 옮김, 『스크린 위의 삶-인터넷과 컴퓨터 시대의 인간』, 민음사,
        2003.

2. 문학, 영화, 책

1.

과연 문학 혹은 영화를 이해하기 위해서 인접 도서들을 탐독할 필요가 있는가? 문학을 이해한다는 것은 텍스트 중심주의일지라도 텍스트 속에 담긴 어떤 의미를 파악하기 위해서는 일정한 인접 도서들을 탐독하지 않을 수는 없을 것이다. 마찬가지로 영화를 이해한다는 것도 같은 맥락에서 이해될 수 있을 것이다. 필자는 문학 이해를 위한 몇 가지의 도서를 탐독할 필요성을 말하고자 한다.

20세기 정신과학의 세계를 연 프로이트의 『정신분석학입문』과 『꿈의 해석』은 제반 예술 영역에 큰 도움을 준 도서들이다. 가령 20세기 초현실주의의 예술 세계를 연 화가 살바도르 달리(1904. 5. 11~1989. 1. 23, 에스파냐의 초현실주의 화가)[1]가 20대 때 마드리드 대학 시절에 읽었던 책이다. 달리는 이 책에서 초현실주의 세계를 알았고, 이를 통해 초현실주

---

1) 1904년 5월 11일 피게라스에서 출생하였다. 14세 때부터 바르셀로나와 마드리드의 미술학교에서 공부하였다. 그러나 과격한 성품 때문에 1926년 퇴학당했다. 그는 보기 드문 조숙아로 일찍이 인상파나 점묘파·미래파의 특질을 터득하고 입체파나 형이상 회화 등의 감화를 받으며 작풍편력(作風遍歷)을 하였다. 그러나 1925년경부터는 심기일전하여 정밀한 세부 묘사로 향하고, S.프로이트의 정신분석학설에 공명, 의식 속의 꿈이나 환상의 세계를 자상하게 표현하기 시작하였다.

1928년 파리로 가서 초현실주의 화가나 시인들과 교유하였다. 이듬해 최초의 개인전을 열었고, 이때 A.브르통에 의해 정식으로 이 파의 일원으로 인정되었다. 그 스스로 '편집광적·비판적 방법'이라 부른 그의 창작수법은 이상하고 비합리적인 환각을 객관적·사실적으로 표현하고자 한 것이다. 이것은 이중영상의 활용으로 말미암아 더욱더 기상천외한 이미지의 묘출(描出)로 발전하였다. 그러나 1937년 이탈리아 여행을 계기로 르네상스의 고전주의로 복귀하려는 욕구가 커졌으며, 초현실주의 화가 모임에서 제명당하면서까지도 원자과학이나 가톨릭의 신비성을 추구하여 왕성한 제작을 하였다. 한편 그가 친구 L.부뉴엘과 합작한 전위영화 ≪안달루시아의 개≫ (1928)와 ≪황금시대≫(1931)는 영화사에 독자적인 의의를 남겼으며, 가극이나 발레의 의상·무대장치 등 상업미술에도 큰 영향을 끼쳤다.(NAVER 네이버-백과사전 검색).

의 세계를 화폭에 담았다. 그리하여 세계 미술사의 흐름을 바꾼 것이다.
프로이트의 이론은 예술뿐만 아니라 영화에 대해서 이해의 폭을 가질 수
있다. 프랑스 영화 〈레옹〉에는 40대 정도로 보이는 킬러와 10대 소녀 마
틸다가 서로 대화를 나눈다.2) 이상하게도 이들의 대화 수준이 유치하고,
항상 우유를 마시는 장면이 나오고, 킬러는 총잡이이지만 마치 장난감
다루듯이 한다. 또 어린 아이처럼 많은 돈을 관리하지 못하는 모습을 보
인다. 그리고 화분 속의 꽃을 보호하기 위해 양지에 옮겨 놓는다. 이는
프로이트가 말하는 보호 본능을 보여 주는 것으로 퇴행적 욕구(退行的 欲
求)라는 용어로 설명될 수 있다. 뿐만 아니라 대중 가요에 있었어도 유효
한 이론이다. 이런 퇴행적 요구는 세계적 팝 가수 마이클 잭슨이 항상 어
린 아이들과 어울려 지내는 것에서도 언급되어지는 이야기다.

　　문학에서도 김소월과 여성주의(anima), 마광수의 「나는 야한 여자가
좋다」를 통해 프로이드의 저서들이 의미있게 해석될 수 있다. 신경숙의
「깊은 숨을 쉴 때마다」는 주인공이 머무는 호텔이 있었던 자리의 당근
밭은 남근(Phallic Symbol)의 유사성으로 지적하기도 한다. 일찍이 정병
욱에 의해 지적되었듯이 형태상 유사성으로 『삼국유사』 〈가락국〉의 건국
신화 「龜旨歌」에서도 프로이트 이론이 풍부하게 적용되는 예들이다.

　　현대 소설에서 죽음 문제은 늘상 등장하는 제재이다. 그래서 이에 대
한 사회학적 접근이 필요한 것이다. 이 때 참고할 만한 저서는 프랑스의
사회학자가 쓴 에밀 뒤르껨의 『자살론』이다. 가령 1960년대 현대소설사
(現代小說史)의 앞머리에 놓이는 작품은 최인훈의 『광장』이라 할 수 있다.
이 소설의 주인공 이명준이 남북 이데올로기 사이에서 제 삼국을 선택하

---

2) 한국 영화의 규제는 정말 기준이 명확한가라는 의구심이 들 때가 많다. 〈불멸의 연
　　인〉은 베토벤의 음악과 그가 사귄 세 여인들의 이야기다. 그리고 〈금홍아 금홍아〉
　　는 1930녀대 초현실주의자 이상의 문학과 그가 사귄 여인 금홍의 이야기이다. 그런
　　데 이 영화가 상영될 때 상영 연령을 앞의 영화는 고교 관람가 등급이었고, 뒤의 것
　　은 관람 불가였다. 필자는 언뜻 이해하기 힘든 부분이다.

면서 현해탄에서 투신 자살하게 된다. 이명준의 죽음을 어떻게 볼 것인가라는 문제를『자살론』은 유효한 안내서가 된다. 가령 뒤르껨은 자살의 유형을 크게 세 가지로 나누었는데, 하나는 이기적 자살이고, 둘은 이타적 자살이고, 셋은 아노미적 자살이라 하였다. 주인공 이명준은 적어도 남북 이데올로기로 빚어진 자살로 볼 수 있다. 이처럼 문학을 이해하는 데 사회과학 도서가 필요한 것이다. 문학을 이해하려는 노력은 바로 인접 도서를 얼마나 탐독하느냐에 따라 달라질 수 있는 것이다.

2.

　우선 영화와 사회 과학 도서 관계를 짚어 보자. 20세기는 정보화 사회라고 하여 필독하게 되는 책은 앨빈 토플러의『권력이동』이다. 여기서는 권력이 이동되는 경로를 언급하면서 진정한 권력은 무엇인가를 피력하고 있다. 그 권력의 단계는 첫째, 힘(폭력):가장 낮은 단계의 권력(low quality power), 둘째, 돈(경제):중간 단계의 권력(medium quality power), 셋째, 지식(정보):가장 민주적인 권력(high quality power)으로 이동한다.『권력이동』을 탐독하게 되면 영화 〈쇼쌩크의 탈출〉을 이해할 수 있다. 내용을 간단히 줄이면 다음과 같다. 이 영화의 주인공은 은행원이 아내를 죽였다는 누명을 쓰고 쇼생크의 감옥에 들어오게 된다. 감옥에 들어온 주인공은 자신의 무죄를 주장하지만 간수들에게 폭력(힘)에 의해 번번히 묵살당하게 된다. 그러나 영화의 중반쯤에서는 간수와 살인죄의 누명을 쓴 주인공은 매우 가까워진다. 더구나 감옥 소장과도 잘 어울리게 된다. 그 어울림의 이유는 이들이 받고 있는 월급을 합법적으로 세금을 포탈할 수 있는 방법을 도와주었기 때문이다. 이는 곧 토플러가 말하는 권력의 다음 단계인 돈이 매개가 되기 때문이다. 그러나 이 영화의 후반에 갈수록 눈에 띄는 점이 있다. 그것은 바로 감옥에 도서관이 들어서게 되는 것이다. 교도소의 수인들을 교화시키는 이유가 아니라 지식의 보고,

주인공이 자신의 탈출 계획을 수립하는데 이용한 것이다. 이것은 바로 지식이 절대적 가치 기준이 되는 것이 아니라 이를 이용하는 데 있음을 보여주는 것이다. 이는 바로 권력의 다음 단계인 지식의 힘이라 할 수 있는 것이다. 필자가 말하는 것은 바로 영화에 대한 이해도 결국은 인접 도서에 대한 이해를 바탕해야만 이해 할 수 있음을 말하고자 한다.

문학과 관련한 인접 도서들을 탐독하는 이유는 문학 작품을 이해하려는 새로운 시각일 것이다. 이는 진정한 문학 이해의 패러다임은 무엇인가라는 문제와 관련성을 의미한다. 문학을 바로 보는 시각이 일상적이라면 결국 문학의 지평을 보았다고 할 수 없을 것이다. 이런 새로운 시각을 얻는데 필자는 콜린 윌슨의 『아웃 사이더』(out-sider)의 책을 추천한다. 실존주의 철학과 문학의 세계를 보여 준 카프카의 『變身』의 경우는 진정한 자아 찾기라는 세계를 보여 준다. 이는 진정한 아웃 사이더는 자신을 찾는 자아의 모습이라는 윌슨의 저서에 근거한 것이다. 이처럼 작품에 대한 이해는 인접 도서를 읽어 내는 것이다. 이는 토마스 s. 쿤의 『과학혁명의 구조』에서 말하는 새로운 세계관을 의미하는 패러다임(paradigm)을 찾는 길이다.

3.

나는 책 읽기를 통해 문학과 영화, 나아가 세상에 대한 삶의 이치를 들여다 볼 수 있기를 기대한다. 그래서 고전적이지만, 아니 상투적이지만 책읽기는 삶의 무기를 갖추는 것과 동격이라고 생각한다. 사실 책과 관련해서 주의해야 할 일이 없는 것도 아니다. 단적으로 말해서 식자우환(識字憂患)이 문제이지만, 이보다 더 큰 문제는 곡학아세(曲學阿世)이다. 이 곡학아세의 길목에서 나 자신이 서성거리는 것은 아닌지. 그러나 지나치게 책벌레가 되기를 희망하지만 오히려 얼간이가 될 수 있다는 생각이 들기도 한다.

여기서 책과 관련한 얼간이 같은 책벌레 유형을 소개하고자 한다. 이는 『독서의 역사』(알베르트 망구엘, 정명진 옮김, 세종서적, 2000, 430~432쪽)을 참고하였다.

첫째, 책이 마치 값비싼 가구나 되는 것처럼 장식을 위해 책을 수집하는 얼간이- 흔히 우리 주변에서 볼 수 있을 것이다. 이런 사람들은 〈책을 서재에 보관할 것이 아니라 머리 속에 보관해야 한다〉는 사실을 망각한 얼간이들이다.

둘째, 현명해지려는 욕심에서 지나치게 많은 책을 읽는 부류의 얼간이- 비유하자면 〈음식을 너무 많이 먹어 일으키는 위통이나, 포위된 상태에서 지나치게 많은 부하들을 거느리고 있어 오히려 방해받는 장군〉에 비유된다. 그래서 유익한 것만 골라서 필요할 때 그것을 이용할 수 있어야 한다.

셋째, 책을 모으기는 하되 진정으로 읽지는 않고 자신의 값싼 호기심을 만족시키기 위해 건성으로 들춰보기만 하는 얼간이.

넷째, 호화로운 그림책을 좋아하는 얼간이-이는 그림으로 그려진 상(像)에 애착을 갖는 것은 〈지식에 대한 모독(冒瀆)〉이라 할 수 있다. 천상에 있는 아름다운 자연들만 가지고도 충분하다고 할 때 흔히 책에서까지 그림을 보아야 하는가라고 반문한다.

다섯째, 책을 값비싼 표지로 장정하는 얼간이- 〈서재도 욕실처럼 부유한 가정의 필수적 장식〉처럼 생각하는 얼간이이기 때문에 책의 장정이나 상표에서 쾌락을 얻는 수집가이다.

여섯째, 고전은 한번도 읽지 않았을 뿐 아니라 철자나 문법, 수사학에 대한 지식은 쥐뿔도 없으면서 엉성한 책을 써서 출판하는 얼간이. 〈자신의 알맹이 없는 낙서를 위대한 저작 옆에 세워두고 싶은 유혹을 뿌리치지 못하는〉 이들이다.

일곱째, 책은 철저히 무시하고 책에서 얻는 지혜를 멸시하는 얼간이.

책에서 얻은 지혜를 무시한다는 것은 더 이상 해석할 필요가 없을 것이다.

3. 문학과 비평 철학

도대체 문학 비평이란 무엇인가. 좀 더 구체적으로 얘기하자면 필자에게 있어 비평이란 어떤 의미인가를 생각해 보았다. 물론 근원적인 물음에 대한 답은 언제나 미지수로 남는다. 이 물음에 대한 답을 찾았다면, 이 물음에 대한 답을 책으로 써서 출판했을 것이다. 그리고 더 이상 논의를 하지 않고 서가의 장식물처럼 고이 보관해서 필요할 때만 찾아보는 사전처럼, 간혹 펼쳐 보았을 것이다.

시도 읽고, 소설도 읽고, 비평서도 읽었다. 물론 문학 관련 인접 도서들도 읽었다. 그러나 그때마다 문학을 이해하려는 비평적 시도는 각기 달라 무엇이라고 단정하기에는 힘들었다. 비평의 전제는 텍스트에 대한 꼼꼼한 읽기부터 시작되는 것이다. 텍스트는 무엇을 기준으로 할 것인가. 텍스트의 선정 기준은 무엇인가. 더불어 왜 이 텍스트인가라는 끝없는 물음에 대한 답은 안개처럼 보이지 않기 때문에 쉽게 답할 수 없었다. 분명 비평은 텍스트에 대한 주석이라는 당위적 명제이거나 대상 텍스트에 대한 명쾌하고 객관적 논리성을 찾아야 하지만 늘 미지수라는 생각이 든다.

비평의 전제를 작품 읽기에 두었다고 해도 그 대상 작품의 선정의 까다로움이 비평 행위의 출발점이다. 어쩌면 텍스트 선정은 곧 비평 행위라고 전제할 수 있을 것이다. 그리고 대상 작품을 풍부하게 읽어내려는 비평 방법이 서지 않으면 비평은 의미를 상실하게 되는 것이다.

비평은 추상적, 상상력의 세계에 있는 작품을 논리적, 개념적 인식의 세계로 전환하는 언어 기술 행위이다. 그렇기 때문에 보편적인 언어 질서를 보여 주지 않으면 문학 비평이 아니라 또 다른 비평 문학이 되어 비평 문학을 비평해야 하는 경우가 되는 것이다.

비평가는 비평 문학과 비평 정신과는 다른 비평 철학을 세워야 한다. 시정신이니 소설 정신이니, 아님 작가 정신이니 하는 표현이 있지만 비평은 문학에 대한 철학적 체계 위에서 이루어진 표현이기 때문에 비평 철학이라 해야 옳은 것이다. 그래서 필자는 문학에 대한 비평 행위를 비평 정신이라 명명한다. 그리고 확고한 비평 정신으로 비평 행위를 할 때 비평 철학이 있다고 명명할 수 있는 것이다. 비평가는 비평 철학이 서야 한다. 비평 철학이 서지 않는다면 비평 행위는 그저 문학에 따른 종속적 글쓰기일 따름이다.

그렇다면 비평 철학이란 무엇인가? 필자는 송욱을 통해 이런 생각을 가졌다. 송욱은 작품에 대한 확고한 비평 정신으로 신념과 지식을 갖춘 비평가이다. 즉 확신과 원칙, 그리고 지식과 경험을 가진 비평 철학을 갖춘 비평가이다. 문학 비평가는 비평 철학을 가져야 한다. 문학 비평을 한다는 것은 비평 철학을 가져야 한다는 의미이다. 1930년대 명문장가였던 이태준(1904~ ?)은 평론가에 대해 다음과 같이 말한다. 첫째, 창작에 다소 경험자일 것, 둘째 인생관에 남의 것도 존중하는 신사일 것, 셋째 개념보다는 감성에 천재이기를 바라는 것이다. 송욱의 비평 철학과 이태준이 말하는 평론가의 덕목과는 다소 거리가 있으나, 그의 말을 꼼꼼히 새기는 것 또한 비평 철학을 갖추는 것이다.

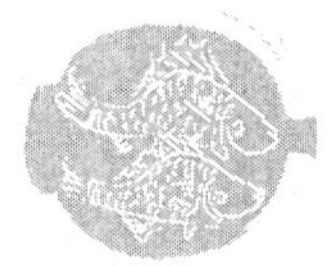

"비평과 삶의 감각"

ㄱ

저자 소개

박종석

- 경남 산청 출생
- 동아대학교 국어국문학과 및 동 대학원 졸업
- 문학박사
- 울산대 강사

*** 저 서**

『송욱문학연구』(2000), 『송욱평전』(2000), 『한국 현대시의 탐색』(2001)
『작가 연구 방법론』(2003년도 문화관광부 추천- 우수학술 도서)

*** 논 문**

「송욱의 『시학평전』 연구」(새미작가론총서 『송욱』 수록)
「고전시론과 현대시론의 한 접점 연구」(창간호 ≪한국시학연구≫ 수록)
「김수영의 성시론」(≪동남어문론집≫ 수록)
「윤흥길의 『장마』 론」(≪작가시대≫ 수록) 외

* 전자우편: chpark650@hanmail.net

비평과 삶의 감각

- 인 쇄   2004년 5월 24일
- 발 행   2004년 5월 29일
- 저 자   박 종 석
- 펴낸이   이 대 현
- 편 집   이태곤 · 안현진 · 박윤정 · 권분옥
- 펴낸곳   **도서출판 역락** / 서울 성동구 성수2가 3동 301-80
             (주)지시코 별관 3층(우133-835)
- 전 화   3409-2058(대표) 3409-2060(편집부) FAX 3409-2059
- 이메일   yk3888@kornet.net / youkrack@hanmail.net
- 등 록   1999년 4월 19일 제2-2803호

정가 12,000원

ISBN 89-5556-282-9-93800

* 잘못된 책은 교환해 드립니다.